요양병원에서 보내는 편지

이찬구, 송수진 지음

CHAPTER III 보호자를 위한 변명

CHAPTER IV 요양병원을 위한 변명

EPILOGUE

요양병원에서
보내는 편지

요양병원에서 보내는 편지

죽음의 냄새가 가득한 곳에서도 삶은 언제나 빛난다.
죽는다는 것을 항시 느낄 수 있는 이 병원에서 나는 매일 살고자 하는
의지들을 만난다. 그런 의지가 있기에 죽어가는 것을 견디며, 살아있
는 것을 매 순간 즐기게 된다.

이런 곳이 바로 내가 생활하는 터전, 요양병원이다.

요양병원은 그 특유의 냄새가 있다. 병원에 가면 특유의 소독약 냄새
가 나는 것처럼, 치과는 입을 헹굴 때 그 맛과 향이 느껴지는 것처럼
말이다. 요양병원에 들어서면 특유의 그 냄새로 여기가 요양병원임
을 느끼게 된다.

요양병원에 처음 근무를 시작할 때는 그 냄새를 의식할 수 있었지만,
시간이 어느 정도 지나가자 그런 위화감은 점차 사라지게 되었다. 하
기야 매일 냄새를 민감하게 느낀다면. 요양보호사나 간호사가 기저
귀를 착용해야 하는 환자들을 어찌 돌볼 수 있겠는가? 그래서 특유의
냄새도 참을 정도가 되거나 못 느끼게 될 정도가 되면 이제 요양병원
에서 근무하는 식구가 되었구나 하고 말하기도 한다.

어느새 나도 그런 냄새를 그리 의식하지 않게 되었을 정도로 요양병
원에 근무했을 때쯤인가 보다. 오전 회진을 하면서 어느 병실에 들어

갔더니, 새로 입원하신 할머니 한 분이 울고 계셨다. 모두가 누워 있는 치매 병실에서 '엄마, 엄마' 하면서 구슬프게 눈물을 흘리고 계신 것이었다.

아마도 새로 입원했으니 많이 낯설고 무서워서 그러셨던 모양이다. 자다 깨어보니 어딘지도 모르는 곳에, 아는 사람도 아무도 없이 혼자였으니 얼마나 놀랐을까? 엄마를 찾았던 것은 그 노인의 기억에서는 자신을 가장 안전하고 따뜻하게 안아줄 수 있는 사람이었기 때문일 것이다. 천둥번개가 칠 때 아이들이 자다 깨서 울지만, 엄마가 안아주면 다시 안심하고 잘 수 있는 것처럼 말이다.

치매는 다들 잘 알다시피 기억을 잃어가는 질병이다. 치매가 진행될수록 기억들이 하나둘 사라지게 된다. 마지막에는 내가 누군지, 여기가 어딘지도 모르며 아들딸도 못 알아보게 된다. 병실에서 울던 그 할머니는 치매가 이미 상당히 진행되어 집에서 더 이상 모시기 힘들어 병원으로 오셨으니, 본인은 여기가 어딘지 알지 못하셨을 것이다. 하지만 기억이 사라져가면서도 마지막으로 자신이 기댈 수 있는 사람이 바로 엄마라는 기억은 남아있었다. 엄마의 품이, 엄마의 손길이, 엄마의 말 한마디가 무척이나 그리웠을 것이다.

이럴 때 누구라도 나서서 할머니를 안아주면서 따뜻한 말 한마디 건네줄 수 있다면, 거기는 정말 좋은 병원이 된다. 엄마도 아니고, 자식도 아니지만 그래도 살갑게 대해줄 수 있는 사람이 있는 곳, 그런 병원을 만들고 싶다는 생각을 하게 되었다. 좋은 시설과 많은 직원도 중요하지만 따뜻한 사람 냄새 나는 병원을 만들고 싶었다.

그 후 몇 년이 지나 요양병원을 직접 경영하게 되었다. 의사로서 병원에서 근무하는 것과 병원장이 되어 병원을 경영하는 것은 많이 달랐다. 항상 수익을 생각할 수밖에 없는 것이 현실이지만, 그래도 그 속에서 병원을 처음 만들 때의 초심을 잃지 않기 위해 노력하였다.

여기에 쓰인 글들은 병원을 경영하면서 내가 직접 겪은 일들과 우리 환자들을 조금이라도 더 이해하기 위해 공부한 것을 바탕으로 하였다.

의사로서는 나보다 더 대단하고 뛰어난 의사가 훨씬 더 많을 것이다. 경영인으로서도 나보다 더 뛰어난 리더십과 창조성을 발휘하여 수익을 만들어내는 CEO가 많을 것이다. 하지만 의사이자 경영자로서 환자와 보호자, 그리고 스스로에게 자랑스러운 병원을 위해 노력하고 있다는 사실은 뒤지지 않는다고 자부한다.

이 글들이 요양병원을 고민하는 환자와 보호자들, 그리고 그곳에서 항상 묵묵히, 열심히 일하는 직원들에게 조그마한 도움이 된다면 그것으로 이 책의 소임은 다 한 것이 될 것이다.

2017년 11월
이 찬구

- Chapter I -

요양병원의
환자와 직원 이야기

고향이 그리웠던
제주도 할아버지

J할아버지는 3여 년 전에 치매 진단을 받고 집에서 가족과 함께 생활하시다가 우리 병원으로 입원하시게 되었다. 아들이 함께 모시고 살았는데, 치매가 진행되면서 외출하였다가 집을 잃어버리는 일이 계속되자 병원으로 오시게 된 경우였다.

병원에 입원해서도 병원 내부를 계속 배회하다가 보호자들이 오가면서 문이 열리게 되면 귀신처럼 밖으로 외출하려고도 해서 간호사들이 CCTV를 보다가 엘리베이터로 뛰어가는 일이 생기곤 했었다.

우리 병원은 면적이 다른 병원들보다는 넓은 편이고, 처음부터 치매 환자들의 배회를 어느 정도 목적에 두고 만들었기 때문에 J할아버지처럼 배회를 하는 치매 환자들에게는 도움이 되었다. 치매 환자들의 걸음걸이로는 병동을 한 바퀴 도는데 20여 분은 충분히 걸리기 때문에 따로 밖에 나가지 않아도 그런 욕구들이 해소되는 데 도움이 되었다. J할아버지는 처음에는 다른 병원에 계셨지만, 공간이 충분치 않으셨던지 여러 사람과 싸움이 잦았다고 한다. 우리 병원으로 오시고 나서는 여기저기 마음껏 다니시게 되자 꽤 만족해하셨다. 하지만 J할아버지는 점차 병원 원내에서 다니시는 것으로만 만족하는 게 아니라, 밖으로 나가고 싶어 하셨다. 대체 왜 저리 밖으로 가고 싶어 하는 걸까? 할아버지와 한참을 이야기를 주고받았다.

"할아버지, 어디 가시려고요?"

"구청에 가야 해, 구청에서 사업 허가를 받아야 하거든."

"무슨 사업인데요?"

"내가 구청에서 허가를 받아야 하는 사업이 있어~"

치매 환자들이 배회한다고 해서 아무런 목적이 없는 것은 아니다. 처음 문을 나설 때는 분명한 목적이 있다. J할아버지는 사업 허가를 받기 위해 구청에 가야 한다는 목적이 있다. 하지만, 밖으로 나서는 그 순간 치매 환자들은 왜 나왔는지를 잊어버리고 만다. 처음에는 분명히 어떤 일이 있어서 집 밖으로 나왔는데, 그 후로는 왜 나왔는지를 잊어버리고 계속 걷게 되는 것이다.

손자들에게 줄 과자를 사러 슈퍼에 간다고 나왔다가 그 목적을 잊어버리고 계속 돌아다니게 된다. 그러다가 보호자들이 찾아서 왜 나왔냐고 물어보면 대답을 못 하거나, 그제야 슈퍼에 가려고 나왔다는 게 생각이 나는 것이다. 그러니 보호자 입장에서 보자면 속이 터지는 느낌이 들 수밖에 없다. 하지만, 그게 바로 치매 환자들이 나타내는 특징적인 증상이기도 하다.

J할아버지는 병동 입구에서 우두커니 서서 입구의 자동문이 열리기를 호시탐탐 노리고 계셨다. 치매 환자들이 있는지라 우리 병원은 들어오는 것은 마음대로지만, 나갈 때는 반드시 간호사실의 확인을 받아야 가능한 구조이다. 하지만, J할아버지의 탈출 전략은 환자 보호자들이 들어올 때 문이 열리기를 기다렸다가 밖으로 나가는 것이었다. 하지만, 이런 J할아버지의 전략을 모두 알고 있었기 때문에 간호사들

이나 보호자들은 할아버지가 출입문 근처에 계시면 빨리 가서 모시고 다시 한 바퀴 더 운동을 하고는 했다. 한 바퀴 돌고 있는 동안에 할아버지는 밖으로 나가야겠다는 생각을 잊어버리기 때문이었다. 그래서 할아버지의 탈출 시도는 언제나 조기에 차단되고 이런 운동으로 대체되었다.

어느 날, 병동에서 다급한 목소리의 전화가 왔다. J 아버지가 보이지 않는다는 것이었다. 병동을 다시 한번 샅샅이 살펴보아도 할아버지의 모습은 보이지 않았다. CCTV를 급하게 검색해보니 1시간 전쯤 보호자가 들어온 틈을 타서 나가 엘리베이터를 타는 할아버지의 모습이 보였다. 식사 시간이라 다들 배식과 식사 수발을 하느라 경황이 없어서 제대로 보지 못한 것이었다. 혼자서 밖으로 나간 할아버지에게 교통사고나 추락, 낙상 등의 사고들이 생길까 걱정이 되어 빨리 찾기 시작했다. 직원들을 3개 조로 편성해서 내부 외부를 수색하기 시작했다. 한 시간이 좀 넘게 지났을까? 할아버지를 찾았다는 연락이 왔다. 할아버지는 엘리베이터를 타고 무작정 아무 버튼이나 눌렀던 모양이었다. 그러다 보니 지하 3층의 기계실로 가게 되었고, 거기서 그저 멍하니 서 계셨던 모양이었다. 혼자 서 계신 것을 직원들이 발견해서 모시고 올라왔다. 아무런 사고가 없어 다행이었다. 할아버지에게 물어보았다.

"어디 가시는 길이었어요?"
"집에 가야지, 애들이 기다리는데…"
"집이 어디신데요?"
"제주, 세화"

"제주도까지 어떻게 가시려고요?"
"배 타고 가야지. 애들 보러 가야 해"

할아버지의 고향은 제주도 세화였다. 그리고, 우연히도 내가 여름 휴가로 자주 즐기던 곳이 바로 제주의 세화리였다. 제주도의 여름 바다와 모래사장, 그리고 세화 5일장… 그렇게 제주도 세화의 이야기를 한참이나 주고받으면서 할아버지와 나는 서로 친해졌다. 병동에서 할아버지를 만나 세화 이야기를 꺼내면 할아버지는 언제나 반가운 목소리와 얼굴로 인사를 해오시고는 했다.

치매가 진행되면서 할아버지는 자신의 병실이 아닌, 다른 환자의 병실로 자주 들어가고는 하셨다. 고의성이 있는 것은 아니지만, 이런 증상은 치매가 점점 더 심해지고 있다는 것을 의미한다. 자신의 집이 어디인지를 기억하지 못하다 보니 집을 찾아 이리저리 돌아다니게 되는 것이다. 하지만, 병실은 찾지를 못해도 고향 세화는 언제나 선명하게 기억을 하시는 것 같았다. J할아버지가 다른 환자 병실을 기웃거리다 보니 이런저런 소동이 생기기도 했다. 할아버지 입장에서는 어리둥절할 수밖에 없다. 자신은 그저 집을 찾아가려고 했을 뿐인데, 낯선 사람들이 자신에게 큰 소리를 화를 내는 것으로 보였다. 어딘지도 모르는 낯선 장소에서, 낯선 사람들이 자신에게 큰 소리를 내고 있으니, 그 이유를 이해할 수 없는 할아버지 입장에서는 그저 자신을 공격하는 것으로 생각하고 같이 목소리를 높게 되는 것이었다.

가정에서 치매 환자를 돌볼 때도 이와 비슷한 경우가 많다. 아버지, 어머니가 전에 하지 않던 행동을 하는 것만도 이상한데, 엉뚱한 소리까지 하면 보호자 입장에서는 화가 날 수밖에 없다. 하지만, 치매 환자 입장에서 보자면 정말 억울하다고 해야 할까? 환자는 이 사람이 왜 화를 내는지 그 정확한 이유가 뭔지 도통 이해를 할 수 없는 것이다. 다만, 이 사람이 나에게 화를 내고 있다는 감정 상태만은 잘 전달되어 올 뿐이다. '왜 화를 내는 걸까? 틀림없이 나를 싫어하는구나'라고만 생각하는 것이다. 보호자들이나 가족들이 화를 내는 이유나 내용은 사라지고, 화를 내고 있다는 그 감정만 남아서 환자의 머릿속에 저장된다고 보면 될 것이다. 그러니 치매 환자에게 화를 내는 것은 보호자 입장에서는, 강한 자극을 주어서 환자의 의식을 깨우려는 의도가 있을지는 몰라도, 실제 환자에게는 아무런 도움도 되지 않고 오히려 나쁜 감정만 남기게 된다고 생각하면 된다.

J할아버지는 다른 직원이나 환자들과 큰 목소리로 싸울 때도 내가 다가가면 얼굴이 밝아지면서 반가워하셨다. 내가 고향 사람 혹은 구청에서 사업 허가받는 것을 도와줄 사람이라고 생각하시는 듯했다. 그러다 보니 J할아버지기 소동을 일으키게 되면 즉각 나에게 연락이 오게 되었다. 본의 아니게 J할아버지의 전담반이 되어버린 셈이었다. 이런 식으로 요양 병원에서는 이런 식의 전담 마크맨들이 곧잘 있다. 환자마다 성향이 다르다 보니 친해지는 직원도 각기 다를 수밖에 없기 때문이다. 귀찮을 때도 있지만 J할아버지의 전담 마크맨이 되어서 항시 할아버지와 얘기를 나누는 것은 기분 좋은 일이었다. 하지만, 시간이 갈수록 할아버지의 기억 속에 내가 제주도의 고향 사람, 사업을 도와주는 사람이라는 이미지도 서서히 흐려지기 시작했다. 누군지는 모르지만, 그저 반가운 사람이라는 이미지로서만 남아 있는 것 같다. 할아버지의 내면에서는 '누굴까? 누군지 모르겠지만 낯익고 반가

운 사람이네.' 라고 생각하시지 않았을까?

기억을 서서히 잃어가다 보면 걷는 법, 말하는 법도 잊어버리는 게 되는 게 치매이다. 치매가 마지막 단계에까지 이르면 환자는 음식을 먹는 법까지 잃어버려서 옆에서 숟가락으로 떠먹여 주어야 한다. 음식이 식도가 아니라 기도에 들어가게 되어 생기는 흡인성 폐렴이 잘 나타나는 것도 이 단계이다. 그렇기 때문에 중증 치매 환자들의 식사 수발을 돕는 일이 그리 쉬운 것이 아니다. 보호자들이 면회를 오고 난 뒤에 이런 흡인성 폐렴이 생기는 경우가 드문 일이 아닌 것도 바로 이런 까닭이다.

증상이 심해진 J 할아버지는 병상에 누워서 창문 밖의 먼 하늘만 응시하고 있었다. 초점 없는 눈이 바라보고 있는 것은 무엇이었을까? 제주도 세화의 푸른 하늘과 바닷가가 아니었을까? 그러던 어느 날, 할아버지는 하늘로 훌훌 떠나셨다. 항상 고향이 그리워서 하루 종일 여기저기 고향을 찾아서 다니시던 J 할아버지, 가고 싶으시던 고향 제주도 세화에서 평안하게 영면하시기를…

제주도 세화 바닷가를 떠올리면 나를 바라보고 웃음 짓던 J 할아버지 얼굴이 아스라이 떠오른다.

엄마가 보고 싶어요

J씨와 K씨는 우리 병원에서는 보기 드물게 젊은 환자이다. 이제 50 대에 가까운, 이미 결혼까지 해서 아이까지 있는 젊은 사람이 요양병 원에 있는 이유는 무엇일까? J씨는 10여 년 전에 뇌종양을 수술한 뒤 에 사지 마비가 되었고, 지능도 5살 정도의 수준이 되었다. K씨는 18 살에 계단에서 넘어지면서 경추가 골절되고 신경이 마비되어 목 아 래의 신경이 전부 마비되는 전신 마비 상태이다. 움직일 수 있는 것은 왼손 조금 밖에 없어 모든 일상생활을 타인의 도움에 기대야 하는 상 태이다. 하지만, 지능에는 이상이 없어 자신의 감정과 생각을 힘들게 나마 이야기하는 것은 가능한 상태이다. 그래서 K씨는 장애인용 컴 퓨터를 마련하기 위해 돈을 조금씩 모으고 있다. 우리 병원도 장애인 지원센터 등과 연계하여 세상과 소통할 수 있는 계기를 만들어 주기 위해 노력 중이어서 아마 곧 좋은 결과로 이어질 것 같다.

이미 결혼해서 아이까지 있던 J씨는 사고가 난 뒤에 가족의 생계를 부인이 책임져야 했기에, J씨의 병간호는 모두 나이든 부모님께서 도 맡아 하게 되었다. J씨는 지능이 시간이 갈수록 조금씩 더 후퇴하는 모습을 보이고 있다. 소설 '시간은 거꾸로 간다'에 나오는 벤자민 버 트처럼 갈수록 더 어려진다고 보면 될 것이다. 지금은 간단한 대답밖 에 하지 못하고, 3~4살 아이들처럼 떼를 쓰고 우는 경우도 왕왕 있다.

요양병원에서는 일반적으로 공동 간병인제도를 운영하고 있다. 대부분의 환자가 간병을 필요로 하는 노인성 질환자들이다 보니, 요양보호사를 병원에서 고용하거나 계약하고 그 비용을 공동으로 환자들이 부담하는 것이다. 혼자 간병인을 두는 것도 가능하지만, 간병 비용은 건강보험에서 지원하는 것이 아니다 보니 환자들의 부담이 너무 커서 공동으로 요양보호사를 고용하는 것이 그나마 현실적인 대안이 된다.

하지만, J씨는 공동간병 대신에 부모님께서 전적으로 간병을 책임졌다. 그야말로 하루씩 교대로 아버지, 어머니께서 교대로 환자를 돌보는 것이었다. 해보지 않은 사람은 모르겠지만, 간병이라는게 생각처럼 그리 만만한 일이 절대 아니다. 환자를 씻기고 옷 갈아입히고 특히 J씨처럼 사지 마비가 있으면 기저귀까지 갈아주어야 하니 젊은 사람이라도 쉽게 해내기 힘든 일이다. 그런 일을 이 부모님들은 몇 년째 해오고 있는 것을 보면 엄마의 사랑이라는 것은 정말 대단하구나 하는 것을 느낄 수 있었다. 특히나 J씨 아버지께서 생활을 위해서 다른 일을 시작하시게 되자 그 모든 부담이 엄마에게 지워졌지만, 어머니가 별 힘든 내색 없이 혼자서 간병을 책임지는 것을 보고 우리 직원들도 놀랄 수밖에 없을 정도였다. 말은 하지 않으셨지만, 어찌 힘들지 않았을까? 부모 자식이라는 관계가 이런 것이구나 하는 것을 많이 느낄 수 있었다.

병원의 아침 식사는 빠르다. 7시 30분이 되면 아침 식사가 시작된다. J씨 부모님들은 이 아침 식사가 시작되기 전에 병원에 항상 도착한다. J씨를 간단하게 씻기고 나서 휠체어에 태워서 식사를 시작한다. 아들이 좋아하는 반찬이나 간식 등을 따로 챙겨오는 것은 기본 중의 기본이다. 목욕부터 기저귀까지 이 엄마 아빠는 모든 것을 직접 처리한다. 아무리 숙련된 요양보호사가 정성스럽게 간병을 한다고 해도 이런 부모님의 손보다 더 세심할 수는 없을 것이다. 이렇게 1년 365일 모두 출근하니 이 부모님들은 이제 우리 병원의 식구들이나 마찬가지가 되었다. 웬만한 병원 일들도 다 알고 직원처럼 같이 도와서 해주시기도 하니, 병동에 가서 만나 뵈어도 보호자라는 생각보다는 가족이나 직원 같다는 생각이 들 정도이다. 틈 날 때마다 아들을 휠체어에 앉혀서 병원 곳곳을 다니면서 이런저런 얘기를 나누기도 하고, 가끔은 테라스 정원에 가서 꽃을 보면서 햇볕을 쬐기도 한다. 반면, 부인은 그렇게 자주 면회를 오지는 못한다. 아무래도 직장을 다니면서 생계를 이어야 하는 것도 있고, 아이들도 있어 가정을 챙겨야 하는 것도 있어서 그럴 것이다. 부인의 사랑도 부모님 못지않겠지만, 이런 현실적 여건 때문에 간병은 부모님이 책임을 대신 지게 된 것이다. 다른 사회생활, 특히나 경제생활을 하면서 환자를 돌본다는 것은 너무나 어려운 일이기 때문이다.

2015년에 메르스가 전국적으로 확산되고 부산에서도 발병이 시작되었을 때, 우리 병원에서도 면회 제한을 시작했다. 부산 인근에 있는 창원의 한 병원에서는 메르스 환자가 자기 병원과 관련이 있는 것으로 드러나자, 모든 직원이 출퇴근을 포기하고 병원에서 숙식을 함께 하는 병원 폐쇄에 가까운 조치를 취할 정도로 심각한 시기였다. 우리 병원은 아직 감염자나 감염 의심사례가 보이지 않아, 그 정도 단계까지는 아니지만, 적극적으로 주의를 시작할 필요가 있어 보호자들의 면회 금지를 하게 되었다. 노령 환자와 취약 환자가 많이 입원해 있는 요양병원의 특성상, 메르스 바이러스가 병원에 전파되는 사태가 발생하면 금방 큰 피해로 번질 우려가 컸기 때문이었다. 면회 금지가 시작되자 곳곳에서 보호자들의 항의가 나타나고 환자들이 불편을 호소하기 시작했다. 하지만, 가장 큰 문제 중의 하나는 J씨 엄마를 어떻게 할 것인가였다. 의료진과 행정부서가 모두 모여서 회의를 했지만 J씨 엄마도 면회 제한을 해야 한다는 것으로 결론이 났다. 마음이 아프지만 전례 없는 이런 위험한 사태를 맞이해서 할 수 없는 일이라고 부탁을 드렸다.

하지만, J씨 엄마의 선택은 우리의 예상을 한참이나 벗어났다. 다른 보호자들도 모두 면회 금지를 하는 입장에서 자신만 특혜를 달라고 하기는 어렵다고 고맙게 생각해주셨다. 그리고는 병원에서 숙식을 허락해달라고 우리에게 요청하셨다. 그리고 메르스가 진정되는 약 3주간 J씨의 엄마는 아들이 있는 병실 옆에서 불편한 잠을 주무셨다. 간혹 다른 환자들이 면회 제한인데도 불구하고 J씨 보호자가 있는 것에 대해 불만을 가지는 경우가 있었지만, 자세한 사정을 이야기하고 나면 다들 엄마의 사랑에 대해 감탄을 금치 못하며 고개를 숙였다. 요양 병원에 근무하면서 많은 자식이 부모를 찾아뵙고 돌보는 것을 보았지만, J씨 부모님만큼 자식에 대한 사랑이 넘치는 경우는 보지 못하였다. 옛말처럼 부모님의 내리사랑을 넘어설 수 있는 것은 없는가 보다. 오늘도 조00씨 엄마는 휠체어에 사랑하는 아들을 태우고 비록 알아듣지 못한다 해도, 이런저런 말을 해주면서 산책을 하고 있다. 아들을 바라보는 엄마의 눈이 사랑이 가득 차 있는 것은 누가 보아도 알 수 있을 정도이다.

K씨는 J씨와 같은 병실을 쓰고 있다. 그래서 K씨는 항상 엄마가 J씨를 챙겨주는 모습을 매일 볼 수 있었다. K씨는 사지 마비로 항상 누워 있어야만 했지만, 정신은 온전하기 때문에 자기 감정을 충분히 표현할 수 있었다. 어느 날 밤 병동에 들렀더니 K씨가 울고 있다는 얘기를 병동의 근무자들이 하는 것이었다. 병동 차원에서 해결할 수도 있는 일이지만, 무슨 일인가 싶어 병실에 가서 K씨와 이야기를 잠시 나누었다.

"K씨, 무슨 일 있어요?"
K씨는 한참이나 말을 않고 가만히 있다가, 어눌하지만 자세히 들어보면 충분히 알아들을 수 있는 말로 대답했다.
"엄마가 보고 싶어요."

K씨의 어머니는 K씨가 사고 나기 전에 이미 세상을 떠나시고, 지금 법적인 보호자는 K씨의 누나들이었다. 다행히 누나들이 착하고 애정이 많은 편이어서 그래도 다른 환자들보다 면회도 자주 오는 편이었고, 원하는 것이 있으면 이것저것 잘 챙겨주는 편이긴 하지만 어디 엄마만 하랴. 매일 옆에서 J씨 엄마가 간병해주는 모습을 보면서, 자신도 엄마가 살아 있어서 저리 해주었으면 하는 말인가 싶어 물어보았다.

"J씨 엄마처럼 간병해주면 좋겠어요?"
그런데, 예상치 못했던 전혀 뜻밖의 대답이 나왔다.
"내가 이렇게 누워있는 걸 엄마가 모르고 돌아가셔서 다행이에요."
"그냥 엄마가 보고 싶어요."

뭐라고 대답을 해야 할까? 고민하다가 그냥 손을 한참 잡아주다가 병실을 나섰다. J씨 부모님들에게 아들은 어떤 의미일까? 힘든 것은 분명하지만 그냥 고생 덩어리, 노년의 짐으로만 여기지는 않을 것이다. 정성으로 키웠던 아들이, 결혼해서 아이까지 두고 살던 아들이, 어느 날 문득 5살 지능이 되어 있는 것을 지켜보는 부모의 마음이 어떨지는 누구라도 알 수 있을 것이다. 하지만, 그렇다고 해서 이런 자식이 그저 짐으로만 여겨지는 것도 아닐 것이다. 어쩌면 J씨 부모님들은 더 행복한 노후를 보내고 계신지도 모른다는 생각이 들었다. 힘들고 가슴 아픈 것은 분명하지만, 그래도 사랑하는 아들을 매일 보면서 함께 시간을 보내고 있으니, 그리 생각하면 마음이 조금이라도 편하지 않을까?

그리고, K씨 말도 충분히 이해할 수 있었다. 아들이 병실에만 누워 지내는 전신 마비 환자가 되었다는 것을 부모님이 모르고 계신 것이 다행이다 싶은 것이 K씨의 생각일 것이다. 일찍 돌아가신 엄마에게 미안하기도 하고, 그럼에도 보고 싶기도 하고… 어쩌면 아무것도 모르는 서너 살 아이 같은 상태가 되어, 무슨 일이든 그저 엄마만 찾는 J씨가 부러웠는지도 모른다.

엄마…
보고 싶어요.

미운 부모
고마운 부모

환자들과 지낸 시간이 많은 만큼이나 보호자들도 많이 만나 보았지만, 분명하게 기억에 남는 분들이 있다. 시간이 지나면 기억이 사라질 것도 같은데, 어떤 상황이 되면 그때의 기억들이 불현듯 떠오르는 것이다.

순이 할머니… 처음 입원하실 때부터 위암 말기 시한부 판정을 받으신 상태였다. 하지만 다른 사람도 아닌 순이 할머니가 기억에 오랫동안 남아 있는 것은 지극정성의 두 따님 덕분이었다. 환자를 보호자들이 돌보는 것이야 병원에서는 일상적으로 보게 되는 모습이지만, 이 두 따님은 정말 차원이 다른 경우였다. 직장에 다니던 두 따님은 출근 전에 엄마에게 들렀다가 출근하고, 퇴근하는 길에 또 엄마를 보고 집으로 귀가하였다. 이런 생활을 하루도 빠짐없이 해 왔기에, 부모를 정성으로 모시는 보호자들을 많이 보아왔던 우리 직원들도 최고로 꼽을 정도였다. 거기다 주말이면 손주들을 데리고 와서 엄마 옆에서 몇 시간씩 있으면서 병원을 떠들썩하게 만들고는 했었다.

위암 말기다 보니 식사가 거의 힘들었고, 통증도 견디기 힘들 정도로 진행된 상태였다. 그래서 마약 성분의 진통제도 대량으로 투여받고 있었지만 그래도 힘든 것은 분명하였다. 저녁때쯤 병동을 돌다 보면 식사를 제대로 못 하는 엄마 옆에서 식사 수발을 하던 그 따님들 얼굴이 지금도 선명하게 떠오른다. 사실 시한부 판정을 받고 요양병원에 입원할 정도가 되면 보호자도 치료에 대한 의지나 삶에 대한 요구가 없는 경우가 대부분이다. 그런데, 이 순이 할머니 보호자들은 치료는 포기했을지 몰라도, 엄마가 계속 삶을 이어가기를 진심으로 원하고 있었다. 위암 말기다 보니, 그 통증은 일반인들은 견디기 힘든 수준이라고 보면 되는데도 불구하고 순이 할머님도 이런 싸움을 잘 이겨내고 있었다. 물론 중간 중간 통증이 심할 때 나타나는 짜증과 잔소리는 따님들도 잘 이해하고 받아들이고 있었다.

환자와 보호자가 그리 열성적이다 보니 병원에서도 당연히 좀 더 치료적인 방향으로 진료 방향이 나아가게 되었다. 때로는 일반 요양병원에서 행하는 의료 수준을 넘어서서, 급성기 수준의 치료까지도 진행하기도 했다. 환자에게는 고통스러운 시간이라는 것은 분명한 사실이지만 엄마가 조금이라도 더 생존하시기를 원하는 따님들의 염원 때문인지, 순이 할머니는 처음 입원할 때 예상했던 것보다 훨씬 더 오래 그 삶을 이어갔다.

위태했지만 가느다란 생명을 이어가던 어느 날, 순이 할머니는 문득 세상을 떠나셨다. 이미 입원할 때부터 마음의 준비를 다 하고 있었다고 하지만, 두 따님은 무척이나 슬프게 눈물을 흘리며 엄마의 마지막을 지켰다. 암의 고통에서 벗어난 순이 할머니의 얼굴은 참 편안해 보였지만, 남은 가족들은 엄마의 부재를 너무 가슴 아파했다. 이 따님들도 엄마가 그리 고통스러웠다는 것을 모를 리가 있을까? 다만, 힘든 것을 알면서도, 그렇게 힘겹게라도 옆에 있어 주기를 바라는 그 마음, 그 마음 때문에 순이 할머니가 그리 오래 견딜 수도 있었을 것이다.

가족들을 위로하면서, 또 한편으로는 가족들이 병원 직원들에게 고맙다는 인사를 전하면서 죽음에 무뎌진 우리들도 함께 슬픔을 느낄 수 있었다.

그래도 죽음을 슬퍼하고 마지막을 지켜주는 사람이 있기에 순이 할머니는 삶을 보람있게 사셨다고 할 수 있겠다.

올해 79세가 되신 B 할아버지는 차를 타고 가다 넘어져 팔꿈치가 골절되어 급성기 병원에 입원했다가 수술이 끝난 뒤에 우리 병원으로 오신 경우였다. 그런데, B 할아버지는 보호자가 없는 무연고자여서 어떤 면회나 방문도 없었다. 그런데다 치매가 서서히 진행되면서 행정기관의 도움을 얻을 일이 있어 이리저리 알아보던 중에 아무도 없는 줄 알았던 보호자와 연락이 닿았다. 그런데 보호자는 냉정하게 어떤 권리나 의무도 책임지지 않겠다고 이야기했다.

"나는 아버지가 없어요."
이게 보호자가 우리에게 던진 말이었다.

자신과는 아무런 관계가 없는 사람이니 앞으로 아무런 연락도 하지 말라고, 죽고 나서도 병원에서 알아서 하라고 하였다. 더 이상 말 붙이기가 힘들 정도로 냉랭한 반응이었다. 이 부자 사이에 어떤 일이 있었는지는 모른다. 하지만, 아버지가 죽음에 처해서도 아무런 연락도 하지 말라니…

어느 보호자는 임종 즈음하여 연락을 한 간호사에게, '아버지 돌아가시고 나면 연락해주세요.'라고 말하기도 했다. 세상을 떠나는 그 순간에 가족 없이 외롭게 돌아가시는 분들을 보면 안타까운 마음이 드는 것도 사실이다. 세상에 태어날 때 부모가 그 탄생을 축하하며 지켜보아 주었듯이 세상과 이별하는 그 마지막 순간에도 남은 가족들이 함께 지켜주는 것이 그래도 예의가 아닐까?

부모님이 돌아가시면 삼년상을 지켜야 한다는 것이 우리 예전 사회의 예법이었다. 이와 관련해 논어에 보면 재밌는 얘기가 나온다. 공자의 제자 중 재아라는 사람이 공자에게 물었다.

"스승님, 3년상은 너무 깁니다. 이를 1년으로 줄이면 어떨까요?"
"군자(君子)는 부모가 돌아가시고 나서 상중에는, 아무리 맛있는 것을 먹어도 맛을 느끼지 못하고 음악을 들어도 즐겁지 않고 집에 있어도 편안함을 느끼지 못한다. 그래서 그렇게 하는 것이다."
이렇게 질타하면서 공자는 이 제자에게 냉정하게 말을 이어간다.
"너는 편안함을 느끼는 것 같으니 줄여서 하도록 하여라."

삼년상을 지키라고 한 공자의 말씀은 예(禮)라는 것은 형식적으로 지켜야 하는 것으로만 생각할 것이 아니라, 사랑하는 가족을 잃은 자식의 마음이라고 이야기하고 있는 것이다. 그리고, 자신을 키워준 부모의 은혜를 생각하라는 것이었다.

"아이도 태어나면 3년이 지나야 비로소 부모의 품을 떠날 수 있다."

이것이 공자가 이 삼년상과 관련한 논란에서의 마지막 말이었다. 부모의 도움을 받지 않고 홀로 다닐 수 있는 최소한의 시간이 3년이니, 부모님 돌아가시고 나서 그 정도는 부모의 옆을 지키는 게 예라고 본 것이다.

바쁜 현대의 시간에서 삼년상을 지킨다는 게 불가능하다는 것은 누구나 다 아는 사실이다. 중요한 것은 3년상이니 1년상이니 하는 것이 아니라, 가족에 대한 사랑과 고마움을 잊지 않는 것이다. 모두가 순이 할머니의 두 따님처럼 엄마를 그렇게 애타게 사랑하고 안타까워하며 보내기란 쉽지 않은 일이다. 하지만, 그래도 부모가 없었다면 태어나지 못했을 거라는 사실 하나만으로도 부모가 이 세상을 떠나며 마지막 숨을 거둘 때만이라도 옆에서 지키는 게 도리가 아닐까 싶다. 서로 인연을 끊고 지냈다고 하여도, 끊어지지 않는 인연이 이어지고 있는 게 바로 가족이 아닐까? 자신을 낳은 것만은 변하지 않은 사실이니, 아무리 섭섭하고 안 좋은 일이 있다 할지라도 임종만큼은 가족들이 지켜보았으면 하는 게 개인적인 바람이다.

잘 키운 아들
못난 아들

모든 부모의 마음은 자식이 잘 되기를 바라는 마음일 것이다. 돈도 많이 벌고 출세도 해서 높은 지위에 이르는 것이 모두 부모님들이 원하는 것이리라. 하지만, 재미있게도 부모의 그러한 바람대로 경제적으로나 사회적으로 성공한 자식들보다는, 성공과는 거리가 먼 편에 해당하는 못난 자식들이 더 도움이 되는 것을 자주 보아왔다. 어찌 보면 성공한 자식보다는 가까이에서 자주 찾아뵙는 자식이 더 도움이 되는 것이다.

굽은 나무가 선산을 지킨다는 말처럼, 공부 잘해서 서울로 간 아들딸은 외국으로 유학 가서 정착하기도 하고, 우리나라에 산다고 해도 바빠서 시간 내기가 어려울 수밖에 없다. 하지만, 학창 시절에 공부 못한다고 엄마 아빠에게 구박받고 직업도 다른 형제들과 달리 좀 누추한 느낌이 들어도 부모 근처에서 생활하다 보니 더 자주 찾아오는 자식이 사실은 더 효자 효녀라고 할 수 있을 것이다. 흔히 하는 말로, '잘난 자식은 나라의 자식이고, 못난 자식이 내 자식' 이라는 말이 딱 맞을 수밖에 없는 게 사실이다. 환자를 자주 찾아뵙는 것도 결국은 가까이 있어야 그만큼 횟수도 늘어날 수밖에 없다. 아무리 엄마 아빠를 사랑해도 멀리 떨어져 있으면 찾아뵙기는 어렵지만, 근처에 있으면 애정은 좀 덜해도 오히려 더 자주 찾아오고 보살필 수밖에 없기 때문이다.

요양병원이 처음 만들어졌을 때는 대부분 공기 좋고 물 좋은, 그야말로 요양하기 좋은 시골이나 도시 외곽에 세워졌다. 하지만, 막상 이렇게 되니 보호자들이 자주 찾기 어렵다는 단점이 크게 작용했다. 그래서, 요즘은 시내의 역세권 주변에 있는 교통이 편리한 지역의 요양병원이 인기가 좋다. 혹은 집 근처 가까이에 있는 병원을 선택해서 매일 찾아뵙는 경우도 제법 많다. 급성기의 일반 병원을 선택할 때와는 달리 요양병원을 결정할 때는 환자보다는 보호자의 의견이 더 중요한 것도 이런 추세를 만드는 데 일조하고 있다고 보아야 할 것이다.

K 할아버지는 고등학교 교단에서 수학을 몇십 년간 가르치다 퇴임하신 선생님이셨다. 아들 둘도 잘 키워서 큰아들은 교수를 하고 있고, 며느리는 교감 선생님이었고 작은아들은 어디 조그만 공장에서 회사원으로 일하고 있었다. 첫째가 대학교수를 할 정도면 할아버지께서 큰아들에게 상당히 공을 많이 들였을 것이 틀림없을 것이다. 하지만, 막상 할아버지가 입원하고 나니 면회를 오는 것은 주로 둘째 아들이 있다. 할아버지의 주 병명은 치매였는데, 병이 점차 진행될수록 할아버지는 예전의 선생님다운 꼿꼿한 모습을 점차 잃어갔다. 나중에는 삼킴 기능도 많이 떨어져서 음식을 드시면 흡인성 폐렴으로 진행되는 경우가 많아, 의료진에서는 인공영양을 추천하였다. 그런데, 주 보호자인 큰아들이 동의를 하지 않았다. 이유는 아버지가 인공영양관을 하시는 것이 반인권적이라고 하는 것이었다. 인공영양이 반인권적이라는 일부의 시각이 있는 것은 사실이다. 하지만, 그것은 삼킴 기능이 '일시적'으로 약해진 환자들의 경우이다. 하지만, 이제 삼킴 기능이 다시 회복되기 힘든 중증 치매 환자의 경우에, 인공영양을 거부한다는 것은 굶어서 죽어라는 것과 별 차이가 없었다. 그 외에는 영양

을 해줄 방법이 없기 때문이다. 보호자에게 강력하게 얘기했지만, 대학교수였던 큰아들은 자신의 고집을 꺾지 않았다. 이런 아주 난감한 상태가 해결된 것은 작은아들에게 연락을 하고 나서였다. 작은아들은 쇠약해진 아버지의 모습을 보고 난 뒤에 인공영양에 동의하고, 영양제 등의 비급여 치료도 해달라고 부탁하였다. 우리는 안심하고 영양과 치료를 하는데, 큰아들 내외가 와서 항의하기 시작했다. 왜 자신들의 동의도 구하지 않고 인공영양과 비급여 치료를 하느냐고 따지는 것이었다. 돈을 못 낸다고 하면서 큰소리로 항의하던 부부에게 작은아들이 와서 이미 계산을 끝마쳤다고 하자, 우습게도 큰아들 부부의 잔소리는 곧 사라져버렸다.

그 후로도 비용이 발생하는 치료는 대부분 작은아들이 챙겼다. 할아버지의 사랑을 많이 받았을 것이 분명한 큰아들 내외는 면회도 그리 자주 오지 않고, 비급여 치료도 내켜 하지 않았다. 물론 그렇다고 해서 큰아들이 아버지를 사랑하지 않는다는 증거가 되는 것은 아니다. 하지만, 할아버지의 그 마지막을 제대로 지켜봐 주지 못하는 것은 아쉬운 일이었다.

할아버지는 그 후 그리 오래 버티지는 못하고 돌아가셨다. 그리고 공무원이었던 큰아들 내외의 혜택을 받아 공무원들이 자주 가는 큰 장례식장에서 상을 치렀다. 크고 좋은 장례식장에서 화환들이 즐비하게 늘어서고 조문객 또한 끊이지 않을 정도로 문상객도 많았을 것이다. 하지만 할아버지가 성대한 장례식장보다는 생전에 아들들이 좀더 자주 찾아뵙는 것을 원하지는 않으셨을까? 입신양명해서 부모의 이름을 높여주는 것이 전통 시대의 효도였다면, 지금은 그저 부모님을 자주 찾아뵙고 안부를 묻는 것이 더 큰 효도가 아닐까 싶다.

돈돈돈

S할머니는 아들딸 하나씩을 슬하에 두었다. 처음에는 요통 때문에 입원했는데, 입원하고 보니 이미 치매가 상당히 진행된 상태였다. 보호자들은 치매가 없고 노환으로만 생각했다가, 병원에 와서 검사를 해보고 나면 치매 진행이 이미 상당한 경우도 왕왕 있는 편이다. 입원하고 나서 S할머니는 밤이 되면 어디 가야 한다면서 침대를 내려오기도 하고, 낙상이 염려되어 이를 말리는 직원들에게 욕을 하기도 했다. 그래도 점차 요양병원에 적응이 되어 가면서 S할머니는 안정을 찾아갔다. 할머니를 따라 곧이어 할아버지도 같이 입원을 하게 되면서 두 분이 병원 생활을 함께하시게 되었다.

할아버지는 예전에 사업을 크게 하셨던 모양이었다. 그러다가 사업이 어려워지면서 아들이 물려받게 되고, 아들이 사업 수완이 좋았는지 잘 키워서 크게 성공했다고 한다. 그런데, 문제는 아들과 딸이 서로 다투면서 시작되었다. 딸 입장에서는 아버지가 자신에게는 아무것도 물려주지 않고 아들만 편애한다고 생각했다. 반면, 아들 입장에서는 아버지 사업을 물려받기는 했지만 위태위태했던 사업을 일으킨 것은 자신의 공이 컸다고 생각했다. 그래도 할아버지가 건강하실 동안에는 그래도 이런 갈등이 큰 문제로 이어지지는 않았던 모양이었다. 문제는 할아버지가 연세가 많아지면서 치매 증상이 나타나자 이런 갈등을 중재할 방법이 없어져 버린 것이었다. 때로는 아들을 혼내기도 하고, 때로는 딸에게 호통을 치기도 하면서 나름 균형을 잡아 오던 것이 한쪽으로 급격하게 쏠리게 된 것이었다. 급기야 아들과 딸의 갈등은 법적인 싸움으로까지 확대되기 시작했다. 시간이 흐를수록 문제는 더욱 심각해져 갔다.

서로 자신에게 유리한 증언과 증거를 찾으려고 하다 보니 아버지, 어머니를 모신 병원이 어디인지도 가르쳐 주지도 않게 되었다. 아들은 아버지 어머니를 시골의 한적한 병원에 모셔두고는 동생에게 아무런 말도 해주지 않았다. 딸은 걱정도 되고 화도 나다 보니, 아들이 부모님을 유괴해서 감금하고 있다고 경찰에 신고했다. 경찰에서 만난 동생에게 아들은 부모님이 입원해 있는 병원을 말해줄 수밖에 없었고, 동생은 그 길로 부모님을 퇴원시키고 우리 병원으로 모시고 오게 된 것이 바로 S할머니와 할아버지가 우리 병원에 입원하게 된 경위였다.

아들도 부모님의 행방을 수소문해서 우리 병원으로 면회를 오게 되었다. 그 사실을 알게 되자 딸은 부모님을 곧 퇴원시켜서 자신의 집으로 모시고 갔다. 이 아들과 딸의 파란만장한 가족 싸움은 이렇게 끝난 줄 알았지만, 싸움은 2라운드로 넘어갔다.

딸은 아버지, 어머니를 모시고 있다는 것을 이용해서 재산을 자신의 것으로 만들기 시작했고 아들은 이를 두고 법적인 문제를 제기했다. 그래서 딸은 아버지가 요양병원에 치매 증상으로 입원했다는 확인서를 떼러 왔고, 아들은 이 소식을 듣고 우리에게 발급해주지 말 것을 요구했다. 하지만, 법적으로 필요한 서류를 갖추고 자격이 충분하면 우리 병원 입장에서는 당연히 발급해주어야 하는 게 우리의 의무이기도 하다. 이렇게 해서 아버지의 재산을 둘러싼 아들과 딸의 싸움은 지금도 계속되고 있다고 한다.

치매가 진행 중인 할아버지, 할머니는 자식들이 이렇게 싸우고 있다는 것을 인지하고 계신 것 같지는 않았다. 우리 입장에서는 그저 집에서 모시고 있다는 할아버지, 할머니가 편안하게 여생을 마감하는 것이 더 중요하게 생각될 뿐이다. 어떻게 생각한다면 공들여 키웠을 것이 분명한 남매의 싸움을 제대로 이해하시지도 못하는 게 다행일지도 모른다. 대부분의 사람이 돈은 없는 것이 문제라고 이야기하지만, S할머니와 할아버지를 둘러싼 가족 간의 싸움을 보고 있으면, 차라리 아들딸이 좀 못나고 돈도 얼마 되지 않았다면 이런 일이 없지 않았을까 싶다. 많아도 문제, 적어도 문제가 되는 게 돈이다.

K할머니는 항상 몸단장과 패션에 신경 쓰는 멋쟁이 할머니다. 병원에 정기적으로 미용 봉사를 하시는 분들도 계시지만, 자신만의 스타일로 머리단장을 하러 원래 계시던 집 근처의 단골 미용실에서 머리를 하기 위해 정기적인 외출을 하실 정도였다. 목욕도 꼭 정해진 곳에서 해야 해서 보호자들이 때가 되면 모시고 가고는 했었다. K할머니는 젊어서 사업을 하면서 돈을 제법 많이 모았다고 한다. 이 돈으로 K할머니는 나름의 노후를 보내고 있으니 어찌 보면 현명하게 준비한 것이라고 보아야 할 것이다. 그런데, 이 돈을 노리는 사람들이 있었으니, 바로 K할머니의 여동생들이었다. 여동생들이 보기에 할머니는 치매에 걸려서 뭘 하는지도 잘 모르면서 돈을 다 써대고 있는 것처럼 보였다. 할머니를 꼬드겨서 자신들에게 필요한 것들을 얻어내기 시작했다. 면회를 와서 할머니 앞에서 울면서 신세 한탄을 하면 K할머니

는 마음이 약해져서 그냥 동생들이 원하는 대로 돈을 주는 것이었다. 우리 직원들이 볼 때는 말도 안 되는 일이어서, 할머니 동생들에게 잔소리하기도 하고, K할머니에게 돈을 주지 말라고 얘기하기도 했다. 그런 일들이 몇 번 반복되자 동생들이 보호자에게 어떻게 얘기를 했던 모양인지, K할머니는 다른 병원으로 옮겨 가고 말았다. 다른 병원으로 가면서 눈물을 흘리며 정든 곳을 떠나기 싫어하던 그 모습이 아직도 기억에 남는다. 혈육이라고 해서 다들 좋은 의도를 가지고 있는 것은 아니구나 하는 것을 알게 된 사건이었다. 치매로 인지 능력이 떨어진 환자들이 제대로 된 판단을 하지 못하기 때문에 나타나는 비극이기도 하다. 치매 환자들의 재산을 두고 자식들이 싸움을 벌이는 경우가 있는가 하면, 시골에 혼자 사는 치매 환자들에게 물건을 강매하거나 사기성에 가깝게 판매해서 치매 환자들이 경제적 손해를 입는 경우도 있었다.

이런 사건들이 사회적 문제로 비화되고 점차 이슈화되자 이를 해결하기 위해서 만들어진 것이 '성년후견 제도'라는 것이다. 치매 등으로 정상적인 판단이 어려운 이들을 위해 성년 후견인을 신청하게 되면 법원에서 후견인을 정해주게 된다. 이 후견인이 치매 환자를 대신해서 재정적, 법적 결정을 대리해준다고 생각하면 된다. 이 후견인은 치매 환자가 잘못된 결정을 내릴 경우 이를 취소할 수도 있는 권한이 있기 때문에 다른 사람이 함부로 치매 환자의 재산을 축내는 일을 막을 수 있게 된다. 또한, 후견인은 재산 관리만 맡는 것이 아니라 치료나 입원 등의 의료 행위, 혹은 시설 입소 등과 관련한 일이나 사회복지 서비스 신청과 관련된 일도 맡게 된다. 이런 성년 후견 제도에는 지금은 정상적인 판단이 가능하지만, 향후 일어날 수도 있는 일을 대비한 '후견 계약' 도 있다. 예를 들면, 지금 치매 진단을 받았다면 향후 치매가 더 심해질 때를 대비해서 내가 원하는 방식으로 내 일을 처리해줄 수 있는 사람을 선정한다고 생각하면 된다. 생활비나 세금, 예금, 부동산 등은 어떻게 처리할 것이며, 입원 등 치료는 어떻게 할 것인지, 상속과 세금 문제를 어떤 방식으로 할 것인지를 미리 정해서 후견 계약을 맺는 것이다. 이렇게 되면 나중에 중증 치매가 되어서 자신이 정상적인 판단을 못 하게 되더라도 후견 계약에 맺은 대로 일을 처리할 수 있게 된다. 자세한 사항은 '한국 성년후견지원본부' 로 문의를 하면 된다. 미리 준비만 잘 해두면 가족 간에 생길 수 있는 불화를 예방할 수도 있으니, 좋은 제도라고 생각되지만, 왠지 가슴 한편으로는 뭔가 섭섭하고 허전한 느낌이 드는 것도 사실이다.

있어도 문제, 없어도 문제가 되는 게 돈이라는 말이 정말 실감 난다.

못난 자식에게
눈이 가는 부모

K할머니는 참 외롭게 생을 마감하셨다. 아들 둘과 딸 셋을 두었지만, 어느 자식 하나 할머니의 임종을 제대로 지키지 못했다. 경제적으로 어려운 것도 아니었고, 자식들에게 소홀한 것도 아니었던 할머니의 인생이었지만, 그 마지막은 너무나 외로웠다. 어째서 이런 일이 생기게 되었을까?

열 손가락 깨물어 아프지 않은 손가락 없다지만, 부모의 마음은 그렇지 않을 때도 있는 법인가보다. K할머니 자녀들 가운데 다른 자식들은 공부도 잘하고 취직해서 일도 잘 하는데, 유독 아들 하나가 이래저래 속을 썩였다. 할머니는 이 아들만 잘되면 내가 걱정이 없을 텐데… 하는 마음으로 노년을 보내셨다. 다른 자식들은 그런대로 잘 성장해서 각자 가정을 꾸리고 큰 문제 없이 살아가는데, 이 아들은 유독 하는 일마다 잘 풀리지 않았던 것이다. 그러다 보니 동기들이 이리저리 도와주었지만 신통치 않아서, 돈을 빌리고서도 제대로 갚지 못 하는 일들이 반복되다 보니 형제간의 우애에도 문제가 생겨서 다들 이 아들을 그리 좋게 보지 않게 되었다. 결국, 이 아들은 노모에게 부탁해서 할머니의 남은 재산을 이리저리 처분하는 지경까지 가게 되었다. 다른 형제들이 볼 때는 밑 빠진 독에 물 붓기 같은 상황이라 할머니를 만류했지만, 할머니는 가지고 있던 재산들을 이 아들에게만 거의 다

물려주었다고 한다. 하지만, 그러고도 이 아들은 할머니의 남은 유일한 재산인, 집을 또 요구했다. 가족들이 모두 반대를 하는 가운데, 이 아들은 할머니를 자신이 책임지고 돌아가실 때까지 모실 테니 걱정 말라고 호언장담을 했다. 거기다 할머니가 내 재산이니 내 마음대로 하겠다며 고집을 부렸다. 노모의 고집을 이길 수 없었던 형제들은 아들의 약속을 믿고 할머니의 유산을 미리 아들에게 주기로 했지만, 이후에 약속이 제대로 지켜질 리가 없었다. 할머니가 계시던 집은 아들의 사업 실패에 따라 경매로 넘어가고, 할머니는 중풍과 치매를 앓기 시작하면서 우리 병원으로 오시게 되었다. 처음에는 며느리와 아들이 간혹 면회를 오기도 했지만, 할머니의 진료비가 연체되기 시작하면서 면회 횟수가 띄엄띄엄해지다가 나중에는 아예 소식도 듣기 힘들게 되었다. 다른 형제들도 할머니의 아들에 대한 막무가내 사랑 때문에 섭섭함이 컸던지 할머니를 보러 오는 일이 많이 줄어들었다.

자세한 가정사를 몰랐던 우리 병원에서는 대표보호자로 되어 있던 이 못된 아들에게 연락하면 지방에 출장을 와서 복귀하면 진료비를 보내겠다, 곧 집이 팔리면 입금하겠다, 다른 형제들과 상의 하겠다 등등 온갖 변명만 늘어놓기 일쑤였다. 진료비야 천천히 받으면 된다지만, 문제는 K할머니가 느끼는 상심이었다. 항상 병원 입구에 서서 병원으로 들어오는 사람이 혹 아들일까 싶어 목을 빼고 이리저리 살펴보는 그 모습은, 지켜보는 우리로서도 마음이 편치 않았다. 차마 할머니에게는 집이 경매로 넘어갔고 아들도 연락이 되지 않는다는 말을 할 수가 없었다. 면회 오는 사람이 없다 보니 과일이나 음료수 등 간식거리도 없어 직원들이 오히려 할머니에게 챙겨드리고는 했다. 아무리 병원의 식사가 잘 나온다고 하더라도 간식은 무료한 병원 생활의 낙이 되기도 하고, 또한 공동생활을 하는 입원 생활에서 남에게서 항상 얻어먹는 입장에만 있는 것도 환자들에게는 자존감 문제가 되기도 한다.

결국, 할머니의 지난 진료비는 다른 형제들의 공동 부담으로 해결이 되었다. 하지만, 앞으로는 이 아들 자신이 꼭 책임지고 해결하겠다고 장담한 약속 또한 공수표가 되었다. 또다시 체납 진료비가 6개월이 넘어가고 있었지만, 이번에는 다른 형제들도 책임지지 않겠다고 했다. 우리 병원 입장에서는 사실 다른 시설이나 기관으로 할머니를 보내는 것이 제일 편한 방법이긴 했지만, 그리되면 할머니가 어떤 대접을 받게 될지 뻔히 아는 입장에서 손쉽게 결정을 내리기에는 그동안 우리와 쌓은 정이 너무 컸다. 그러다 보니 아무것도 해결되지 않고 시간만 흘러가던 어느 날, 할머니는 갑작스러운 심장 질환으로 세상을 떠나셨다. 할머니의 장례식장에서 체납 진료비 문제가 당연히 형제들 간에 설전으로 오가게 되었다. 할머니의 시신을 앞에 두고 추모와 애도 보다는 형제간의 비난과 싸움이 시작된 것이었다. 결국, 다른 형제들이 상당 부분을 더 부담하고, 나머지 일부를 본디 책임지기로 한 아들이 내기로 결정되었다. 하지만, 다른 형제들이 내기로 했던 부분은 약속한 날짜에 맞게 입금이 되었지만, 이 아들은 끝까지 진료비를 납부하지 않고 아무런 답도 하지 않았다. 할머니를 걱정할 필요가 없던 우리 병원에서도 법적인 조치를 취하였다. 물론, 거의 재산이 없는 상태라 큰 기대를 하지는 않지만 그동안 할머니를 괴롭힌 대가라고 생각하고 끝까지 책임을 묻기로 했다.

지금까지 많은 보호자를 만나고 상담해왔지만, K할머니의 이 아들처럼 환자의 마음을 아프게 만든 경우는 없었다. 처음부터 부자 관계를 끊었다고 하면서 보호자가 아니라고 하는 경우는 있었지만, 이렇게 할머니의 온 사랑을 독차지해서 받은 뒤에 몰라라 하는 경우는 처음 이었던 것이다. 할머니와 비슷하지는 않지만, 어떤 경우는 환자를 모셔놓고는 방치하다시피 전혀 찾아보지 않을 때도 있었다. "돌아가시면 그때 연락주세요." 이게 전부인 경우도 있었다. 이럴 때면 병원 입장에서는 참 곤혹스러움을 느끼지 않을 수 없다. 하지만, 대부분 환자와의 관계가 이미 끊어진 지 한참이라 이해가 안 되는 것도 아니었다. 부모와의 관계가 이미 부모와 자식 간의 관계가 아닌데, 자식에게만 자식 된 도리를 다하라고 하기에는 무리일 수 있다. 하지만, K할머니와 같은 경우는 도저히 이해하기가 어려웠다. 할머니가 자식에게 쏟은 정을 생각한다면, 그리 해서는 안 되는 것 아니었을까?

우리끼리는 그렇게 이야기를 한다. 부모의 입장에서 못난 자식에게 신경이 쓰이고 마음이 가는 것은 할 수 없는 일이지만, 그렇다고 해서 특별한 대우를 해수어서는 안 된다는 것이다. 못난 자식을 애처로이 여겨서 그저 불쌍하게만 생각하는 게 사실은 아이를 더 망치는 길이 아니었을까 싶기도 하다. 못난 자식에게 마음을 더 쏟다 보니 오히려 다른 자녀들과의 형평성 문제가 생길 수밖에 없다. 다른 자식들이 볼 때는 특혜를 받는다고 생각하고 결국 부모를 원망하게 되는 것이다. K할머니도 못난 아들에게 재산을 다 물려주는 바람에 다른 자식들과의 인연 또한 끊어지다시피 한 것도 큰 문제였다. 결론적으로 자식들을 대하는 부모의 태도가 중요하다는 것이다. 얼마를 물려주느냐 하는 금액의 크기와는 상관없이 부모가 자식을 공평하게 대하지 못하면 형제간에 분란이 일어나서, 결국은 못난 자식을 도와주고 싶은 부모의 뜻과는 무관한 결과로 이어진다는 것이다.

요양병원에서 근무하면서 느낀 점들을 기초로 해서 이제 점점 기력이 쇠하여 가는 부모님들께 감히 조언을 드린다면,

첫 번째는 못난 자식이 아니라, 나에게 잘 하는 자식에게 더 많은 재산을 주어야 한다는 것이다. 당연한 듯 들리는 이 말을 굳이 이렇게 첫 번째로 강조하는 이유는, 현실적으로는 이와 반대로 하시는 분을 너무나 많이 보아왔기 때문이다. 잘하는 자식은 걱정이 없으니 못난 자식에게 더 많은 재산을 물려주고픈 부모의 마음이야 이해할 수 있지만, 자식들의 입장에서는 오히려 기가 막히는 상황으로 보이기도 하는 것이다. 부모를 모시고 병원에도 다니고 생활비나 용돈을 챙겨드리는 것이나 부모님의 여러 불편한 점을 보살펴 드리는 것은 자신인데, 부모로부터 돈을 받기만 하고 챙길 줄은 모르는 못된 형제에게 부모님이 유산을 모두 주신다고 하면 이건 불합리하다고 충분히 느낄 수 있다. 위의 K할머니와 같이 부모의 눈에 부족해 보이고 그래서 걱정되는 마음에 못난 자식에게 재산을 물려주고 싶겠지만, 자식들의 마음은 그렇지 않아서 결국은 형제간의 싸움으로 귀결되는 경우가 많다. 많이 받은 자식이 부모에게 효도를 하면 그나마 다행인데, 그렇게 보살핌만을 받아 왔기 때문에 부모를 편안하게 모시는 방법을 모르거나 자신의 경제 사정이 어려우면 부양의 의무를 회피해 버리는 경우를 많이 보았다. 이렇게 되면 노쇠한 부모가 유기 혹은 방치되는 것이나 다름없는 결론으로 이어지기도 했다. 부모가 늙고 병들었을 때 누가 잘할지는 그때가 되어서야 알 수 있는 법이기는 하지만, 그래도 평소에 나를 잘 챙겨주는 자식에게 더 많은 기회를 주는 것이

낮지 않을까 생각된다.

둘째는, 인지가 흐려지기 전에 자식들에게 재산을 공평하게 분배하라는 것이다. 치매 부모의 재산을 두고 자식들끼리 재산 분쟁을 일으키는 경우는 미디어에서도 흔히 등장하는 소재이기도 하다. 하지만, 치매 발병을 예견하기 조심스럽고 초기 치매 증상은 가족들이 모를 수 있어 적절한 시기에 재산 분배가 먼저 이루어지기가 쉽지만은 않다. 인지가 흐려지기 전에 맑은 정신으로 재산 분배를 유언장이나 공증 등의 법적 절차를 통해 미리 정리해두는 것이 좋다. 하지만, 이는 꼭 부모가 나서서 해야 하는 것만은 아니다. 부모님의 증상이 더 심해지기 전에 자녀들이 모두 모여서 재산 분배에 대해 공감할 수 있는 방법을 찾는 것이 우애를 유지하는 좋은 방법이 되기도 한다.

마지막으로는, 돌아가시기 전까지 필요한 비용은 자식에게 기대지 않도록 미리 준비하라는 것이다. 자식들에게 의존하지 않는 자신의 마지막 비용은 일정 정도 있어야 한다는 점이다. 일반적으로 의료비는 사망 직전에 가장 많이 지출하는 것으로 알려져 있다. 그래서 마지막 임종 단계의 비용을 일방적으로 자식들에게 의존하는 것은 본인에게도 비참한 일이 될 수 있지만, 자식들에게도 힘든 짐이 될 수 있다. 연로한 부모의 병원비나 시설비용도 자식에 따라서는 큰 부담이 될 수도 있고, 어느 자식이 얼마만큼 부담하는가 하는 것도 갈등의 소지가 충분히 있다. 그렇기 때문에 환자가 어느 정도의 비용을 따로 미리 준비해두거나 이게 힘들다면 자녀들이 진료비의 부담에 대해 어떻게 분담을 할 것인지를 어느 정도 합의해두는 것이 중요하다. '긴병에 효자 없다'는 말처럼, 비용적인 부분도 환자 보호자들이 느끼는 주요한 고통 중의 하나라는 점을 소홀히 여겨서는 안 될 것이다.

가족, 끊을 수 없는 인연

N씨는 루게릭병으로 입원 중이다. 루게릭병은 근육이 계속 약화되는 질병으로 팔다리의 힘이 약해지는 증상으로 시작되었다가 병이 점차 진행하면서 몸의 근육이 위축되어 사용할 수 없어지고, 결국에는 호흡근마저 마비되면서 죽음에 이르게 되는 무서운 질병이다. N씨는 현재는 팔다리의 힘이 많이 약해져서 혼자서는 물을 뜨는 것도 힘들 정도로 근육의 쇠약이 진행된 상태였다.

젊어서는 오토바이를 타고 다니면서 장사를 하던 N씨는 루게릭병을 앓고 난 뒤부터는 힘을 쓰지 못하니 답답하기만 할 뿐이었다. 옆 병상의 환자들이 N씨의 일상적인 생활을 도와주고 있기 때문에 그나마 병원에서 생활하는 것이 아주 힘든 것은 아니라고 할 수 있을 것이다. 하지만, 활달하고 외향적이던 사람이 병원에서 꼼짝 못 하고 있어야 하니, 속에서 병이 날 수밖에 없었다. 그러다보니 한 번씩 속에서 그 쌓여있던 울화가 치밀어 오르면 주위의 환자들이나 병원 직원들에게 그 화를 쏟아붓고는 했다. 시간이 지나 화가 어느 정도 가라앉고 나면 미안해하면서 사과를 했지만 한 번씩 그런 봉변을 당하는 사람 입장에서야 N씨가 곱게 보일 리가 없었다. 회진 때마다 다른 것보다 마음을 편하게 먹고 생활해야 한다고 아무리 얘기를 해도 자신의 천성이 그리 쉽게 바뀔 리가 없다. 한 번씩 답답한 몸에 대한 울화가 생기면 자신도 어찌하지 못하고 그 분노에 휩쓸리고 마는 N씨였다.

특이하게도 그런 울화는 가족들이 병원에 찾아오고 나면 더 심해졌다. 아들이 손주들을 데려와서 가족을 만나게 되면 N씨는 자신의 신세를 더 불쌍하게 여기는 것 같았다. 몸은 갈수록 마비되어 가지만 정신에는 아무런 변화가 없어, 아무 이상 없이 잘살고 있는 다른 가족을 보는 게 도리어 스트레스로 작용하는 듯했다. 그렇다고 해서 가족들이 오지 않으면 전화로 또 아들 며느리에게 화를 내기도 했다. 지금도 기억나는 것이 아들이 여름휴가를 가기 전에 엄마 얼굴 보러 간다고 왔을 때의 일이다. 아들은 좋은 마음으로 왔지만, 가족들이 휴가 가는 것을 병원에서 지켜보기만 하는 N씨는 그저 섭섭하기만 했던 모양이었다. 아들 입장에서 보자면 휴가 시작을 엄마 병문안부터 시작한 셈인데, 이런 좋은 마음으로 시작한 일이 엄마와의 한판 싸움으로 기분이 상하게 된 셈이었다. 옆에서 지켜보던 우리 직원이 물어보았다.

"이왕 휴가 가는 건데 그냥 기분 좋게 보내드리지 그랬어요?"
"빈말이라도 같이 가자는 말이라도 할 줄 알았는데…."
"그래도 휴가 가기 전에 엄마한테 먼저 온 것만 해도 대단하지 않아요?"

이 말을 듣고서야 N씨 기분이 조금 나아졌는지 성질이 조금 누그러졌다. 꼭 이 휴가 때만이 아니라도 N씨는 아들과 다툼이 잦은 편이었다. 아들 역시 N씨의 유전자를 이어받았는지 목소리가 크고 성질도 급하였다. 그러다 보니 아들이 면회를 자주 오면 그만큼 자주 싸우게 되고, 가끔 오면 자주 오지 않는다고 화내는 걸로 싸우는 것이었다. 하지만, 아들과 싸우고 나면 N씨는 기력이 약해진 듯하게 보였다. 다른 사람이 아닌 아들과 싸운 날은 병실에서 잘 나오지도 않고, 다른 사람들에게 화를 낼 만한 일이 생겨도 넘어가는 일도 생길 정도였다.

점차 루게릭병이 진행될수록 기운도 점차 약해지면서 화를 내는 강도도 조금씩 낮아진다는 느낌이었다.

환자들에게 가족은 병을 견디는 힘이며 에너지이기도 하다. 그렇기 때문에 가족과의 갈등은 환자들에게 큰 스트레스로 작용하기도 한다. N씨도 아들을 많이 사랑하고 의지했을 것이다. 그랬기 때문에 아들과의 갈등은 특히나 N씨의 기력이 떨어지는 이유가 되기도 했을 것이다.

P할아버지도 비슷한 경우였다. 처음 입원할 때부터 P할아버지는 목소리도 크고 괄괄한 성격이 그대로 드러났다. 게다가 난청도 있어서 할아버지와 얘기하려면 귀에다 입을 갖다 대고 큰 목소리로 말을 해야만 가능했다. 이런 사실을 잘 모르는 신입 직원이나 새로 입원하신 이웃 분들은 보통처럼 얘기했다가 할아버지에게 말도 제대로 하지 못한다고 욕을 듣기도 했다. 호불호가 분명하신 할아버지는 자신이 좋아하는 간호사나 요양보호사에게는 남들 몰래 돈을 조금씩 쥐여주기도 했다. 반면 자신이 싫어하는 간호사들에게는 욕을 하는 것을 넘어서서 지팡이를 휘두르기도 했으니, 병동의 간호사들이 할아버지에게 가야 할 일이 생기면 항상 긴장 상태를 유지할 수밖에 없었다. 그런 할아버지의 기가 꺾이게 된 것도 바로 아들과 싸움이었다. 다른 직원들을 대하는 것처럼 아들을 대하던 할아버지는, 어느 날 아들이 지지 않고 화를 내자 내심은 놀라신 모양이었다. 그날 이후 할아버지는 성격도 전에 비교할 수 없이 부드러워졌지만, 기력도 영 떨어지신 듯했다. 화를 안 내고 목소리도 낮아지니 좋기는 하지만, 예전 박력 있는 모습이 그립기도 했다. 기력이 떨어져서 영 풀죽은 모습으로 앉아

계시는 그 모습이 안쓰러울 지경이었다. 아들과 싸웠다는 사실보다는, 아들이 자신의 말에 반대하고 오히려 아버지를 이기려 했다는 사실에 더 충격을 받은 듯했다.

주로 보호자들과 싸우는 것은 대개 아들인 경우가 많았다. 딸들은 어머니나 아버지가 성질을 내고 떼를 써도 싸우지 않고 부드럽게 넘어가는 경우가 많았지만, 아들들은 그런 부모 모습을 못 참고 아버지나 어머니와 싸우는 경우가 많았다. 남녀의 타고난 성향의 차이가 그렇게 나타나는 것 같았다. 나이가 들어서 판단 능력이 떨어지게 되면 의사 결정이 젊었을 때처럼 합리적으로 되지 않고 이상한 논리를 따라서 되는 경우도 자주 발생한다. 특히 치매가 진행 중인 경우에는 그런 경향이 더 심해지게 된다. 그럴 경우에 가족 같은 보호자들이 부모의 판단을 아예 무시하게 되면 그런 감정들 때문에 환자와 보호자가 싸우게 되는 것이다.

치매 환자들의 대표적인 망상 중의 하나가 물건이 없어졌다고 하거나 누가 자기 물건을 훔쳤다고 하는 것이다. 기억력이 떨어지면서 물건의 소재를 잘 기억하지 못하게 되는 것을 치매 환자들은 다른 사람이 숨기거나 훔쳤다고 생각하는 것이다. 꼭 치매 환자가 아니더라도 뇌의 기능이 약해지면서 이런 식의 추정을 하는 경우는 노인환자들에게서는 흔하게 나타나는 현상이다. 이게 가족들의 일상에서는 내가 아들딸에게 돈을 얼마 주었는데 왜 갚지 않느냐라는 식으로 나타나기도 한다. 당하는 사람 입장에서는 황당하고 답답한 마음이 들 수밖에 없어서 처음에는 아니라고 부인을 하다가 나중에는 화를 낼 수밖에 없게 된다. 이때 노인 환자들은 처음에 자신이 오해했다는 사실은 잊어버리고 아들딸이 화를 내는 것만 마음속에 남아서 섭섭한 마음이 들게 된다. 그리고는 그런 섭섭한 마음이 생기면서 점차 고립감이 들면서 의기소침해지면서 기력마저 약해지게 된 것이 N씨와 P할아버지의 경우였던 것이다.

우리 병원에도 치매 환자들이 많이 입원해 있다 보니 이런 식의 각종 민원이 자주 발생한다. 하지만, 누가 내 돈을 훔쳐갔니, 옷을 숨겨두었니, 죽이려고 한다느니 등등의 하소연을 한다고 해서 환자의 말을 무시하거나 반박하지는 않는다. 먼저 환자가 하는 말을 충분히 들어주는 게 첫 번째다. 어떤 경우는 이렇게 들어주기만 해도 해결되는 경우도 많다. 들어주는 것으로 해결되지 않으면 같이 찾아보는 것이 두 번째이다. 환자의 말이 아무리 말이 되지 않아도 그 말을 믿어주고 같이 찾아주면 이 단계에서 대부분 해결된다. 그리고 찾지 못하면(당연히 찾지 못하는 경우가 대부분이다), 다음에 다시 찾아보겠다고 이야기하는 것으로 마무리한다.

가족은 오랫동안 환자를 보아왔기 때문에 부모가 이런 기억력 장애 때문에 이야기를 제대로 하지 못한다고 생각하기보다는, 자식들이나 보호자들을 일부러 골탕 먹이려고 하는 것 같다고 느끼는 경우가 많다. 그러다 보니 환자의 말을 진지하게 받아들이기보다는, 그냥 무시하거나 화를 내는 경우가 많다. 물론 환자는 전혀 그런 의도를 가지지 않은 경우가 대부분이다.

환자에게 가장 큰 힘이 되는 것은 역시 가족이다. 그런 가족이 자신의 말을 무시하고 반박할 때 오히려 환자는 큰 충격을 받는다. 정말 말도 안 되는 말이라고 하더라도 너무 무시하는 것이 아니라 환자가 하는 말에 대해 신뢰하는 모습을 보여주게 되면, 환자는 오히려 안정되고 평안을 되찾게 된다. 치매를 비롯한 인지 장애를 앓고 있는 환자는 현재 많이 아픈 사람이라는 것을 항상 생각하고 의식해야 한다.

치매 환자는 아이와 비슷하다는 얘기를 많이 한다. 이런 경우 역시 마찬가지이다. 우리 역시도 어린 시절에 얼마나 말이 안 되는 행동과 말을 많이 했는가? 하지만, 아이들이 그런 억지를 부린다고 해서 모두 야단치고 무시한다면 정서적인 발달에 문제가 생길 수도 있을 것이다. 사실 우리가 이렇게 어른이 된 것 역시 그런 말과 행동들을 무시하지 않고 응원해주었던 가족이 있었기 때문이 아닐까? 우리 어린 시절에 아버지, 어머니가 우리들의 말도 안 되는 요구와 응석을 받아주었으니 이제는 반대로 우리가 받아줄 시기가 되었다고 생각한다면, 지금 치매 환자들의 말과 행동을 좀 편하게 받아들일 수도 있지 않을까?

부부의 삶

치매는 그 진행이 가속화되면서 점차 기억을 잃어가게 된다. 심지어는 마침내 가족들의 얼굴과 이름도 잊어버리게 되는 게 치매이다. 치매 환자의 투병을 다룬 '스틸 앨리스' 라는 책에는, 자신의 막내딸이 주연하는 연극을 보러 가서 그 주연배우가 자신의 딸이라는 것도 잊어버리는 어머니에 대한 얘기가 나온다. 어머니는 연극이 끝난 뒤 가족들과 함께 이야기를 나누면서도 그 배우가 딸이라는 것을 전혀 알아채지 못한다. 자기가 낳은 아들딸을 기억하지 못하고 남으로 생각하는 것은 중증 치매 환자들에게 흔히 나타나는 증상 중 하나이다. 어떤 경우에는 아들딸이 있다는 것은 알지만, 지금 내 앞에 있는 사람이 그 아들딸이라는 것을 알아보지 못하는 경우도 있다. 사람의 뇌에는 얼굴의 모양을 보고 그 사람과 기억 속에 있는 내 가족과 동일인지를 판단하는 영역이 따로 있는데, 이 영역이 손상되면 이런 증상이 나타나는 것이다.

치매 가족들의 마음을 제일 아프게 하는 것도 바로 이 부분이다. 치매 환자들은 사랑하는 사람들과 함께했던 그 기억을 점점 잃어가다가 마침내는 그 사람 자체에 대한 기억도 사라지게 되는 것이다. 이를 지켜보는 가족들은 때로는 환자 자신보다도 더 큰 아픔을 느낄 수밖에 없다.

남편이나 부인에 대한 기억을 잃는 경우도 있지만, 대체로는 자녀에 대한 기억보다는 배우자에 관한 기억이 더 오래 남아있는 경우가 많다. 아무래도 배우자에 대한 기억은 다른 가족들보다도 함께 했던 기간이 더 오래될 수밖에 없기 때문에 사라질 가능성도 그만큼 낮다고 보아야 할 것이다. 물론 그렇지 않은 경우도 있다. 요양원에서 일어난 일들을 담담하게 이야기하는 "안녕하세요, 그런데 누구시죠?" 라는 책에 보면 남편을 요양원에 입원시킨 한 부인의 이야기가 나온다.

"그거 아세요? 제가 남편을 이대로 집에 놔두면 안 되겠다고, 요양원으로 옮겨야겠다고 생각하게 된 게 언제인지요?"
"어느 날 아침에 눈을 떴을 때였어요. 남편이 저를 바라보고 있더라고요. 그러더니 다정히 웃으면서 말하는 거예요."
"좋은 아침입니다. 아름다운 부인, 그런데 누구신지요?"
"......"

평생을 같이 살아온 자신의 배우자마저 알아보지 못할 정도가 되면 아주 중증의 치매로 진행되었다고 보아야 할 것이다.

J할머니는 우리 병원이 개원한 지 얼마 되지 않아 입원하신 분이라 기억에 선명하게 남아 있는 분이다. J할머니는 뇌경색으로 인해 다리가 약해져서 걷기가 힘드셔서 입원하시게 되었다. 시간이 지나면서 치매 증상도 나타나면서 많이 힘들어하셨다. 그래도 항상 밝은 얼굴로 다른 분들과 잘 지내시는 분이어서 간호사를 비롯한 우리 직원들이 할머니를 많이 좋아하였다. 할머니가 항상 웃을 수 있는 것은 다른 무엇보다 할아버지 덕분이라고 우리들은 생각했다. 이틀에 한 번씩

은 할아버지는 병원에 빠지지 않고 와서 온종일 할머니와 함께 운동도 하고, 산책도 하고, 같이 대화도 하면서 같이 지내셨다. 할머니에게 물어보니 우리 병원에 입원하기 전에는 집에서 할아버지께서 간병을 다 해주셨다고 한다. 할아버지가 할머니를 간병하는 경우가 드문 것은 아니지만, 기저귀까지 차고 있는 부인을 항시 깔끔하게 간병하는게 절대 쉬운 일은 아니다. 할아버지는 면회 올 때마다 혼자 생활하신다고 생각하기 어려울 정도로 항상 단정하게 옷을 입고 오셨다. 그리고는, 할머니를 휠체어에 태우시고 병동을 한 바퀴 돌면서 다른 환자들과 직원들에게 인사를 하셨다. 때로는 할아버지께서 사 오신 과일이나 음료수를 할머니와 함께 다정하게 드시는 모습을 보면, 부부가 해로하여 저렇게 사는 모습이 아름다울 수가 있나 싶은 생각이 들었다.

할머니는 입원 기간이 1여 년을 넘어가면서 할아버지의 정성 어린 간병에도 불구하고 점차 병이 깊어져 갔다. 내가 병실에 들어서서 인사를 하면 항상 밝은 얼굴로 일어나서 손을 잡아주던 할머니가 나중에는 누워서 살짝 미소만 지을 뿐이었다. 그리고 항시 밝은 얼굴로 생활하시던 할머니의 얼굴에 짜증이 점차 늘기 시작하였다. 같은 병실의 환자분들과도 큰소리가 오가는 경우가 생기는 등 할머니는 기력이 약해지면서 신경질적으로 변해가셨다. 하지만, 그래도 할아버지가 면회를 오면 다시 예전처럼 밝고 친절한 얼굴로 돌아갔다. 우리끼리는 그 어떤 약보다도 할아버지가 오시는 게 제일 좋은 치료라고 웃으면서 얘기할 정도였다.

그러던 어느 날, 할아버지는 할머니를 모시고 집에 가고 싶다고 우리에게 이야기하셨다. 병원이 아닌 집에서 할머니의 마지막을 맞이하고 싶으신 듯하였다. 주치의의 주의사항과 퇴원약 등을 한아름 안고 할머니는 집으로 가셨다. 집으로 간다며 인사를 할머니의 얼굴이 처음 입원했을 때처럼 아주 밝은 웃음이 가득한 모습을 보며 우리는 할머니, 할아버지께서 편안하시기를 기원하였다.

한 번씩 할머니가 계시던 그 병실에 가면 밝게 웃으시던 할머니와 할아버지가 생각난다. 어쩌다 한번 할아버지께 전화를 드리면 반가워하는 목소리로 아직 건강하시다고 할머니의 안부를 전해주시기도 했다.

J할머니의 경우와는 반대로 K할아버지는 할머니가 간병을 담당하고 있었다. K할아버지는 180이 넘는 큰 키에 체구도 당당하여 그 나이를 생각하면 아주 건장하신 할아버지였다. 외모도 아주 훤칠하고 미남형이셔서 젊은 시절에는 여자 문제로 할머니가 항상 고민이 많을 정도였다고 한다. 성격도 급하고 다혈질이어서 할아버지가 큰소리 한번 내면 온 가족이 꼼짝도 못 하고 쥐죽은 듯 있었을 정도였다고 한다. 이런 할아버지 성격은 우리도 금방 직접 몸으로 알게 되었다. 입원하시고 나서 할아버지는 맘에 들지 않은 일이 생겨 역정을 내시면 간호사나 요양보호사들 같은 직원들도 깜짝 놀랄 정도였으니 말이다. 젊은 시절, 집안을 돌보지 않는 할아버지 때문에 직접 장사를 할 수밖에 없었던 할머니는 숱한 고생 끝에 경제적으로도 자수성가를 이루시면서 지역에서도 많은 역할을 맡는 여장부 할머니였다. 그러나 일흔이 훌쩍 넘어서서 무서울 게 없을 정도라는 당찬 할머니라 해도 할아버지 앞에서는 그저 꼼짝도 못하였다.

K할아버지는 치매와 함께 노환이 진행되면서 점차 기력을 잃어갔다. 할머니는 할아버지 기력을 올리기 위해 이것저것 보양식을 많이 준비해와서 드시게 했지만, 할아버지의 기력은 좀처럼 되살아나지를 못했다. 오히려 삼킴 기능이 약해진 할아버지는 가족들이 면회를 왔다 간 후에 흡인성 폐렴으로 생사의 경계를 넘나들 정도가 되었다. 결국, 할아버지는 인공영양을 할 수밖에 없는 단계에까지 가셨고 건장하던 몸도 점차 고목처럼 서서히 말라갔다. 자식들은 정이 없던 아버지의 건강보다는 간병하느라 지친 엄마를 더 걱정했지만, 할머니는 그래도 할아버지를 정성으로 돌보았다. 그리고 할아버지는 가을이 깊어가던 어느 날 할머니를 비롯한 가족들의 애도 속에 편안하게 잠드셨다.

J할머니와 K할아버지를 보면, 자식보다는 부부의 정이 더 크고 깊다는 것을 알 수 있었다. 자식들은 다들 바쁘고 힘들어서 찾아오기 힘들다 해도, 부부는 함께 늙어가면서 같이 살아온 인생의 정으로 돌보는 게 많았다. 그러니 노후를 생각해서라도 지금부터 배우자에게 잘 하는 것이 좋을 것이라는 게 우리 병원 직원들의 결론이다. 나중에 늙고 힘없어지면 결국 내 옆에 있는 것은 자식이라기보다는 배우자이기 때문이다. 특히나 늙어 힘없어지고 나서야 배우자를 찾지 말고 지금부터 함께 다니면서 좋은 기억을 많이 만드는 것이 노후의 행복을 위한 지름길이 아닐까 싶다. 행복한 부부야말로 행복한 노년의 필수 조건이 아닌가 싶다.

내 남편
내 부인이 최고

  남자는 부인이 죽거나 이혼하고 나면 '적막강산'이지만, 여자는 혼자되고 나면 '금수강산'이 된다는 말이 있다. 우스갯소리 같지만, 의외로 이 말에는 재밌는 사실이 많이 숨겨져 있다. 보건의료 관련 통계에 따르면, 결혼 상태와 관련한 평균 수명에는 남녀의 차이가 존재한다. 남자는 결혼한 상태에서 배우자가 있을 때 가장 평균 수명이 높고, 그다음으로는 이혼한 상태였고, 그리고 미혼인 상태가 제일 평균 수명이 낮았다. 반면, 여성의 경우는 많이 달랐는데, 이혼했을 때 오히려 평균 수명이 제일 높았고, 미혼 혹은 결혼 유지 중인 경우는 평균 수명이 비슷하였다. 이 통계가 이야기하는 것은 남자는 결혼을 유지하는 것이 오래 사는 비결이지만, 여자는 혼자 사는 게 더 편하다는 것이다. 결국, 결혼 생활을 오래 지속할수록 남자가 훨씬 더 유리하다는 결론이다.

  나이가 들수록 남자는 부인에게 의존이 더 커지고 여자는 남편이 거추장스러워지는 것 같다. 그래서인지, 나이가 들어갈수록 남편은 힘을 잃어가고 부인은 점점 기운이 세진다. 전통적인 역할 분담의 관점에서 보자면, 남자의 세계는 직장이고, 여자의 세계는 가정과 지역사회이다. 그런데 정년퇴직하고 나면 남자는 자신이 몸담았던 세계와는 이별을 하고 전혀 새로운 세계로 들어오는 셈인 데 반해, 여자의 세계는 나이가 들어도 끊어지지 않고 계속 이어지게 된다. 이런 사실도 나이가 들수록 여자의 영향력이 더 커지는 이유가 아닐까 싶기도 하다.

H할머니는 이미 위암이 손쓸 정도가 아닌 말기로 진행된 상태에서 입원하셨다. 기운이 너무 떨어져 있는 터라 정기적인 수혈도 필요하고 통증도 심한 상태였다. 할머니는 성격이 까다로운 편이셔서 같은 병실의 환자분들과도 가끔 다툼이 있기는 했지만 그래도 무난하게 병원에 잘 적응해서 생활하셨다. 그런데, 문제는 할아버지가 면회만 오면 나타났다. 왜 빨리 안 오느냐, 누구 만난다고 돌아다녔냐, 뭘 했냐 등등 한마디로 할아버지를 들들 볶아대는 것이었다. 할아버지는 오랜 공무원 생활을 퇴직하시고 지역에서 여러 직책을 맡아서 활동하시는 분이었다. 그러다 보니 여기저기 행사에 참석해야 할 때도 많은데, 할머니는 할아버지가 조금이라도 늦게 오시면 잔소리를 해대는 것이었다. 할아버지 입장에서 보자면, 분명히 화가 날 만한 상황인 거 같은데도 할아버지는 할머니 앞에서는 별다른 표정 없이 있다가 나오시고는 했다. 직원들이 볼 때도 너무 한 거 같아서 조용한 시간에 할머니에게 물어보았다.

"할머니, 할아버지가 그리 잘 해주시는데, 너무 화를 많이 내지 마세요."
"그 영감 때문에 내가 암에 걸린 거야, 너무 속을 썩여서…."
"예? 할아버지는 술도 안 드시고, 가정적이시잖아요?"
"젊은 시절에 여자들 때문에 내가 말도 못 해. 그 여자들 때문에 내가 암에 걸린 거야."

할아버지가 할머니에게 꼼짝도 못 하는 것은 다름 아닌 젊은 시절 할아버지의 바람기 때문이었다. 할아버지가 키도 크고 인물도 좋은 데다 공무원으로 지역에서 이름깨나 있었기 때문에 여자 문제가 제법 있었던 모양이었다. 젊었을 때야 어떻게 넘어갔지만, 나이가 들어서는 할머니에게 젊은 시절 문제로 계속 눌려서 사셨던 것이다. 할머니는 자신의 병이 할아버지 때문이라고 생각하고 구박을 하고, 할아버지는 좀 억울하긴 해도 할머니가 환자다 보니 화도 내지 못하고 그대로 당하고 지내는 것이었다.

H할머니는 수혈을 해도 점점 기력이 떨어져 갔다. 동시에 암으로 인한 통증도 많이 심해져서 진통제에 의존하지 않으면 잠시라도 생활이 힘들 정도가 되었다. 할아버지는 거의 매일 면회를 오면서 할머니를 위로했지만, 할머니는 끝까지 할아버지를 탓하면서 원망을 이어가시다가 세상을 떠나셨다. 할아버지는 아쉬운 마음으로 할머니를 보내셨지만, 마음 한편으로는 조금 편한 생각도 들지 않았을까 싶다. 할머니가 젊었을 때의 일을 용서하고 좀 더 부드러운 부부 관계를 만들었더라면 마지막이 좀 더 따뜻하지 않았을까 하는 아쉬움이 있었다. 부부가 한평생을 살아가면서 좋은 일만 있기는 힘들겠지만, 그래도 서로가 의지가 되는 관계가 되려면 서로의 노력이 필요한 것은 분명하다.

L할아버지는 알코올 중독으로 집에서 술을 마시고 취해서 넘어져 허리를 다쳐 우리 병원에 입원하였다. 다른 병원에서는 환자들이 간혹 병원 직원들 몰래 술을 마시는 경우도 있다고 하지만, 우리 병원은 음주 사고 발생 시 즉각 강제 퇴원 조치를 한다. 요양병원의 특성상 자칫 잘못하면 음주가 다른 사고로 이어질 경우도 있고 다른 환자들과의 관계도 문제가 생기기 때문이다. 그래서, 다른 문제와는 다르게 음

주는 '원 아웃'으로 입원할 때부터 음주 가능성이 있으신 분들께는 반드시 엄중 경고를 하게 되어 있다. 알코올 중독인 L할아버지가 입원했으니, 직원들이 모두 비상사태가 되어 할아버지를 경계의 눈초리로 늘 지켜보았다. 그래도 생각과는 달리 L할아버지는 금주도 잘 지키고 영양 상태도 많이 좋아져서 몇 달 뒤에 퇴원하셨다. 할아버지 댁이 병원 근처다 보니 출퇴근 길이나 외근을 할 때면 할아버지를 간혹 뵙게 되었다. 볼 때마다 술 드시면 안 된다는 인사를 드리지만, 할아버지 오른손에는 늘 소주병이 들려 있었다. 그리고 한참이 지나면 할아버지는 또 음주로 다쳐서 입원하시는 거였다. 그래도 병원에 계시는 동안에는 술을 안 드시니 할머니나 자식들은 할아버지가 음주를 과하게 한다 싶으면 입원을 시키고 싶어 했다. 할아버지도 스스로 몸이 축났다 싶으면 자식들과 할머니 뜻을 따라서 입원을 하셨다. 할머니는 할아버지가 입원하고 나면 술을 딱 끊는 것을 참 신기하게 생각하면서도 퇴원 후에 술을 마시는 것을 못마땅하게 여겼다. 우리도 퇴원 후에 할아버지가 항상 불쾌한 얼굴로 다니시는 것을 보면 안타깝기도 하고, 또 언제쯤 다시 입원하시게 될지 궁금해하기도 했다.

그런데, L할아버지가 술을 딱 끊는 일이 생겼다. 누가 뭐라고 얘기해도, 술에 관해서는 얘기를 듣지 않던 L할아버지가 정말 술을 딱 끊은 것이다. 병원의 모든 직원이 할아버지에게 어떤 수를 썼길래 술을 끊게 되었는지를 궁금해했지만, 그 이유는 간단했다. 할머니가 화장실에 가시다가 넘어져서 대퇴부 골절로 수술을 받게 된 것이 바로 그 이유였다. 연세가 있으신 분들은 잘못 넘어지시게 되면 대퇴부 골절이 생기게 되는데, 젊은 사람들도 대퇴부 골절이 되면 꼼짝없이 누워있을 수밖에 없게 된다. 할머니는 급성기 병원에서 수술을 받은 뒤에 우리 병원으로 오시게 되었는데, 그날부터 L할아버지는 할머니를 간병하기 시작하였다. 항상 술에 전 얼굴로 다니시던 할아버지가 말끔하고 단정한 모습으로 면회를 오셨다. 할아버지에게 물어보았다.

"할아버지, 이제 술은 안 드시는 건가요?"
"이제 끊어야지, 할멈이 아파서 누웠는데, 내가 술 마시면 누가 간병을 할 거야!"

그동안 할머니의 숱한 잔소리에도 꿋꿋하게 술을 드시던 할아버지가 할머니 간병을 위해서 술을 끊는다니, 다들 깜짝 놀랄 수밖에 없었다. 어찌 생각해보면 이게 당연할 수도 있다. 할아버지가 술을 마실 수 있었던 것도 모두 부인이 옆에서 챙겨주었기 때문인데, 이제 반대로 자신이 부인을 챙겨주려니 술을 마실 수가 없는 것이다. 항상 할아버지를 챙기기만 하던 할머니는 이제는 반대로 할아버지가 이것저것 챙겨주니 어색한 모양이었다. 하지만, 그 덕분에 술도 끊고 말끔한 모습으로 다니는 할아버지가 좋았던지 "병원에 한참 있어야겠구먼." 라고 농담처럼 기분 좋게 말씀하셨다.

L할아버지와 할머니를 보면서 부부라는 게 바로 저런 게 아닌가 싶었다. 서로에게 의지할 수 있고 또 그래서 의지가 되는 관계가 부부 아닐까? 항상 좋을 수만은 없겠지만, 좋을 때는 좋은 만큼, 힘들 때는 힘든 만큼 서로 함께 나누는 그 모습이 참 아름답게 생각된다. 그리고 할머니가 퇴원하고 나면 또 술을 드실지는 병원의 직원들뿐만이 아니라 나도 무척이나 궁금해하고 있다는 것은 보너스.

함께 살아가는 인생

　우리나라에서 지역별로 평균 수명을 측정해보면, 2014년 기준 서울특별시민의 평균 수명은 83.62세로, 전국 평균 82.40세를 넘어서서 가장 오래 사는 것으로 나타났다. 하지만, 이 통계를 남녀로 나누어서 살펴보면 숨겨져 있는 흥미 있는 사실이 드러나는데, 서울 시민은 남자 평균 수명이 80.58세로 전국 1위를 차지하고 있는 반면, 여자의 평균수명은 86.32세로 2위를 차지하고 있다는 것이다. 그렇다면 여성들의 평균 수명이 가장 높은 곳은 어디일까? 예상을 뒤엎고 제주도가 86.42세로 여성 평균 수명 1위를 차지하고 있는데, 재미있는 것은 제주도의 남성들은 평균 수명이 78.68세로 전국 평균에도 못 미치고 있다는 것이다. 제주도 여성들의 평균 수명이 높은 것은 일시적인 현상이 아니라 계속 나타나는 현상인데, 그 이유를 둘러싼 해석들이 분분하다. 그중 내가 생각하기에 가장 그럴듯한 것은 제주도 여성들이 공동체적 삶을 지속하고 있다는 것이다.

　전통적으로 제주도에서는 남자는 바다에 나가 뱃일을 하고, 여성들은 그 나머지를 맡아서 하는 것이 남녀의 역할 분담이었다. 바다에 나가는 일은 항상 위험을 동반하는 일이었고, 그 대가도 일정한 것이 아니어서 불안정한 생계지만, 여성들이 주로 담당했던 가축을 키우고, 밭을 일구어서 농사를 짓고, 해녀일을 통해 해산물을 거두는 것은 뱃일보다는 안정적인 편에 속하였다. 그리고 남자들이 바다에 나가 있는 동안 아이를 키우고 일을 하는 것 또한 혼자의 힘으로는 벅찬 것이 기도 해서 제주도 여성들은 일찌감치 공동체를 통해 이를 해결해왔다. 즉, 아이를 키우고, 밭일을 하고, 해녀 일을 하는 등등의 여성이 맡은 일들을 모두 공동으로 해결해 온 것이었다. 그러다 보니 제주도 여성들의 삶이 절대 서울을 비롯한 다른 육지보다 편한 것이 아님에도 불구하고 이런 공동체 효과로 여성들의 평균 수명이 높아지게 되었다는 것이다. 함께 살아가는 공간이 있다는 것이 사람들에게 얼마나 중요한 것인가를 제주도 여성들의 삶이 역사적으로 보여주고 있는 것이다. 나이 들어서 가정이나 사회에서 소외되는 것이 아니라 존중받으면서 살아갈 때, 노인들의 삶도 의미를 가지게 되고, 그것이 결국 평균 수명으로 나타난다고 보면 될 것이다.

지금의 노인들은 참 외로운 삶을 살아가고 있다. 경제적인 능력이 없으면 더 천덕꾸러기 취급을 받게 된다. 특히나 남자들은 직장에서 퇴직하고 나서는 사회적인 관계들이 대부분 단절된다. 기력이 약해지거나 질병 등으로 집 안에서만 거의 생활하게 되는 노인들은 TV가 유일한 말 상대가 되는 고립된 삶을 살아간다. 맞벌이 부부와 중고생 대학생 자녀가 있는 집이라고 가정을 한다면, 이런 고립은 더욱 심해진다. 아침에 가족들이 모두 출근하면 집에는 노인 혼자 생활하게 된다. 혼자 있으니 식사도 부실해져서 영양에 문제가 생길 가능성도 커진다.

우리 병원에도 집에서 와병 중이신 노인 환자분들이 입원 후에 기력이 갑자기 좋아지는 경우가 제법 있다. 무엇보다 집에서 식사를 부실하게 해결하다가, 입원 후에는 영양사가 식단을 조절하여 영양학적인 고려가 되어 있는 식사를 규칙적으로 하니 기력이 생기게 되는 것이다. 그리고 그것보다 더 중요한 요소가 또 있으니, 그것은 바로 말동무가 있다는 것이다. 식구들이 모두 나가고 나면 아무 대화 없이 혼자 TV만 보는 생활을 하다 보니 외로움에 몸이 더욱 약해지다가, 병원에 입원하고 나니 대화할 사람이 생기게 되어 기력을 찾게 되는 것이다. 집에서 조용하게 생활하다가 병원에서 다른 사람들과 어울리게 되니, 처음에는 싫고 혼자 있기를 원하게 되다가도 곧 사교의 재미에 빠지게 된다. 인지가 충분히 있으신 분은 있으신 분들끼리 대화의 창구가 열리고, 치매가 어느 정도 진행되어 대화가 도저히 안될 거 같은 분들도 여기저기 커뮤니티에 참여를 곧잘 하시게 된다. 대화의 좋은 점은 이런 커뮤니케이션을 통해 사회의 일원으로 '인정' 받게 된다는 것이다. 혼자 생활하는 동안에는 사회적으로 고립되다 보니 고독감으로 삶의 의지를 갖추기가 쉽지 않다. 입원하고 나서는 병실 문만 나서면 많은 말동무가 기다리고 있다. 이런 대화는 공동체의 일원이 되는데 필수적인 요소가 된다. 인간이 언어를 발전시키게 된 이유 중의 하나가 이런 공동체 생활을 유지하기 위해서라는 의견도 있을 정도이다.

그렇다면 대화가 안될 거 같은 치매 환자들은 어떻게 대화를 할까? '치매 대화'라고 하고, '가짜 대화'라고도 하는 이 대화가 어떤 것인지 예를 들어 보면 다음과 같다. 세 분의 치매 환자가 대화하는 상황이라고 가정을 해보자.

A : "오늘은 날씨가 참 좋네요."
B : "우리 아들은 서울에서 회사를 다녀요."

C : "맞아요, 난 예전부터 운동을 참 좋아했어요."

B : "할아버지는 아직 건강해요?"

A : "머리가 아파서 약을 먹어야겠는데, 저기 직원에게 물어봐야 하나?"

C : "집에 가서 냉장고를 치워야 하는데…."

B : "지금 텔레비전 프로는 정말 재밌네요. 호호"

A : "그래요, 오늘은 정말 밥이 맛있네! 하하"

다 같이 웃음이 터진다.

이런 식의 대화가 바로 치매 대화이다. 이런 대화를 나누는 게 무슨 도움이 되겠는가 싶어도 이 대화를 통해 커뮤니케이션의 기본적인 기능은 제대로 작동하고 있다고 보아야 한다. 인간은 대화를 통해 정보를 주고받는다. 누가 어떤 일을 하고 있는가? 저 사람은 어떤 평판을 가지고 있는가? 이 사람은 믿을만한 사람인가? 등등의 정보를 대화로 통해 습득하는 것이다. 하지만, 이러한 정보의 전달만이 대화가 가지는 기능의 전부는 아니다. 아무런 의미 없는 대화를 통해서도 대화에 참여하는 사람들끼리는 감정의 교류가 일어난다. 즉, 사람들 사이에 친밀한 관계가 만들어지는데 대화가 그 한몫을 하는 것이다. 그리고 이런 관계가 점차 친밀해지는 데는 굳이 정확한 의사소통이 아니어도 크게 관계가 없다. 혼자서 말하는 것과 비슷하지만, 이런 대화를 통해 서로 간의 관계가 돈독해지고 감정의 교류가 일어나서 친밀함이 쌓이게 된다. 대화의 내용이 중요한 것이 아니라, 대화한다는 그 자체가 친밀한 감정을 불러일으키는 것이다. 서로 웃으며 눈을 맞추고 대화를 나누는 그러한 시간이 모여서 친밀감을 이루고 서로 믿을 수 있는 친구가 된다. 이런 대화를 통해 사교의 장이 열리고, 친구가 만들어지기 때문에 아무런 내용이 없어도 할머니 할아버지가 함께 모여서 얘기를 주고받는 것만으로도 도움이 된다.

친밀한 친구가 생기게 되면 치매 환자의 병원 생활은 질적으로 달라진다. 어떤 문제가 있어도 이 친구만 있으면 대부분 별 어려움 없이 해결된다. 화나는 일이 생겨서 직원들에게 거친 말을 하며 소동이 일어도, 친한 말동무가 와서, "괜찮다, 이제 가자."라고 하면 대부분은 말동무의 손을 잡고 병실 안으로 가서 같이 대화를 나누면서 기분이 풀어지게 된다. 그래서 때로는 가족보다도 더 친밀한 관계가 병원 안에서 만들어지기도 한다. 처음 입원할 때는 병원에 대한 공포가 있어서 입원하기 싫어하던 할머니, 할아버지가 병원 생활에 익숙해지면서 오히려 집에서 생활하는 것이 더 불편해지기도 한다.

실제로 집으로 외박을 갔다가 가족들과의 갈등 때문에 예정보다 더 빨리 복귀하는 일이 흔하게 일어난다. 가족들은 치매 환자가 가족이다 보니 이런 의미 없는 대화를 통한 감정의 교류가 생각 외로 더 힘든 경우가 많다. 아들이나 딸은 치매 환자 간병을 하게 되면 엄마 아빠가 조금이라도 더 나아지길 바라는 마음에서, 자식들 이름이나 나이도 자꾸 물어보고, 운동도 자꾸 시키려고 노력하게 된다. 반면, 환자는 무기력증이나 혼란 상태에 빠져서 아무것도 하기 싫어하는 경우도 있다. 이런 경우 자식들이 짜증이나 화를 내면서 환자를 재촉하게 되면서 오히려 역효과가 나타난다.

앞에서 대화를 통해 감정의 교류가 일어난다고 했던 것처럼, 치매 환자에게 화를 내는 것은 환자 자신에게는 전혀 다른 의미로 다가가기도 한다. 보호자는 환자를 위하는 마음에서 화를 내고 자극을 준다고 생각하지만, 환자는 그런 행동 자체를 자신에게 위협적인 것으로 느낀다. 치매 환자들은 행동이나 말의 목적을 보는 것이 아니라, 그 자체를 중요시하게 보는 것이다. 그렇기 때문에 치매에 걸린 부모 등과 친밀함을 유지 하고 싶다면, 먼저 항상 웃으면서 대화거리를 찾는 게 좋다. 웃으면서 대화를 시작하고 공동의 관심사를 만들어 나가게 되면 그것만으로 성공이라고 할 수 있을 것이다.

말동무가 생기면서 삶의 재미도 훨씬 좋아진다. 항상 친구와 함께 하는 것이 즐거워지기 때문에 각종 프로그램에도 더 적극적으로 참여하게 된다. 가정에서 환자를 모시고 생활하는 경우에 이런 점이 부족하다는 것이 아쉬운 점이다. 그래도 요즘은 주간보호센터나 복지관 등에서 시행하는 주간 프로그램들이 잘 되어 있는 편이라, 적극적으로 이용하는 것이 중요하다. 단지 환자가 할 일을 찾는다는 것이 아니라, 사회적 관계를 맺는 것이 훨씬 더 중요하기 때문이다. 세상은 혼자서 살아가는 것이 아니기 때문이다.

반려동물도 많은 도움이 된다. 혼자서 외롭게 생활하는 것보다는 반려동물과 함께 있는 것이 정서적으로 큰 도움이 된다. 지금 우리 병원에는 앵무새를 키우고 있는데, 이 앵무새도 치매 환자들에게 정서적으로 지지역할을 잘 해주고 있다. 이 앵무새를 처음 키우게 된 계기가 재미있다. 어느 날 우리 병원에 갑자기 이 앵무새가 날아들었다. 근처에서 키우던 새였던 것 같은데, 우리 병원의 열린 창문으로 들어온 것이었다. 어찌할까 고민하는데, 환자분들이 내 품 안에 들어온 생명을 내치면 안 된다고 하시는 말씀에 부랴부랴 새장을 사고 짝을 맞추어서 키우게 된 것이었다. 그 후로 이 앵무새들은 할머니 환자 한 분이 맡아서 모이도 주고 물도 갈아주게 되었다. 갑자기 키우게 된 앵무새였지만, 할머니 할아버지들의 절대적인 인기를 얻으면서 이 앵무새를 보는 맛에 하루하루를 산다고 말씀하시는 분들도 있을 정도였다.

의사소통도 잘 안 되는 앵무새 한 마리와도 이렇게 인연을 맺고 살아가는 이유가 되는 것처럼, 혼자서가 아니라 함께 살아가는 것이 바로 사람이다. 고독사를 방지하기 위한 대책 중의 하나가 혼자 사시는 분들에게 시간을 정해두고 전화를 하는 것이라고 한다. 물론 이것만이 대책은 아니겠지만, 전화뿐만이 아니라 사람과 사람이 만나서 얘기하고 같이 공감할 수 있도록 해주는 것이 제일 중요한 대책이 되어야 할 것이다. 요양병원에 입원하신 분들이 제일 만족해하는 것도 바로 이런 친구들이 있다는 것이다. 아무것도 못 하고 누워만 있을 것 같고 대화도 안 통할 것 같지만, 그래도 같이 웃고 울면서 함께 살아가는 세상, 그게 바로 요양병원이라는 세계라고 할 것이다.

요양병원의 직원들

병원의 직원들 가운데 제일 많은 수를 차지하는 것은 역시 간호사이다. 입원환자가 백여 명 정도 된다면, 직원은 대략 반 정도쯤이 되는데 그중 반 이상이 간호 인력이다. 대부분이 3교대로 근무하기 때문에 지금 눈에 띄지 않을 뿐이지 병원에서 제일 많고 제일 부지런한 사람들이 바로 간호사들이다. 간호사들은 항시 환자들의 상태를 숙지하고 있어야 하므로, 어떻게 보면 내 가족들의 상태보다 우리 병원의 환자를 더 잘 알고 있을지도 모른다.

병원의 간호 인력은 근무 시간이 다양하다. 기본은 3교대 근무로 아침 7시~오후 3시에 근무하는 주간 근무조, 야간 근무조는 오후 2시~저녁 10시까지 근무하고, 나이트 근무조는 저녁 9시부터 다음 날 아침 7시까지 근무한다. 그리고 아침 9시부터 저녁 6시까지만 근무하는 주간 근무조도 있고 때에 따라서는 아르바이트처럼 단시간만 근무하는 경우도 있다. 3교대 근무 자체가 참 힘들지만, 이 중에서 제일 힘든 것은 역시 나이트 근무, 즉 밤 근무이다. 밤에 잠을 자지 않고 근무를 해야 하는 것도 힘들지만, 밤사이에 환자들의 상태가 달라지는 경우도 있기 때문에 항상 긴장을 늦추지 말아야 하기 때문이다.

야간 당직을 하는 가운데, 심심해서 병동에 가서 커피 한잔과 함께 얘기를 나눌 때가 있다. 자정을 넘어가는 시간이라 조용하고 또 항상 북적이던 병동도 조용해서 그런지 낮에 근무할 때보다 더 솔직한 얘기들이 오간다. X병동에서 근무하는 K간호조무사는 이제 나이가 오십을 바라보는 아줌마로, 우리끼리는 7병동의 에이스로 부르고는 한다. 손이 빨라서 환자들이 아플 새도 없이 빨리 처치를 마치기 때문에 환자들이 좋아하기도 하지만, 그것보다 사근사근한 말투와 스스럼없이 환자들에게 잘 다가가는 성격 때문에 더 인기가 많은 것 같다. K선생이 간호조무사를 하게 된 것은 재미있는 계기가 있었다고 한다. K선생은 결혼 전에 친정에서 식당을 했기 때문에, 결혼 후에도 계속 부모님을 도와서 식당에서 일했다고 한다. 그런데, 오토바이를 타고 배달을 가던 모습을 K선생의 딸이 보고서는 엄마에게 말했다고 한다.

"엄마, 엄마가 식당일 하는 거 부끄러워. 다른 일 하면 안 돼?"
그 길로 친정 부모님께 이야기하고 다른 일을 찾으러 버스를 타고 가는데, 그 버스 안에서 창밖으로 간호조무사를 구한다는 병원이 보였다고 한다. 그래서 바로 그 병원에 가서 면접을 보고 그때부터 간호조무사를 시작한 것이 20여 년이 훌쩍 넘었다. 딸의 말 때문이라고 했지만, K선생이 병원 일을 시작하게 된 것은 그 때문만은 아닐 것이다. 친정을 도와서 일을 하는 것도 좋았겠지만, K선생의 적성에는 사람을 대하고 돌보는 일이 천성이 아니었을까 싶다. 딸의 말 한마디가 K선생이 하고 싶어 하던 일을 찾도록 도와주었던 것이다. 딸이 찾아준 적성으로 우리 병원에서도 K선생은 환자와 보호자들이 제일 좋아하는 인기 간호사가 되었으니 정말 딸에게 고마워해야 할 일이다.

J여사는 우리 병원이 처음 개원할 때부터 청소를 맡으셨던 분이다. 청소하는 사람이라는 게 따로 특별히 정해져 있는 것은 아니지만, J여사는 청소를 하기에는 좀 남달랐던 분이었다. 학력도 충분한 데다 집안이 어려운 것도 아니었고 원래 청소를 하던 분도 아니었다. 처음에

면접을 보면서 '얼마 되지 않아 그만둘 수도 있겠다.' 라는 생각이 들었지만 열심히 해보겠다고 하니 채용을 하였다. 청소 일이라는 게 몸을 쓰는 일이니 육체적으로 많이 고달프고 힘든 경우가 자주 있다. 그런데, J여사는 힘들다고 이야기는 했지만 1년 반이 넘게 일한 뒤에 어느 날 갑자기 퇴직을 한다고 했다. 사직서를 내는 길에 함께 차 한잔 마시면서 얘기를 한참 나누었다.

"여사님, 갑자기 왜 그만두시려고요?"
"제가 사실 간호조무사 자격증을 땄어요. 그래서 간호조무사로 일해 보려고요."
"아니, 언제 청소 일을 하면서 간호조무사 시험까지 쳤어요?"
"우리는 3시 되면 마치니까, 마치고 나서 공부를 좀 했어요."

J여사는 갱년기 증후군이 심했다고 한다. 애들도 다 크고 나니 집에서 살림만 하는 엄마를 우습게 여기는데, 막상 자신도 살림 말고는 할 줄 아는 것도 없으니, 지금까지 뭐 하고 살았나 하는 생각도 들고 그랬단다. 그래서 우울증 비슷한 증상으로 매일 화내고 울고 그러고 있으니 남편이 집 가까운 데서 아무 일이나 해보라고 해서, 마침 우리 병원에서 올린 구인광고를 보고 막무가내로 하겠다고 온 것이었다. 병원에서 일하면서 보니 환자들에게 직원들이 이런저런 보살핌과 치료를 해주는 게 너무 보기 좋고 멋있게 보였다고 한다. 그래서 나이를 잊고 간호조무사가 되기로 결심하고 공부를 시작했다는 것이다.

"원장님, 우리 병원에서 참 많이 배우고 갑니다."
"하하, 뭘 배우셨나요?"

"제가 잘 하는 일이 뭔지, 하고 싶은 일이 뭔지를 알게 된 거 같아요."

"그 일이 뭔가요?"

"저는 환자분들하고 같이 얘기하고 돌봐주는 게 저한테 맞는 거 같습니다. 병원에서 일하면서부터 몸도 건강해지고 애들이나 애들 아빠에 대한 원망 같은 거도 없어진 거 같아요."

간호조무사로 일하게 되면 몸은 지금보다 더 힘들 수도 있을 것이고, 환자들이나 보호자들에 대한 실망이나 피로 같은 것도 생기게 될 것이다. 하지만, 그래도 J여사가 그런 과정도 다 이겨내고 좋은 직원이 되리라 의심치 않는 이유는, 자신이 하고 싶은 일을 찾아 두려워하지 않고 도전한 사람이기 때문이다. 혹 이 길이 아니라 하더라도 실망이나 후회보다는, 또 다른 길을 찾아 나설 수 있는 용기가 있는 사람은 결국은 그 길을 찾아내기 마련이다. J여사가 간호복을 입고 근무하는 모습이 어떠할지 참 궁금해진다.

L간호조무사는 우리 병원에서 일하다 지금은 그만두고 공부를 하고 있다. L선생은 간호조무사를 비교적 늦은 나이에 시작했다. 여성들이 늦은 나이에 간호조무사가 되는 것은 보통 애들 키워놓고 나서 일을 하려고 찾아보면 간호조무사가 제일 수요가 많기 때문이다. 그렇다고 해서 간호조무사가 되는 것이 그리 쉬운 일은 아니다. 학원에서 몇 달간 공부도 하고, 실습도 정해진 시간만큼 해야 하고, 또 시험에도 통과해야 하기 때문이다. L선생도 간호조무사가 되고 나서 병원에서 근무를 해보니, 자신의 적성과도 잘 맞는다는 것을 느꼈나 보다. 그러는 와중에 친정엄마가 치매가 되면서 병원의 직원이자 환자의 보호자로서 역할을 동시에 수행하게 되었다. 이 과정을 거치면서 L선생은

늦은 나이에도 불구하고 좀 더 공부를 해야겠다는 생각을 굳히게 되었다고 한다. 정식으로 간호대학에 진학해서 정규 간호사(RN)가 되기로 결심한 것이다. 50이 다된 나이에 간호대학 진학에 대한 고민을 나누니, 동료들은 한편으로 걱정도 되고 한편으로는 기대도 되고 해서 이런저런 말을 많이 해주었다고 한다.

"몇 년만 지나면 손자 손녀 볼 나이인데, 왜 힘들게 그래?" 라는 반응은 당연히 나올 수밖에 없고, "대학 공부할 돈으로 애들이나 공부시키지 그래~" 라는 비아냥도 없지 않았다. 하지만, 환자를 돌보면서부터 정규 간호사가 되고 싶다는 열망은 쉽게 가라앉지 않았던 모양이다. 결국, L선생은 주중에는 학교에서 공부하고 주말에는 병원에 와서 엄마를 간병하는 것으로 결정하고 공부를 시작했다. 늦은 나이에 새로운 공부를 한다는 것이 쉽지 않을 것은 분명하지만, 자신의 꿈을 향해서 나아가는 모습은 참 멋지다고 생각한다. 늦은 나이에 간호사가 될 것을 결심한 만큼 좋은 의료인이 될 것이라 생각한다.

매화는 봄에 꽃이 피고 국화는 늦가을이 되어서야 꽃을 피워 낸다. 나이가 많다는 것이, 늙었다는 것이 자신의 꽃을 피우지 못할 이유는 아닌 것 같다. 중요한 것은 내 인생의 꽃을 피워내려는 그 열망과 노력이 아닐까? 내가 인생을 살아가는 동안에 단 한 번이라도 이런 멋진 꽃을 피워본 사람들은 어떤 어려움이 또 닥친다 하더라도 언제고 또 그런 꽃을 만들어낼 수 있는 사람이 된다. 우리 병원에서 저런 분들과 만나서 얘기를 나누고 나면, 나도 내 꽃을 제대로 키우고 있는지 살펴보게 된다. 이렇게 자신의 꿈을 향해 하루하루 나아가면서 인생의 꽃을 피워내는 분들이야말로 정말 꽃보다 아름다운 사람들이라고 할 것이다.

때로는 좋고
때로는 미운 관계

　이웃사촌이 아무리 좋다고 해도 오랜 세월 함께 생활하다 보면 서로 얼굴을 붉히고 싸우는 일이 생길 수밖에 없다. 피를 나눈 가족 간에도 이런 싸움이 없을 수 없는데, 전혀 모르던 사람들이 만나 한 병실에서 같이 생활하는 병원에서 갈등은 없는 것이 더 이상한 일이다. 하지만, 하루 24시간 같이 생활하는 이 사람이야말로 이웃사촌을 넘어서서 가족보다 더 친밀한 관계가 되기도 한다. 부부간에도 때로는 좋은 시간도 있고, 서로 티격대격 싸우는 시간도 함께 있는 것처럼 우리 병원에서도 친밀한 시간과 갈등의 시간이 교대로 나타난다고 할 것이다. 하지만, 그렇다고는 해도 급성기 병원과는 달리 입원 기간이 훨씬 긴 요양병원의 특성상, 대부분의 경우 이러한 갈등은 병실 내에서 적당히 조절되기 마련이다.

같은 병실 환자들 간에 나타나는 갈등 가운데 제일 큰 요소 중 하나는 바로 '온도' 문제이다. 병실에 있는 난방 조절 장치는 하나밖에 없으니 적당히 타협하면서 살아야 하는 게 병원 생활이다. 그런데, 더위나 추위를 특히!!! 많이 느끼는 사람이 있는 경우가 문제가 된다. 요양병원에 입원해계신 분들의 특성상 더위보다는 추위를 더 많이 타기 때문에, 겨울에 문제가 더 많을 것 같지만 사실 심각한 문제는 여름에 나타난다. 먼저 보호자들이 면회를 와서는 우리 병원이 왜 이리 냉방을 가동하지 않느냐고 항의한다. 하지만, 대부분의 환자는 더위를 그리 많이 타지 않기 때문에 냉방을 원하지 않을 뿐만 아니라, 냉방을 조금만 더 강하게 가동하면 오히려 감기 등 냉방병에 걸리시는 분들이 많다. 여름만 되면 항시 직원들에게 강조하는 것이 바로, 정상인 기준으로 냉방을 하지 말고 '환자 중심' 으로 냉방을 하라는 것이다. 자칫 여름 감기 때문에 고생하는 분들이 많이 생기기 때문이다. 겨울에는 다들 추위를 많이 타시기 때문에 일정 이상으로 충분히 난방을 하게 된다. 그래서 우리 병원의 경우는, 여름보다도 겨울에 전기 요금이 훨씬 더 많이 나오는 특성이 있다.

직원의 편의 중심 혹은 보호자들의 요구에 의한 온도조절 문제는 충분히 이야기만 하면 되는 문제이지만, 환자분들 간의 온도를 둘러싼 문제는 정말 해결하기 어렵다. K할머니는 더위를 못 견디는 분이셨다. 여름에는 항상 에어컨을 최저 온도까지 설정하고, 선풍기 바람이 자신에게만 오도록 해두어도 덥다는 말을 입에 달고 생활하실 정도였다. 이러니 주위 분들과 갈등이 생길 수밖에 없나. 겨울이 되어도 덥다고 문을 열어두고 난방장치를 켜지 못하게 하시는 통에 그 병실은 그야말로 시베리아처럼 추울 수밖에 없었다. 아무리 설득을 하고 애원을 해도 할머니는 자신의 고집을 꺾지 않았다. 다른 환자분들이 담요와 이불을 두세 장씩 덮어도 요지부동으로 난방장치 가동을 못하게 하는 통에 병원에서는 보호자와 상의해서 겨울 동안은 할머니가 1인실에서 생활하실 수 있도록 하는 수밖에 없었다.

텔레비전도 갈등의 주요한 요인이다. TV 시청 시간은 대체로 병원에서는 10시까지로 정해져 있다. 급성기 병원에서는 개인 TV를 개별로 설치하는 게 추세이다. 하지만, 노인환자들이 많이 계시는 우리 병원에서는 개인 TV는 설치 가능한 크기가 아무래도 공동 TV에 비하면 작기 때문에 효용성이 떨어져서, 공동 TV로 해결할 수밖에 없다. 대부분의 병실에서는 TV 문제는 그리 크지 않은데, 가끔 새로 입원하는 분들 가운데 독불장군식의 성격이 있으시면 문제가 생기고는 한다. 그래도 다들 TV를 즐기기 때문에 시간이 지나면 대부분은 모두가 조금씩 양보하는 방향으로 해결이 되고는 한다. 다 같이 TV 드라마를 보시면서 악역을 맡은 배우를 함께 욕하기도 하고, 주인공을 동정하는 말씀을 같이 나누시는 것을 보면 TV는 대화를 사라지게 만드는 이유가 되기도 하지만, 반대로 대화의 계기가 되기도 하는 것 같다.

환자들 간에 갈등이 나타나는 또 다른 요인으로는 보호자들의 면회도 관련이 있다. 보호자가 면회 오는 게 환자들끼리 어떤 문제를 일으킬까 싶지만, 의외로 환자의 불만 중 많은 부분이 이와 관련이 있다. 요양병원에 입원하고 있는 환자 가운데는 보호자들이 거의 찾지 않는 경우가 가끔 있다. 반면에 새로 입원하거나 자식이 많은 환자는 면회가 잦다. 그러다 보면 환자들 간에 이 문제로 가끔 반목과 질시가 생겨난다. 특히나 보호자들이 와서 과자나 과일 등을 주고 가는데, 이를 나누지 않고 혼자 드시려고 하다 보면 갈등이 생기기도 한다. 연세가 많으시고 인지에도 장애가 생기면 욕심이 생기는 환자분들이 있다 보니 생기는 일이다. 보호자들이 거의 오지 않는 환자들은 다른 환자들에게 손님이 많은 걸 보면 아무래도 섭섭함이 생기기 마련이다. 만약 그 환자가 자랑한다거나 잘난 체를 하게 되면 드디어 싸움이 시작되는 것이다. 회진을 하다 보면 환자들이나 보호자들이 음료수나 사탕들을 하나씩 주시기도 한다. 병원 생활이 처음일 때는 그런 선물을 모두 거절하고는 했는데, 요즘은 하나둘씩 챙겨두기도 한다. 그랬다가 보호자들이 잘 오지 않는 환자들에게 주고 오기도 한다. 이렇게 서로 나누어야 병원 생활의 갈등이 조금이라도 줄어드는 법이다. 사소한 사탕 하나로 서로 싸우기도 하지만, 언제 그랬냐는 듯이 간식을 서로 나누어 드시며 웃음이 생기는 게 병원 생활이기도 하다.

병원 생활이 항상 싸움이나 갈등만 있는 것은 아니다. 아니, 그것보다는 서로 도움을 주고받는 것이 일상적인 생활이라고 해야 할 것이다. 루게릭 환자인 N환자는 특히나 팔에 힘이 없어 물건을 들거나 옮기는 것이 힘들다. 그런데, 이런 N환자를 항상 도와주는 게 바로 그 옆 병상의 K환자와 그 병실 친구들이다. 아침저녁으로 물 떠주는 것부터 시작해서 물건 심부름까지 일상의 대부분을 서로 도와가면서 생활한다. 만약 K환자와 다른 환자들이 없다면 N환자는 더 힘든 병원 생활을 할 수밖에 없을 것이다. 사지 마비 K환자는 요양보호사의 도움이 없으면 아무것도 할 수 없는 환자지만, 그래도 같은 병실의 치매 환자들에게 그날 다른 일은 없었는지를 보호자들에게 확인해주는 얘기를 해주고는 한다. 어느 날 K환자가 비상 호출벨을 누르고 큰소리를 질러서 직원들이 깜짝 놀라 병실로 뛰어간 적이 있었다. 가보니 옆 병상의 치매 환자가 과자를 먹다가 목에 걸려서 힘들어 하는 것이 보였다. K환자가 아니었다면 정말 큰 일이 났을 수도 있었을 것이다.

올해 48세가 된 L씨는 뇌출혈로 우측 상하 반신 마비가 생겨 입원한 환자이다. 뇌출혈 후유증으로 이동도 휠체어가 아니면 힘들고, 팔에 근력도 떨어져서 한쪽 팔만 겨우 쓸 수 있을 정도였다. 오십도 안된 젊은 나이에 편마비로 입원하게 된 L환자는 아주 까칠한 환자였다. 왜 안 그럴까. 갑자기 발생한 질병으로 하루아침에 정상인에서 몸 한

쪽이 마비된 환자가 되어버렸으니 말이다. 직원들에게도 항상 짜증을 내던 L환자가 서서히 부드러운 성격으로 바뀌게 된 것은 다름 아닌 같은 병실의 환자들 덕분이었다. L씨는 그 병실에서 중증 치매 환자분들과 함께 생활했는데, 처음에는 짜증만 가득하던 L씨는 그래도 그 환자들보다는 움직일 수도 있고 상태도 나았기 때문에 이런저런 도움을 주는 일을 하게 되었다. 주로 환자들이 먹고 싶어 하는 간식거리나 과일 등을 병원 밑의 마트에서 사다 주는 일이었다. 아무것도 아닌 일일 수도 있지만, 그런 일을 통해 L씨는 다시 기운을 차릴 수 있었다. 자신이 남에게 신세만 지는 사람이 아니라, 도움이 된다는 그 사실이 L씨에게 다시 힘을 주었다고 나는 생각한다.

병원에 입원해 있다고 해서 모든 것을 요양보호사나 직원들에게 의존하는 것이 항상 환자나 병원 모두에게 항상 최선의 방법은 아니다. 사람은 도움을 받기만 하는 것이 아니라, 사소한 것이라도 도움이 되는 존재가 되는 것이 중요하기 때문이다. 하다못해 사지 마비 K씨가 다른 환자들의 하루 일과 중 특별한 일이 있었는지를 알려주는 것도 중요한 일이 된다. 환자들과 함께 하는 사회복지 참여 프로그램 가운데, '콩 고르기' 같은 프로그램이 있다. 할머니들이 모여 앉아서 흰 콩과 검은 콩을 가리는 것인데, 평상시에는 잠시도 앉아서 집중하는 것이 힘드신 분들이 이 프로그램에서는 한참을 앉아서 일하시는 것을 보아도, 일을 하는 것이 건강에도 도움이 된다는 생각이 든다.

자신이 할 일이 있다는 사실 하나만으로도 세상을 살아가는 이유 중 하나가 될 것이다. 그런 작은 도움이 무슨 의미가 있겠냐고 생각할 수도 있겠지만, 지금 우리가 살아가는 사회에는 그런 도움조차도 하지 않으려는 사람들도 얼마나 많은가? 겨우 자기 한 몸의 편안함만을 생각하는 사람들이 그득한 세상에서, K씨나 L씨의 도움은 그 주위의 환자들에게는 말할 수 없을 정도로 아주 큰 도움이다. 자신도 타인의 도움을 받고 있지만, 작은 일 하나라도 남을 도우려는 그 마음이 더 소중하지 않을까? 병원 직원들의 도움만을 필요로 하는 존재가 아니라, 함께 서로 도움을 주고받으면서 살아간다고 생각하는 것은 전혀 차원이 다른 접근이 된다. 어떻게 보자면, 우리도 이런 환자들의 생활을 도와주고 질병을 치료해줌으로써 나의 생활을 영위하고 있으니 역시 도움을 받고 있다고 생각해도 되지 않을까 싶다. 어떻게 생각해보면 다른 사람들의 도움만 받는 사람들은, 오히려 병원 외부의 세상에 더 많은 것 같다. 그저 다른 사람의 노동과 그 결실만 바라고 살아갈 뿐, 다른 사람은 생각지 못하는 사람이 진짜 환자라고 해야 할 것이다. 그에 비하면 우리 병원은 환자들이 서로 도움을 주고받으면서 살아가는 공생과 이타주의의 세계라고 할 수 있을 것이다.

우리가 혼자가 아니라, 서로 도와주고 도움을 받으면서 다 같이 살아가는 게 바로 인생일 것이다.

친절한 직원

　지인 중 한 명이 암으로 병원에 입원하여 치료를 받게 되었다. 서울의 유명한 병원에서 수술을 받고 집 근처의 지방의 대학병원에서는 방사선 치료를 진행하고 있다고 한다, 두 곳에서 치료를 진행하는 중 병문안을 다녀왔다. 병문안 자리에서 이런저런 얘기를 나누다 우연히 서울 대형 병원과 지방 대학병원의 차이에 관해 얘기를 하게 되었다.

"다른 시설 같은 것은 여기 지방도 비슷한데, 간호사의 태도는 차이가 많이 나더군요."
"어떤 차이가 있던가요?"
"서울 대형 병원에서는 내가 요구하는 사항을 어느 간호사에게 이야기하던지 즉각 반응이 있는데, 여기는 좀 늦어요. 다른 간호사에게 얘기하라는 말을 하기도하고…."
"친절에서 차이가 있나 보네요."
"좀 차이가 납니다. 나도 병원에서 일하는 의사지만, 친절이 무엇인지에 대해 많이 느끼게 되었습니다."

그런데, 이렇게 얘기를 나누던 도중에 간호사가 들어와서 간단한 처치를 시작했다. 그런데, 이 간호사는 아무런 말을 하지도 않고 처치를 끝내고는 나가는 것이었다. 하다못해 인사조차도 없는 간호사를 바라보며 지인과 나는 서로 쓴웃음을 교환했다. 병원 입구의 로비에서는 친절한 병원, 고객 감동이 어쩌니 이라는 구호가 요란스럽게 걸려 있었지만, 내가 직접 느낀 실제 모습은 전혀 달랐다.

친절이란 무엇일까? 캐나다 이민 생활 중에 백혈병에 걸리게 된 아이의 이야기를 쓴 "슬픔이 희망에게" 에 보면 아픈 아이를 둔 엄마가 바라보는 친절한 직원에 대한 얘기가 나온다. 좀 길지만 도움이 되리라 생각하고 인용해본다.

수술하기 전에는 두통 때문에, 수술 후에는 통증 때문에 휘는 계속 진통제를 먹어야 했는데, 그 약을 가져다 먹이는 방법 하나만 보면, 그 간호사가 어떤 마음가짐으로 일을 하는지를 알 수 있게 되더라는 것이다. 우선 묻지도 않고 알약을 혹은 물약을 맘대로 선택해서 가져다주는 이가 있다. 음, 내가 좀 더 꼼꼼하게 근무를 서야겠군 생각한다. 그러고는 금세, 휘는 씹어 삼켜야 하는 그 약을 싫어하니 물약으로 바꿔 달라고 요구하는 것으로 경계근무가 시작된다.

"자, 알약과 물약이 있는데 어떤 걸 갖다 줄까?"
여기까지만 물어봐 주면 맘 좋은 나는 경계경보를 해제한다.
"물약이라고? 물약에도 두 가지 맛이 있는데, 체리 맛? 포도 맛?"

여기까지 물어봐주면 97점, '참 잘했어요.'다. 그런데 그렇게 해서 주사기에 물약을 가져온 뒤 '자, 입 벌려, 쭉' 대개는 그렇게 한 번에 해결하는데, 간혹 만점에 도전하는 간호사들도 있다. "자, 하나둘 셋, 센다." 준비를 시키고, 딱 절반만을 짜 넣고는 휘가 꼴딱 마실 수 있게 잠깐 쉬어주고, 그러고는 또 나머지 약을 짜 먹여 주는 사람, 마음속으로 기립박수를 쳐주고 싶다.

분명 학교나 학원에서 간호 실습을 하면서 똑같은 교과과정을 배우고 똑같은 자격증 혹은 면허증을 가지고 있는데도, 환자를 대하는 자세나 태도는 사람마다 다르다. 항상 친절을 이야기하지만, 이를 받아들이는 것은 사람마다 차이가 있는 것 같다. 우리 병원에서도 목욕 시간을 잠시 지켜보면 쉽게 알 수 있다. 혼자 목욕이 어려운 분들이 많다 보니, 목욕시간은 항상 바쁘고 정신없는 시간이 된다. 남자 환자들은 여성 보호사들이 목욕보조를 해주어도 별다른 불만이 없지만, 여성 환자들은 남자 직원들이 목욕탕에 들어오는 것 자체를 꺼리시기 때문에 여성들만으로 목욕 보조를 할 수밖에 없다. 그러다보니 아무리 가볍고 힘이 없는 노인환자라 할지라도 요양보호사들이 여러 수십 명의 목욕 보조를 하다 보면 힘이 부칠 수밖에 없게 된다.

정기적인 목욕 시간이 끝나고 니면 요양보호사들은 대부분 기진맥진해서 파김치가 될 정도이다. 하지만, 이런 힘든 목욕의 와중에서도 환자를 배려할 줄 아는 직원이 있는가 하면, 환자의 편안함이나 안전에 대한 관심보다는 자신이 더 편한 방식으로 일하고자 하는 직원도 분명 있다. 배려심이 있는 직원은 목욕을 위한 이동이나 목욕 중에도 환자들의 긴장을 풀어주면서도 부끄러움을 느끼지 않도록 배려해준다. 그런 직원이 목욕을 하는 날에는 환자들이 목욕 후에 즐거운 표정이 얼굴에 가득한 것을 느낄 수 있다.

요양병원에 입원해 계시는 할아버지, 할머니 환자들도 기저귀 교환이나 처치 등을 하는 동안 수치심을 느낄 수 있기 때문에 이동식 커튼 등으로 프라이버시를 충분히 보장해주는 것이 필수적이다. 병상에만 누워계시니까 모를 거야 혹은 치매 환자이니 부끄러움도 없어졌겠느냐고 생각하고 무감각하게 대하는 병원이 예전에는 참 많았다. 요양병원에 입원한 적이 있는 사람들을 대상으로 한 설문 조사를 해보면, 병원 입원 중 힘들었던 것 중의 하나로 개인의 프라이버시가 제대로 보장되지 않는다고 답한 사람이 의외로 많았다는 점은 아직 우리가 개선해야 할 점이 많다는 것을 보여준다.

하지만, '친절'이 무엇인지를 정의해서 실천하기란 참 어려운 일이다. 일단 무엇이 친절한 것인지 사람마다 원하는 것도 다르고 이해하기도 쉽지 않기 때문이다. 하지만, 반대로 '불친절'이 무엇인지는 다들 쉽게 상상할 수 있다. 그래서 '환자에게 친절'한 직원이 되기보다는 '환자에게 불친절'한 직원이 안 되는 것을 목표로 하는 것이 더 쉽다. 즉, 친절한 직원이 되는 것이 최상의 목표라면, 불친절한 직원이 안되는 것은 최소한의 목표라고 할 것이다. 병원을 경영하는 입장에서 환자나 보호자들이 항상 이야기하는 불친절한 모습들을 몇 가지 들면 다음과 같다. 여기서 이야기하는 불친절한 모습들만 피해도 최소한의 목표는 달성한 것이라고 생각한다. 최소한 이런 불친절한 모습만은 피하도록 하자.

첫째로, 반말하는 것이다. 간호사나 요양보호사 중에 꼭 '친정엄마 같아서' 혹은 '엄마, 아빠 같아서'라고 하며 반말을 예사로 하는 직원들이 있다. 반말하는 것이 더 친밀한 느낌을 준다고 하면서 반말하지 말라는 것을 오히려 이상하게 생각하는 경우도 있다. 하지만, 나는 반말하는 것은 환자에 대한 기본적인 예의가 아니라고 생각한다. 노인 환자분들이 반말에 대해 별말씀을 하지 않는다고 해서 반말하는 것을 좋아한다고 생각하는 것은 바보 같은 짓이다. 입장을 바꾸어서 자신이 마트나 편의점, 커피숍 등에서 일한다고 가정을 해보자. 자신보다 나이가 많은 손님이 와서 반말을 예사로 하면 기분이 좋지 않을 것은 당연하지 않을까? 더구나 자신보다 나이가 더 많은 환자들에게 반말하는 것은 우리나라 전통적인 정서에도 맞지 않는다고 해야 할 것이다. 친밀한 것과 관계없이 환자를 존중의 마음으로 대한다면 반말은 당연히 없어져야 할 습관이다. 병원에 근무하는 직원들이 환자분들께 반말을 쉽게 할 수 있는 것은 어른을 어른으로 대접하는 것이 아니라 자신보다 못하고 어린 존재로 생각하기 때문이다. 인지가 떨어지고 몸도 불편하다 보니, 정상적인 사람보다 못하다고 생각하는 무의식이 있기 때문에 이렇게 반말이 나온다고 나는 생각한다. 보호자들도 직원들이 환자들에게 함부로 반말하는 것을 당연히 좋아하지도 않을 뿐만 아니라 환자분들께서도 반말하는 직원을 그리 좋아하지 않는다. 환자분들도 당연히 끽듯하게 인사하고 말을 제대로 하는 것을 좋아한다는 것을 생각했으면 좋겠다.

대표적인 불친절한 모습 중 둘째로 들 수 있는 것은 인사를 하지 않는 것이다. 아무 말도 없이 병실로 들어와서 혈압 재고, 처지하고, 약 주는 직원만큼 무뚝뚝하게 느껴지는 것은 없다. 병실에 들어가면서, 웃는 얼굴로 '안녕하세요, 잘 주무셨어요?' 라고 시작하는 직원에게 호감이 더 갈 것은 당연한 일이다. 혈압 체온 맥박 등의 생체신호 확인부터 간단한 소독과 드레싱과 같은 처치는 직원들에게는 항상 똑같은 일상의 반복일 수도 있다. 하지만, 환자는 아무리 가벼운 처치라 할지라도 간호사들이 들어와서 처치한다고 하면 불편함과 심적인 부담감을 느낄 수 있기 때문에 미리 마음의 준비를 할 시간을 주어야 한다. 병실에 들어서면서 하는 인사는 바로 그런 마음의 준비를 하라는 신호가 되는 것이다. 그리고 '혈압 측정할게요.' 라는 한마디로 직원이 병실에 온 이유를 알게 해주는 것도 중요하다. 지금 어떤 행동을 할 것이며, 다음에는 무엇을 할 것인지를 알려주어서 긴장감을 해소해 주는 것이다. 마지막으로 병실을 나가면서 '수고하셨습니다.' 라고 작별인사까지 곁들여지면 백 점 만점의 인사가 된다. 반면 들어와서 나갈 때까지 아무런 말도, 인사도 없는 직원을 바라보는 환자들은 불편함과 두려움을 느낄 수밖에 없을 것이다.

마지막 세 번째는 무뚝뚝한 표정의 직원이다. 웃는 얼굴까지는 바라지는 않아도 최소한 무뚝뚝한 모습은 보여주어서는 안 된다. 특히나 치매환자나 인지가 약해진 환자들은 구체적인 의사소통은 잘 하지 못해도 그 분위기는 특히 잘 파악한다. 그렇기 때문에 우리와 같은 요양병원에서는 더욱이 더 많은 미소 띤 얼굴로 부드러운 분위기를 만들어야 하는 것이다. 이런 따뜻한 분위기가 만들어질 때 환자들이 직원들을 믿고 의지할 수 있게 된다. 치매 환자나 인지가 약해진 환자들이 가장 믿고 의지할 수 있는 것은 다름 아닌 병원의 직원들일 수밖에 없다. 아무리 병원을 밝게 만들고 좋은 시설과 설비를 한다고 하여도 직원들이 신뢰를 주지 못하면 반쪽짜리 병원이 될 수밖에 없다. 병원에 굳은 표정을 짓고 무뚝뚝한 성격의 직원들이 많아지게 되면 환자는 당연히 불안해지고 동요하게 된다. 급성기 병원에서도 밝은 직원들이 중요하겠지만, 요양병원에서는 특히나 환자들을 웃는 얼굴과 밝은 목소리로 대하는 직원이 중요하다고 할 수 있을 것이다.

이 세 가지만 제대로 피해도 최소한 불친절하다는 말은 듣지 않게 된다. 물론, 여기서 더 나아가서 환자에게 감동을 주는 경우도 있겠지만, 그런 고급반에서는 이미 이런 기술적인 문제는 중요하지 않을 것이다. 항상 최선을 다해서 노력하는 사람이 환자를 사랑하고 아껴주는 마음까지 가지고 있다면, 따로 배우지 않아도 할 수 있는 게 바로 친절한 모습 아닐까 생각한다.

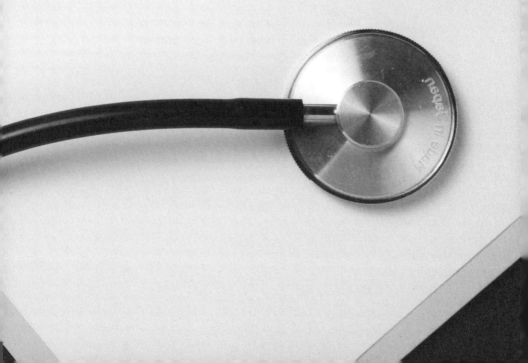

- Chapter II -

치매 이야기

치매, 두려운 마음의 질병

우리나라의 사망원인을 순위별로 살펴보면 암과 심장 질환, 그리고 뇌혈관 질환이 선두를 달리고 있다.

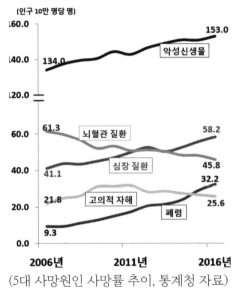

(인구 10만 명당 명)

(5대 사망원인 사망률 추이, 통계청 자료)

하지만, 이런 무시무시한 질병 중에서도 지금 현대인이 가장 두려워하는 것은 바로 '치매' 가 아닐까 싶다. 익숙한 장소에서도 길을 잃고, 사랑하는 가족들의 얼굴을 잊어버리고, 손으로 변을 만지는 것 등과 같은 모습으로 생각되는 치매의 모습들은 얼마나 공포스러운가? 그렇지만, 치매는 나이가 들어갈수록 자연스럽게 증가하는 질병이다.

65세 기준으로, 연령이 5세가 늘어날 때마다 치매는 두 배씩 증가한다. 65~69세 연령층에서는 약 2~3%의 노인이 치매를 앓고 있지만, 70~74세에서는 4~6%, 75~79세에서는 8~12%, 80세 이상에서는 20% 이상이 치매에 걸린 것으로 통계에 나타나고 있다. 한마디로 장수 인구가 늘어나는 만큼, 치매 인구도 따라서 늘어나고 있는 것이다. 그리고 노화에 의한 치매는 뚜렷한 예방책이나 치료법도 존재하지 않는 것이 현재 상황이다.

치매의 주요한 증상은 무엇보다 기억력 저하이다. 처음에는 가벼운 건망증과 비슷해 보이지만, 증상이 더 심해지면서부터 뇌의 기능 저하가 뚜렷하게 나타나기 시작한다. 과거에 대한 기억이 부분적으로 사라지거나 사람을 못 알아보는 일이 생기기 시작하다가, 익숙한 장소에서도 길을 잃는 일이 나타나게 된다. 평상시 자주 쓰던 물건들의 이름도 생각나지 않게 되고, 외부의 자극이나 변화가 무엇을 의미하는지를 잘 모르게 된다. 이와는 달리, 건망증은 자신이 기억을 잊었다는 잘 알고 있다는 점에서 치매와 뚜렷한 차이가 있다. 예를 들어 오늘 저녁에 식사하기로 했는데, 잊어버리고 혼자서 식사를 했다고 가정해보자.

건망증은 '오늘 저녁에 식사하기로 약속했잖아요.' 라고 얘기를 하면, '아차! 깜빡했네. 미안해' 라는 식의 반응이 나타나는 경우이다. 이에 반해 치매는 '그런 약속을 언제 했어? 나는 기억 안 나는데? 거짓말이지?' 라는 반응이 나타난다. 건망증은 어떤 약속이나 물건 등에 대해 일단 기억은 되었지만 순간적으로 그 기억이 되살려지지 않은 상태라고 한다면, 치매는 그런 기억 자체가 아예 입력이 안 된 경우를 의미한다. 그렇기 때문에 계속 반복적인 질문을 하기도 한다. '오늘 저녁 뭘 먹을 거야?', '저 새는 이름이 뭐지?' 와 같은 질문을 수십 번 반복하면서도 그 질문을 했다는 것 자체가 기억에 남아 있지 않는 것이 곧 치매이다. 특히 수(數)에 대한 개념은 치매 초기에 손상이 오는 부분이다. 수의 계산이 안 되어 더하기와 빼기를 계속해서 반복하는 경우가 생기고, 돈 세는 것도 수십 번을 반복하게 된다. 그러다 보니 돈이나 물건에 대한 강박증이 생겨서 다른 사람이 훔쳐갈까 걱정을 하는 증상도 나타난다. 치매 환자들 가운데는 기획 부동산에 속아서 아무 쓸모도 없는 땅을 고가에 매입하는 경우도 있고, 똑같은 물건이나 건강식품 같은 것을 수백만 원어치나 사는 경우도 있다. 모두 뇌의 기능이 저하되면서 계산 능력이 떨어져서 발생하는 증상이다.

식사를 했는지 안 했는지에 대한 기억도 희미해져서 잘 모르게 된다. 그래서 식사를 한 것을 확인한 뒤에 '저녁은 맛있게 드셨습니까?' 라고 물어보아도 '안 먹었는데?' 라고 하는 경우가 생긴다. '00이가 저녁 챙겨드렸다는데요?' 라고 반문하면, '안 먹었다니까!' 라고 화를 내기도 한다. 하지만, '그럼 지금 저녁 챙겨 드릴게요.' 라고 이야기를 하면, '지금은 속이 더부룩해서 안 먹을래.' 라고 한다. 이것은 저녁 식사를 한 것이 기억에는 남아 있지 않지만, 몸에서는 배가 부르다는 신호를 보내오기 때문에 이런 식으로 반응이 나타난다. 하지만, 치매가 좀 더 진행되면 배가 부르다는 등의 신호를 보내게 되는 몸의 신호 체계에도 점차 문제가 생기기 시작한다.

말을 하다 보면 특정 단어가 기억이 나지 않는 경우가 많다. 휴지통이라는 단어가 생각이 나지 않아서 '버리는 물건을 담아두는 통 같은 것' 이라고 설명을 하거나 '그것' 혹은 '저것' 등의 대명사로 지칭을 하는 경우가 생긴다. 평상시에 잘 기억하고 있던 사람 이름도 생각이 나지 않아서 한참을 더듬거리기도 한다. 그리고 대화 시에 점차 대응 속도가 느려지는 것이 눈에 띄게 된다. 치매가 진행되면 대화가 복잡한 내용이 아님에도 불구하고, 앞에서 나왔던 얘기를 잘 기억하지 못하고 다시 말하거나 전혀 다른 맥락으로 대화를 이어가게 된다. 두세 명이 넘어가는 대화에서는 혼자 조용히 듣고만 있거나 무표정하게 멍하게 있는 것도 모두 대화의 맥락을 제대로 이해하지 못하는 데서 나타나는 현상이다.

우리 몸에 대한 통제 기능에도 문제가 생겨서 배고픈 것과 목마른 것도 혼동되어서 밥을 금방 먹고도 배고프다고도 하게 되고, 밥을 먹지 않았는데도 배고픔을 모르게 된다. 이는 배고픔에 대한 뇌 영역이 기능을 잃은 것으로, 평생 없던 식탐이 생기는 시기가 바로 이때다. 운동신경에도 문제가 생겨서 걷는 것이 점차 불편해지다가 나중에는 일어나는 것도 힘들어지고, 정신적인 부분에서는 성격이 변화하거나 우울, 불안, 망상 등이 나타나기도 한다. 치매가 마지막 단계까지 진행되면, 음식 먹는 법까지 잊어버리게 되어서 누군가 숟가락을 밥을 입에 넣어주어야 하다가, 결국에는 스스로 음식을 삼키는 것도 불가능해져서 인공영양을 해야만 생존이 가능한 지경까지 가기도 한다.

치매는 노인에게만 발생하는 것은 아니다. 젊은 사람들도 드물게 '조발성 치매'로 40~50대에 치매가 발생하기도 한다. TV 드라마 '기억'에서는 40대 후반의 주인공이 치매 환자로 진단받고 생기는 에피소드들을 잘 보여주고 있으며, 소설 '스틸 앨리스'에서도 하버드 대학 교수로 일하고 있는 젊은 여성 언어학자가 치매에 걸리는 것으로 나오기도 한다. 내 지인 중의 한 명도 대기업에 임원으로 근무 중이었는데, 50대 초반의 나이에 치매 진단을 받고 사임을 하게 되었다. 치매 초기 증상 중의 하나가 숫자에 대한 인지가 떨어지는 것인데, 근무 중에 수 계산이 틀리거나 생각이 나지 않아 진단을 받은 결과 치매로 판정된 것이었다. 또 다른 실제 사례로, 오스트레일리아에서 성공한 커리어우먼 6명 중 한 명으로 꼽히기도 했던 크리스틴 브라이든은 고위 공무원으로 근무 중에 치매 진단을 받게 된다. 브라이든은 치매 진단을 받은 후 자신의 투병 생활에 대한 책을 써서 발표하였다. 이 책이 중요한 의미를 지니는 것은 현재까지 치매 환자가 스스로 자신의 몸의 변화에 대해 이야기한 유일한 증언이기 때문이다. 브라이든은 이 책에서 치매가 진행되면서 나타나는 자신의 변화에 대해서 담담하게 이야기하고 있다. 치매에 대한 중요한 증언이 되기 때문에 이 글에서도 자주 인용해서 설명할 것이다.

치매는 뇌의 구조와 기능에 문제가 생기는 질병이다. 사망한 치매 환자의 뇌를 살펴보면 뇌의 신경세포가 없어지면서 뇌가 전반적으로 위축된 것이 관찰된다. 이는 질병 초기에는 기억력을 담당하는 해마 부위에서 주로 손상이 나타나다가 이후 치매가 진행되면서 두정엽과 전두엽 등에서 위축이 나타나고, 이후에는 뇌 전체의 손상으로 이어지게 된다. 뇌에 문제가 생기면 어떻게 해서 이런 치매와 같은 증상이 나타나는 걸까?

간단하게 설명하자면, 인간은 뇌를 통해 자신을 둘러싸고 있는 '세계를 해석'해서 이해한다. 사실 해석이라는 말보다는, '번역'이라는 말이 보다 정확한 표현이 될 것이다. 우리는 우리가 살아가고 있는 세상을 눈으로 바라보고 귀로 소리를 듣고 입으로 맛보고 먹으면서 손과 발로 움직이면서 생활한다고 생각한다. 하지만, 보다 정확하게 이야기하자면 우리는 우리의 뇌가 이 세상을 우리가 이해하기 쉽도록 해석한 바를 바라보고 듣고 맛보고 먹으면서 살아가고 있다. 예를 들어서, 우리의 안구에는 '맹점'(blind spot)이라고 해서 시각이 감지할 수 없는 부분이 존재한다. 즉, 우리가 세상을 바라보면 시야의 일정 부분은 보이지 않는 것이 정상이다. 우리가 지각할 수 없는 시각 영역이 있다는 것이다. 하지만, 실제 우리가 바라보는 시야에서는 이런 맹점은 보이지 않는다. 이는 시각에서는 분명히 맹점이 존재함에도 불구하고, 뇌가 이런 맹점 부분을 보정해서 보이지 않는 부분이 없도록 조정하고 있는 것이다. 우리는 세상을 있는 그대로 보고 있다고 생각하지만, 사실은 우리의 뇌가 끊임없이 개입해서 조정, 번역한 세상을 바라보고 있는 것이다.

소리를 듣는 것도 마찬가지이다. 사람은 개인이 살아가는 외부 세계의 소리를 객관적으로 모두 듣는다고 생각하지만, 실제 사람은 자신에게 유용한 것만 들을 수 있게 진화되어 왔다. 또한 소리를 듣는 것도 뇌가 이를 해석해서 의미 있는 소리만 선택적으로 들을 수 있도록 진화되었다. 그렇기 때문에 뇌의 듣기 기능에 문제가 생긴 치매 환자는 전화벨이나 알람이 울려도 이를 의식하지 못한다. 옆에 있던 사람이 '전화가 왔어요. 받아보세요' 혹은 '무슨 알람인지 확인해보세요'라고 얘기를 해주면, 그제야 이 소리를 듣고 전화를 받거나 알람을 해제한다. 즉, 이 경우의 치매 환자들은 특정한 소리가 자신에게 의미가 있다는 것을 잊었기 때문에 전화벨이나 알람 소리가 나도 이를 듣지 못하는 것이다.

특히나 알람 소리나 전화벨 소리와 함께 TV 소리나 음악과 같은 소리가 뒤섞이게 되면 더 분별하는 것이 힘들어지게 된다. 청력에 문제가 있는 것이 아니라, 소리를 해석하는 뇌의 기능에 문제가 생긴 것이다. 그렇기 때문에 대체로 치매 환자들은 될수록 조용하고 사람이 적은 곳을 좋아하게 된다. 그런 곳에서는 그나마 자신의 뇌가 어느 정도 자신이 처해있는 환경에 대해 해석을 할 수 있지만, 조금만 낯선 곳이거나 번잡스러운 곳에서는 뇌가 힘에 부쳐서 해석을 해내지 못하는 경우가 생기는 것이다. 뇌가 해석을 못 하게 되면 순간적으로 혼란이 와서 멍한 듯이 보이면서 아무 말도 하지 못하는 경우가 종종 생기게 된다.

운전도 마찬가지이다. 운전을 하게 되면, 눈으로 차를 둘러싼 환경을 바라보면서 뇌는 끊임없이 이를 해석하면서 행동한다. 이 길에서 우회전을 해야 한다는 판단이 서면, 먼저 눈으로 오른쪽에서 달려오는 차가 있는지 없는지를 판단하고, 손으로는 오른쪽 방향지시등을 켜고, 핸들을 오른쪽으로 돌리면서, 발은 액셀러레이터를 밟을 것인지 브레이크를 밟을 것인지를 결정해야 한다. 그리고 다시 눈으로 차선을 살펴보면서 적당한 위치에 도달할 때까지 핸들 조작을 한다. 그리고 혹시 우회전 후에 다른 장애물이 없는지도 살펴보아야 한다. 초보 운전 시절에는 이런 운전이 절대 쉬운 것이 아니다. 많은 훈련과 실습을 통해서 몸으로 익히게 되면서 일련의 이런 행동들은 자동 반응처럼 일련의 행동으로 제어된다.

하지만, 치매 환자는 그동안 자동으로 이루어지던 행동들이 뇌의 기능이 저하되면서 자동 제어가 제대로 작동되지 않게 된다. 신호등을 바라보면서 진행을 해야 할지, 멈추어야 할지, 진행을 한다면 액셀러레이터를 밟아야 하는지 브레이크를 밟아야 하는지가 혼동되기 시작한다. 항상 가던 길이라면 치매 초기에도 운전이 가능할 수 있겠지만, 이 경우에도 만약 가던 길이 공사 등으로 인해 변화가 있게 되면 완전히 혼란에 빠지게 되기도 한다. 치매 환자의 보호자 가운데 상담을 하다가 이렇게 얘기를 한 적도 있다.

'아버지가 몇 년 전에 운전을 하시다가 사고가 났는데, 정말 이상했어요. 평소 운전을 잘 하셨는데, 그날은 골목길에서 우측 운행이 아니라 좌측 운행을 해서 사고가 났거든요. 이제 생각해보니 이때부터 아버지는 치매가 진행 중이셨던 모양입니다.' 대부분의 보호자는 치매 초기의 여러 증상을 단순한 노화에 따른 현상이나 실수라고 생각한다. 하지만, 이런 증상들이 반복적으로 나타난다면 그것은 노화나 실수가 아니라 치매 증상으로 의심하고 검사를 해보아야 한다. 치매 환자를 보면 평상시 우리의 뇌가 얼마나 많은 일을 하고 있는지 분명하게 느낄 수 있다.

치매 환자의 증상들

치매 환자라고 해서 모든 환자가 똑같은 증상을 나타내는 것은 아니다. 치매 환자들은 기본적으로 '기억력 장애' 를 겪지만, 그렇다고 해서 모든 치매 환자들이 주변 사람들에게 '폭력' 을 행사하거나 내 물건을 훔쳐 갔다고 '의심' 을 하는 것은 아니다. 이를 학술적으로 설명하자면, '기억력 장애' 는 핵심 증상이지만, 그 외의 '폭력' 이나 '의심' 등은 핵심 증상에 부수적으로 나타나는 주변 증상이 된다. 핵심 증상은 모든 치매 환자들에게서 필연적으로 나타나지만, 주변 증상은 환자 개별의 특성에 따라서 때로는 나타나기도 하지만 때로는 안 나타나는 경우도 많으며, 또한 나타나더라도 그 증상의 정도는 환자마다 다 다르게 발현된다.

예를 들면, 기억력 장애로 물건을 놔둔 장소를 잊어버린 치매 환자가 있다고 가정해보자. 이 경우에 어떤 환자는 다른 사람이 훔쳐갔다고 생각하는 '의심' 증상이나 '망상' 증상을 나타내고, 더 심한 환자는 훔쳐 간 사람이 누구라고 단정을 하고는 그 사람에게 '폭력' 을 행사하기도 하며, 잃어버린 물건을 찾는다면서 밖으로 나가서 길을 헤매거나 잃어버리는 '배회' 증상이 나타나기도 한다. 치매 환자에게 흔히 나타나는 '방향 감각 장애' 도 핵심 증상이지만, 여기에 수반되어 나타나는 주변 증상은 환자에 따라서는 집으로 가자고 하면서 밖으로 나가는 경우도 있고, 혹은 지금 있는 장소를 다른 곳으로 오인하기도 하거나 혹은 누구의 음모나 잘못으로 자기가 감옥이나 병원에 강제로 잡혀 있다고 생각하기도 한다. 그래서 기억력 장애나 방향감각 장애라는 핵심적인 증상은 있어도, 폭력, 의심, 배회, 망상 등의 증상은 별로 심하지 않은 환자들도 많이 있어서, 그런 환자들을 우리는 '착한 치매'라고 부르기도 한다. 주변 증상이 심하지 않은 경우에는 가정이나 병원에서 일상적인 생활을 하는 데 그렇게 큰 문제를 나타내지 않는 경우도 많다. 반대로 주변 증상이 심하게 나타나면 일상적인 생활을 하는 데 많은 문제를 일으키고 갈등의 중심에 서게 된다.

이렇게 사람마다 다르게 각 증상이 다르게 발현되는 것은 사람이 살아온 인생의 궤적이 각기 다르기 때문이다. 살아온 역사가 다르기 때문에 그 증상의 발현 역시 다양하게 나타나는 것이다. 어릴 적 고향을 떠나 항상 고향에 대한 향수를 가지고 있는 경우는, 방향감각 장애 증상이 항상 고향으로 가고자 집 밖으로 나가는 증상으로 나타나기도 한다. 앞에서 이야기 한, J할아버지는 제주도 고향이 그리워 고향으로 간다고 집을 나섰다가 길을 잃고 배회를 하시다가 우리 병원으로 오시게 되었다. 고부 갈등을 많이 겪은 시어머니는 치매 증상 가운데 기억력 장애 증상이 며느리가 자신의 물건을 훔쳐갔다는 망상으로 이어지거나 며느리가 자신을 일부러 병원에 감금해 놓았다고 생각하는 망상으로 이어지는 경우도 흔하게 나타난다. 이런 식으로 주변 증상은 다양하게 나타나지만, 사람에 따라 그 증상이 표가 나지 않는 경우에는 주위 사람들은 이 사람이 치매인지도 모르는 경우도 많다. 이런 주변 증상은 기억력 장애나 방향감각 장애라는 질병 상태에서 뇌가 대응하는 방식이라고 이해하면 쉬울 것이다.

치매는 뇌의 구조에 변화를 일으켜서 뇌의 활동, 즉 자신을 둘러싸고 있는 환경에 대한 해석에 영향을 끼치는 질병이다. 치매 초기에는 주로 기억력 장애가 주 증상으로 나타나고, 중기에는 방향 감각 장애가 심해지게 된다. 이에 따라서 뇌에서는 이런 장애를 기반으로 새로운 해석으로 환경을 이해하려고 한다.

우리가 기억력 장애가 있는 치매 환자가 되었다고 생각해보자. 어느 날 갑자기 눈을 떴는데, 여기가 어딘지도 모르는 장소에서 낯선 사람들과 함께 있다면 어떻게 생각해야 할까? 이때, 이런 환경에 대해 어떻게든 해석을 해서 무엇을 어떻게 할 것인지를 결정하는 게 바로 뇌의 역할이 된다. 어딘지도 모르는 장소에서 낯설어하고 있는데, 어떤 사람이 와서 다정하게 손을 잡고 부드럽게 얘기하면서 어디로 가자고 이야기한다면, 정상인이라면 이럴 때 '나를 유괴하는 것인가' 라고 생각할 수도 있을 것이다. 하지만, 이런 상황에서 기억력 장애가 있는 치매 환자는 어떻게 생각할까? 환자에 따라서 '이 사람은 나를 가둔 사람이니 여기서 도망가야 해!' 하면서 손을 뿌리치고 외면하는 사람노 있을 것이다. 하지만, 부드럽게 이야기하고 웃음 띤 얼굴로 대한다면 '잘 기억은 안 나지만, 이렇게 다정하게 이야기하는 것을 보니, 이 사람은 내 오빠인가?' 하면서 지금의 상황을 다르게 구성한다.

즉, 지금의 이 상황은 낯선 시공간이 아니라, 어린 시절 자신을 돌보아 주던 오빠와 함께 낯선 곳에 온 상황이라고 생각하는 것이다. 그렇게 되면 이제 느끼고 있는 혼란스러운 느낌은 평안하게 정리가 된다. 그저 오빠 손을 잡고 집으로 돌아가기만 하면 되는 것이다. 뇌는 이런 식으로 지금의 상황을 자신에게 맞는 방식으로 재구성한다. 그렇기 때문에 기억력 장애가 있는 치매 환자에게는 더 부드럽고 웃음 띤 얼굴로 친숙하게 대해야 하는 것이다. 만약 퉁명스럽고 사무적인 태도로 배회 중인 치매 환자와 대화를 하려고 한다면, 환자의 뇌에서는 전혀 다른 상황으로 현재를 재구성할 수도 있다. 그렇게 되면 사태는 악화되고 환자는 더 위험한 상황으로 내몰리게 된다. 이러한 상황은 사실 치매 환자 가족들이 흔히 저지르는 실수 중의 하나이다. 가족들은 배회하는 치매 환자를 발견하면 화를 내고 서운한 감정을 드러내면서, 이제 충분히 다녔으니 집으로 가자고 한다.

하지만, 배회하는 치매 환자들이 집으로 돌아가는 것은, 배회 할 만큼 했기 때문에 배회 욕구가 충족되어서가 아니다. 그저 지금 내 손을 잡아주는 사람이 다정하고 친숙해서 뇌가 이 상황을 우호적인 상황으로 재구성했기 때문이다. 이 사람이라면 같이 믿고 같이 갈 수 있겠다고 판단했기 때문에 함께 가겠다고 하는 것이다. 이처럼 치매 환자에게 중요한 것은 구체적 내용이라기보다는, 각 상황에서 느껴지는 기분과 감정이 더 중요하다. 만약 배회하는 치매 아버지를 찾은 자식들이 화를 낸다면, 이 환자는 지금의 상황을 낯선 곳에서 낯선 사람들이 자신을 위협하는 것으로 생각하고 더 비협조적으로 변할 수도 있는 것이다.

흔히 치매 환자를 돌보는 기본적인 원칙 중의 하나로 '납득'을 들기도 한다. 배회하는 치매 환자에게 아무리 이 집이 당신의 집이고, 내가 바로 당신의 보호자라고 설득하여도 치매 환자 본인이 납득하지 못하면 배회를 멈추지 않는다. 그래서, 무엇보다 치매 환자가 스스로 납득할 수 있는 방식으로 환자를 돌보는 것이 중요하다. 예를 들면, 자꾸 집 밖으로 나가려고 하는 경우에 왜 나가려고 하는지를 먼저 알아야 한다.

"이제 집에 가야지." 이렇게 이야기하는데, "여기가 바로 아버지 집입니다." 라고 얘기해봐야 환자는 그러한 사실을 인정하지 않는다. 이미 기억 속에서는 여기는 전혀 다른 집이고 원래의 집으로 가야 한다고 생각하고 있기 때문이다. 그럴 때는 "지금 바로 가지 말고 식사부터 하고 가시죠." 혹은 "오늘은 이미 버스가 다 끊겼으니, 내일 아침에 첫차를 타고 같이 갑시다." 라고 얘기해서 시간을 버는 것도 좋은 방법이 된다. 혹은 같이 나가서 동네를 한 바퀴 산책한 뒤에 집 앞에 와서 자신의 이름이 적혀있는 문패나 사진 등을 보여주면서 스스로 납득할 수 있도록 하는 것도 좋은 방법이 된다. 중요한 것은 간병하는 사람의 입장에서 바라보는 것이 아니라, 치매 환자의 입장에서 납득이 가능한 방식을 고민해야 한다는 점이다. 아무리 치매 환자라 할지라도 스스로 인정할 수 있는 방식으로 자신의 세계를 살아가고 있다는 점을 잊어서는 안 된다.

뇌는 이런 방식으로 끊임없이 외부의 환경을 자신에게 맞게 해석해 낸다. 치매 환자의 망상을 비롯한 기억력 장애는 뇌가 손상에도 불구하고 외부 환경과 세계를 적극적으로 해석한다는 것을 의미한다. 우리는 치매로 뇌가 손상을 입어서 기능이 저하되었다고만 생각하지만, 뇌는 소극적으로 대응하는 것이 아니라, 적극적으로 외부 환경을 새롭게 해석하면서 적극적으로 삶의 의지를 표현하고 있는 것이다.

정상인 기준으로 바라볼 때 치매 환자에게 삶의 가치라는 게 과연 의미가 있을지 의문스럽게 보일 수도 있겠지만, 치매 환자의 입장에서는 뇌의 일부 손상에도 불구하고 생의 의지를 끊임없이 보여주고 있다고 보아야 한다. 그야말로 최선을 다해 세상을 살아가고자 하는 의지를 바로 뇌가 이런 식으로 새로운 해석을 한다는 것을 통해 보여주고 있는 것이다. 그리고 이런 새로운 해석을 통해 나타나는 것이 바로 치매 환자들의 증상인 것이다. 사람이 살아가는 방식이 제각기 인생의 궤적에 따라 다른 만큼, 치매 환자들의 증상 역시도 그 각자의 인생에 따라 달라질 수밖에 없는 이유가 바로 여기에 있다.

망상은 치매 환자들에게서 대표적으로 나타나는 증상이다. 치매 환자들은 과거와 현재가 뒤섞여 있는 데다, 여기에 뇌의 해석이 더해지면서 혼란스러운 상태가 된다. 이런 망상은 특히나 잠에 깬 직후나 잠들기 직전 혹은 불면의 시간이 길어지는 와중에 더 심하게 나타난다. 이때는 뇌가 아직 완전히 각성한 상태가 아니어서, 제대로 된 기능을 발휘하지 못하기 때문에 치매 환자들의 이런 증상들이 더 심하게 나타난다. 어린 아기들이 자기 직전이나 자고 난 직후에 많이 울면서 짜증을 내는 경우와 비슷할 것이다. 치매 환자가 밤중에 자다가 깨어서는 전혀 엉뚱한 행동을 하는 경우가 왕왕 있는 것도 이 때문이다.

우리 병원에 입원한 S할머니는 치매가 진행되면서 배회 행동이 더욱 심해졌는데, 특히 밤에 자다가 깨면 배회를 하고는 했었다. 어느 날은 새벽녘에 소리가 들려 가보니, S할머니가 맨발로 복도를 다니고 있는가 하면, 어떤 날은 병실에 할머니가 없어 깜짝 놀라 모든 근무자가 뛰어다니며 확인해보니 화장실 입구의 구석진 곳에서 혼자 주무시고 계시는 경우도 있었다. 어떤 치매 환자는 자다가 일어나서 집에 가야 한다면서 짐을 챙기는 경우도 있고, 갑자기 아들한테 무슨 일이 생겼다면서 가야 한다고 병실을 나서는 경우도 있었다. 이런 증상들은 모두 현재와 과거가 뒤섞이면서 지금 여기가 어디인지를 파악하지 못한 상태에서, 뇌가 과거의 특정 상황을 현재로 파악해서 행동을 하기 때문에 나타나는 증상이다.

치매 환자들의 망상 가운데는 '도둑'에 관한 것도 많다. 보호사나 간호사 혹은 같은 병실의 동료 환자들이 자신의 물건을 훔쳐갔다고 생각하는 것이다. 이것은 자신의 물건이 어디 있었는지를 잊어버리는 기억력 장애 증상에 덧붙여서 망상 증상이 나타나는 경우이다. 자신의 물건을 누가 훔쳐갔다고 생각하면서 강하게 누구인가를 도둑으로 지목하기도 한다.

예를 들면, 시어머니가 치매에 걸리자 며느리가 자신의 패물을 훔쳐갔다고 이야기하기도 한다. 하지만, 이러한 경우에서 망상의 원인을 분석하자면, 자신이 치매에 걸리면서 자신의 귀중품 등을 며느리에게 맡겨두어야 하는 상황에 대한 반발인 경우도 있다. 즉, 시어머니가 사실은 약자에 해당하는 것으로, 이러한 경우 도둑 망상은 주로 약자가 강자에 대항하는 성격이 많다고 보아야 한다. 아들이 면회를 와서 돈을 주고 갔는데, 이 돈을 요양보호사가 훔쳐갔다고 생각하고 나에게 와서 찾아달라는 할머니가 있었다. 이 경우에도 할머니는 이미 약자로서, 자신이 보살핌을 받는 요양보호사에게 의존하는 상황에 대한 반발로서 도둑 망상을 이용하고 있는 것이라고 볼 수도 있다는 것이다.

결국은 이 할머니는 요양보호사와 함께 병실을 샅샅이 찾아보고, 그리고 요양보호사의 옷이나 지갑 등에 그런 돈이 없다는 것을 확인하고 나서야 안심을 했다. 즉, 자신을 보살피는 존재에 대한 불안감이 그러한 도둑 망상으로 표현된 것이다. 이런 시각에서는 고부 갈등으로 며느리를 구박하던 시어머니가 오히려 며느리에게 보살핌을 받는 그런 권력의 역전 현상을 이런 도둑 망상으로 표현한다고 볼 수 있는 상황도 있다. 하지만, 이런 도둑 망상을 직원들이 장난처럼 받아들이지 않고, 진지하게 생각하면서 함께 찾아보는 것이 중요하다. 환자의 손을 잡고 같이 찾아주는 그런 행동을 통해 신뢰가 다시 회복되는 경우가 많기 때문이다. 무엇보다 중요한 것은 보호자를 비롯한 주위의 사람들이 환자의 말을 진심으로 들어주고 진지하게 대응하는 것이다. 결국, 환자는 자신이 치매에 걸리고 나서부터 자신이 약자가 되어 버린 권력 관계에 대한 불안감이 이런 망상으로 나타나는 것이기 때문이다.

Y환자는 화장지에 집착하는 경우여서, 별다른 제지가 없으면 공용 화장실의 모든 화장지를 자신의 병실로 가져와서 차곡차곡 접어서 보관하는 버릇이 있었다. 만약 화장실에 휴지가 없으면 보호자에게 전화해서 휴지를 사 오라고 얘기해서 또 접어서 보관하고는 하였다. 특별한 이유는 찾지 못했는데, 화장지를 제외하고 나면 특별한 문제점이 없기 때문에 일정한 시간을 두고 Y환자의 가방을 열어서 화장지를 원상 복귀시키는 정도의 조치만 취하고 특별한 제지를 하지는 않았다. 이런 행동이 바로 '집착'인데, 어떤 특별한 물건에 강한 애착을 보이면서 절대 타인이 만지거나 보는 것도 허락하지 않는 경우라고 보면 된다. 아마도 자신의 기억 중에서 특정한 상황에 대한 기억이 계속 떠오르면서 집착하는 물건이나 행동을 하지 않으면 못 견디는 상황이 되는 것 같았다. 이런 경우 특별한 문제가 없으면 이를 허용하

고 인정하는 것이 더 좋은 결과를 가져오고는 했다.

이런 집착이 사람에게 향하면, '질투'로 발전하기도 한다. 남편이나 부인에 대해서 계속 집착하면서 못살게 구는 행동을 하는 것이다. J 환자는 치매가 생긴 후에 부인에게 집착하는 증상이 생겨서, 병원에 입원해 있으면서도 부인에게 매시간 전화를 해서 확인을 해야 직성이 풀리고는 했다. 부인도 면회를 자주 오면서 남편을 잘 챙겨주었지만 집착은 사라지지 않고 더 심해져서 나중에는 가족들이 외면하는 결과로 이어지기도 했다. 대체로는 자신의 상태에 대한 어느 정도의 인지가 있기 때문에 자신이 버려질 수도 있다는 불안감이 질투로 이어지는 경우도 있다. 그러다 보니 이런 질투 증상은 '폭력'으로 이어지기도 한다. 앞에서도 이야기한 시어머니와 며느리의 관계처럼 자신이 우월한 상황에 있었는데, 점차 자신이 약자로 변해가는 과정에 대한 반발로서 이런 현상이 나타나는 경우라고 할 수 있다. 자신은 질병으로 간병이 필요한 상황이 되어 가는 데 반해, 자신이 항상 우위에 있던 특정 상대방은 이제 자신을 돌보아주어야 하는 상황이 되어 버린 것에 대한 심리적 반발로 질투와 폭력이 나타나는 경우도 있었다.

이런 폭력 증상을 어린아이들의 행동과 비교해보면 더 쉽게 이해할 수 있다. 어린아이들의 경우에는 자기가 하고 싶거나 하기 싫은 일을 표현할 때 흔히 떼를 쓰는데, 이는 큰 소리로 울거나 혹은 폭력적인 반응으로 이어지기도 한다. 치매 환자들도 이와 비슷한 경우가 있어서 자신이 하기 싫은 일에 대한 반응을 폭력으로 표현하기도 한다. 자신이 치매 환자이기도 한 브라이든은 이런 상황을 다음과 같이 설명하고 있다.

나는 알츠하이머병 환자가 서둘러야 한다는 재촉을 받거나, 시중을 들어달
라는 요구를 받았을 때 몹시 폭력적으로 변하는 까닭을 이해할 수 있다. 그
것은 단순히 "나는 이것을 하고 싶지 않다" 는 말이 생각나지 않기 때문이
며, 그리고 왜 싫은가를 표현할 수 없는 데서 나오는 불만의 표출이라고 이
해하면 된다.

브라이든은 여기서 치매 환자들이 폭력적으로 변하는 중요한 이유
중의 하나를 지적하고 있다. 즉, 하기 싫은 일을 할 때, 그것을 표현하
는 다른 방법이 기억이 나지 않아 폭력적으로 행동한다는 것이다. 그
렇기 때문에 치매 환자들의 요구를 세심하게 잘 판단하는 것이 중요
하며, 절대 정상인 기준으로 치매 환자를 판단해서는 안 된다. P할아
버지도 폭언과 폭력을 주로 사용했는데, 주로 자신이 원하는 것을 얻
기 위한 것이 대부분이었고, 특히 자신이 하기 싫은 일에 대해서는 폭
력적으로 반응했다. 그나마 자신과 유대 관계가 잘 형성되어 있는 직
원들이 있을 때는 폭력 사용의 빈도가 많이 줄어드는 경우가 많았다.
다른 요양병원에서 있었던 일에 의하면, 어떤 할아버지가 지팡이를
계속 휘두르며 위협을 했다고 한다. 알고 보니 이 할아버지는 젊은 시
절 산업체에서 노조 활동을 열심히 했다고 한다. 그래서 어떤 일이 생
기면 젊은 시절 깃발을 흔들던 기억이 강렬하게 남아있어서 지팡이
를 휘두르고는 했다고 한다. 자신의 인생 중 강하게 남아있던 기억이
현재 상황과 혼동되면서 그때로 되돌아가서 이런 행동을 하게 되는
것이다. 물론 치매 환자의 모든 행동이 이런 식의 이유를 가지고 있는
것은 당연히 아니기 때문에, 어떤 행동들은 아무런 의미가 없는 경우
도 있다. 하지만, 중요한 것은 치매 환자의 행동들을 이해하려고 노력
해야 한다는 점이다. 그렇게 이해하려는 눈으로 치매 환자를 바라보

게 되면 친밀하고 따뜻한 시선으로 다가갈 수 있기 때문이다.

거짓말도 치매 환자들에게 흔히 나타나는 증상이다. 원래부터 거짓말을 잘 하던 경우를 제외하고 치매 발병 후에 거짓말이 늘어나는 것은 자신이 처한 상황을 극복하는 방법의 하나라고 볼 수 있다. 치매 환자를 진단할 때도 이와 비슷한 경우를 많이 겪는다.

"할아버지, 오늘이 며칠인지 아세요?"
"오늘이 음… 알고 있었는데 자꾸 물어보는 바람에 잊어버렸네."
"지금 대통령이 누군지 말해주세요"
"아니, 내가 그것도 모를까 봐? 나를 뭐로 보는 거야? 내가 바보인 줄 알아!"
"지금 대통령이 박근혜 맞죠?"
"그래, 당연히 내가 알고 있지. 박근혜 맞아."
"지금 여기가 어딘지는 아시겠어요?"
"어디긴 어디야, 거기지. 다 알고 있어. 그런 뻔한 걸 물어보고 그래. 근데, 지금 몇 시야?"

이런 식으로 자신에게 주어지는 압박을 거짓말이나 말 돌리기, 혹은 사후 답하기로 피해가기도 하는 게 치매 환자의 특징이기도 하다. 꼭 치매 환자가 아니더라도, 뇌의 손상이 있는 환자의 경우 이런 비슷한 방식의 스토리를 구성해내기도 한다.

S할머니는 중증 치매로 입원하셨는데, 할머니의 거짓말 때문에 보호자와 갈등이 생긴 일이 몇 번이나 있었다. 할머니는 간호사들이나 직

원들에게 하는 말과 보호자에게 하는 말이 전혀 달랐기 때문이었다. 예를 들면, '이 병실이 좁고 더워서 못 있겠다, 다른 병실로 옮겨다오.' 라고 간호사에게 얘기해서 보호자에게 동의를 구하려고 전화를 하면, 보호자에게는 할머니가 전혀 다르게 '나는 이 병실이 좋은데, 간호사들이 자꾸 자기들 편하려고 옮기려고 한다.' 라고 얘기를 했다고 하는 것이었다. 그러다 보니 간호사와 보호자 간에 전혀 다른 얘기를 가지고 오해가 생기기 시작하는 것이었다. 나는 할머니와 관련된 사건 몇 가지를 겪은 뒤에 이런 일들은 모두 할머니가 자신에게 유리한 상황을 만들어 동정심을 얻기 위해 만든 것이 아닌가 생각한다. 주위의 사람들로부터 관심과 배려를 더 받기 위해서 할머니가 전혀 다른 이야기를 구성해서 이야기한 것이다.

중요한 것은 치매 환자들이 가지고 있는 증상들은 모두 뇌가 자신이 처해있는 환경을 적극적으로 해석해내기 위해 만들어진 것이라는 점이다. 이러한 증상들은 기본적으로는 기억력 장애와 방향감각 장애에서 기인하는 것이지만, 결국은 치매 환자라 할지라도 사회의 한 구성원으로 살아가고자 하는 의지를 보여주는 것이라 생각할 수 있다.

'진리는 만유인력의 법칙이 아니라, 만유인력의 법칙에도 불구하고 저 새는 하늘 높이 날아간다는 것이다' 라는 칼 폴라니의 말처럼, 치매 환자는 단지 기억이 없고 행동이 불편한 사람이 아니라 이런 심한 장애에도 불구하고 세상을 살아가고자 하는 의지를 보여주고 있는 사람이라고 생각한다.

치매 환자에게
나타나는 변화

다른 질병과는 다르게 치매는 뇌의 구조와 기능에 이상이 나타나기 때문에 사람의 인격에 여러 변화가 나타난다. 평생 하지도 않던 일을 거리낌 없이 하기도 하고, 평소 좋아하던 음식이나 음악 등을 멀리하기도 한다. 이를 브라이든은 다음과 같이 표현한다.

"올리버 삭스는 최근 <7.30 리포트>에 출현해 알츠하이머병 환자라도 본질적인 자아만큼은 상실하지 않는다고 말했다. 그것은 진실일 수도 있다. 하지만 나는 이미 많은 변화를 체감하고 있다. 나는 예전과 달리 성격이 직선적으로 변하고 있으며, 생각의 흐름은 더욱 느려지고 있다. 일찍이 나의 자랑이었던 활기와 웅성거림을 즐기는 낙천적인 성격과 새로운 변화에 대한 흥분은 모두 사라지고 말았다. 그동안 사람들에게 강한 인상을 남겼던 정열과 욕구도 모두 사라져 버렸다. 지금의 나는 마치 예전의 내가 슬로모션으로 진행되는 기분이다. 신체적인 진행이 아니라 정신적인 변화다. 물론 이 모든 것이 그저 나쁘다고만 할 수는 없다. 덕분에 하루 종일 구름을 쳐다보고, 나무 이파리와 꽃을 관찰하는데 필요한 여유를 얻었다. 잃은 만큼 마음의 공간이 넓어졌다고나 할까?"

브라이든은 뇌의 구조와 기능 변화에 따라서 성격이 변하고 있음을 이야기한다. 하지만, 사람들의 성격을 비롯한 인격은 정상적인 사람에게도 하나만 있는 것은 아니다. 우리가 흔히 '페르소나' 라고 이야기하는 인격들은 한 사람에게도 단 하나만 존재하는 것은 아니라 다양한 페르소나가 집합적으로 존재하고 있다고 이야기한다.

예를 들면, 나는 한 가정의 아버지로서의 페르소나와 남편으로서의 페르소나, 직장에서는 병원을 경영하는 경영주로서, 또한 환자를 진료하는 의사로서의 페르소나를 가지고 있으며, 학교나 모임에서는 때로는 선배로서 혹은 후배로서의 페르소나 등등 수많은 페르소나가 나라는 한 몸 안에서 공존하고 있는 것이다. 우리는 '나' 라고 하는 존재를 하나의 특정한 인격으로 생각하고 있으나 실제로는 단일한 자아로서 존재하지 않는다는 것이 뇌신경학자들의 연구 결과였다. 즉, 특정한 한 인격이나 자아가 나의 전부일 수도 없으며, 다양한 인격들과 자아들이 모두 모여서 통합체로서 나를 구성하고 있는 것이다. 그래서 자신이 처한 상황에 따라서 다양한 자아와 인격들이 각기의 상황에 맞게 표면에 드러나서 주연으로 활동하다가 다른 상황이 되면 뒤로 물러서고 거기에 맞는 또 다른 자아가 등장하기도 하는 것이다.

그런데 치매는 이런 다양한 자아 중의 일부가 소실되는 것을 의미하는 것이기도 하다. 말하자면 자아가 단순화된다고 할 수 있다. 그러다 보니 어떤 상황에서는 제대로 된 대응이 이루어지지 않거나 전혀 엉뚱한 행동들이 나오기도 한다. '남자는 숟가락 들 힘만 있으면 치마를 들친다.' 라는 속담이 있지만, 공공장소에서 이런 행동을 했다가는 망신을 당하기에 십상이다. 그런데 전혀 이런 행동을 하지 않던 할아버지가 치매 이후에는 갑자기 성추행에 가까운 행동들을 서슴지 않고 하는 것은 모두 각 상황에 대한 판단이 제대로 이루어지지 않아 원시적인 자아가 전면에 등장하기 때문이다. 때로는 전혀 식탐이 없던 사람이 식탐을 부리기도 하고, 반대로 잘 드시던 분이 입맛을 잃고 식음을 전폐하기도 하는 것도 모두 이런 자아가 손상을 입어 인격에 변화가 나타난 것이다.

하지만 그렇기 때문에 가장 단순한 진리가 드러나기도 하는데, 이는 복잡한 상황을 아주 단순한 기준으로 판단을 하는 것이 때로는 가장 진리에 가까울 수 있기 때문이다. 브라이든이 말하는 잃은 만큼 마음의 공간이 넓어졌다고 하는 것이 바로 이것을 말한다. 80세의 S할머니는 간경화와 치매로 우리 병원에 입원하셨는데, 치매가 진행되면서 배회와 망상 등 치매 증상이 심해지게 되었다. 할머니는 배회를 좋아하셔서 우리 병원의 복도를 틈 날 때마다 보행보조기와 함께 계속 돌아다니셨다. 다른 병원에 계실 때는 직원들의 경계가 소홀한 틈을 타 병원 바깥으로 무단으로 나가셔서 직원들이 놀라서 찾으러 다니는 경우도 많았다고 한다. 다행히 우리 병원이 다른 병원들보다는 넓고, 처음 설계 때부터 치매 환자들의 배회 욕구를 충족시킬 수 있도록 만들어져 있어서 할머니는 병원 내부에서 열심히 '운동'을 하셨다. 운동을 하시다가 직원들과 이런 저런 얘기를 나누시는 중 몇 마디 말씀을 하셨는데, 이게 직원들에게 뭔가 영감을 주었던 모양이었다. 그런 일이 몇 번 반복되고 나자, 갑자기 S할머니는 우리 병원의 정신적인 상담자 비슷하게 되었다. 어려운 일이 있거나 힘든 일이 있으면 직원들이 할머니에게 물어보고 상담을 하고는 하는 것이었다. 궁금증을 이기지 못하고 나도 S할머니에게 상담을 받아보게 되었다.

"할머니, 궁금한 것 좀 물어봐도 될까요?"
"그래, 원장도 물어봐"

"앞으로 우리 병원이 잘 될까요?"

할머니는 물끄러미 나를 바라보다가 살짝 웃으면서 대답을 하셨다.

"좋은 사람들이 많이 들어오면 병원 잘 될 거다. 걱정하지 마라"

이 말을 듣고 나서 직원들과 함께 한참을 웃었다. 병원이 잘되고 안되고 하는 게 미리 정해져 있을 리가 없고, 또 당연히 좋은 직원들과 함께 열심히 하면 자연스럽게 병원은 잘 될 것이다. 이처럼 진리는 복잡한 것이 아니라 단순한 것이다. 우리가 너무 이것저것을 다 고려하다 보니 그 답이 복잡해져서 쉬운 답도 제대로 찾지 못하는 것인지도 모른다. 때로는 이런저런 관계 때문에 하고 싶은 말이나 행동을 차마 하지 못하는 경우도 많다. 이에 반해 치매 환자들은 계산이 없는 삶을 살아간다. 치매 환자들의 단순한 말 한마디가 때로는 우리를 깜짝 놀라게 만드는 것도 다름 아닌 이런 단순성 때문이다. 우리 모두가 행복을 원하지만 살아가는 모습은 행복과 점점 멀어지고 있는 시대에, 치매 환자들은 단순함으로 이런 진리가 무엇인지를 보여주는 사람들이다.

진리가 무엇이냐는 질문에 대해 어느 현자가 어린아이를 가리켰다는 말처럼, 치매 환자들의 모습은 우리가 놓치고 있는 진리를 표현하고 있는 것인지도 모른다. 그렇기에 치매 환자들을 노망난 할머니 할아버지라고만 생각해서는 안 될 일이다. 오랜 삶을 살아오면서 몸으로 배우고 익힌 직관이 때로는 우리에게 찬란한 빛을 보여준다는 사실을 무시해서는 안 될 것이다. 젊은 시절, 거친 파도를 헤치면서 대양을 항해하던 배가 시간이 흘러 이제는 항구에 정박하여 오가는 작은 파도만을 즐긴다고 하여도 그것 또한 행복이 아니겠는가? 브라이던의 말처럼, 종일 하늘의 구름을 관찰하거나 꽃이나 나무를 바라보는 것만으로도 행복을 느낄 수 있다면, 그것이 더 좋은 삶이 아닐까?

치매 환자들에게 나타나는 또 다른 성격적인 변화는 '고립' 이다. 뇌의 기능에 문제가 생기게 되면, 다른 사람과의 교류가 영향을 받게 된다. 다른 사람들과 대화하는 것이 힘들어지기 시작하는 것이다. 특히나 여러 사람과의 동시적인 대화를 하는 것은 치매 환자들 거의 모두가 힘들어한다. 우리가 일상적으로 하는 대화는 그것이 아주 쉬워 보여도 대화 상대방의 말을 이해하고 맥락을 파악해야 가능한 것이다. 그런데, 치매 환자들은 일상적인 대화를 분석하는 것만으로도 뇌가 힘들어한다. 거기다 대화 상대방이 3명 이상이 되면 맥락을 파악하기 힘들어하게 되면서 대화를 따라가지 못하고 혼자서 맥락에 맞지 않는 말을 하게 되는 것이다. 그래서 치매 환자들은 조용한 곳을 좋아하며 대화를 부담스럽게 여기게 된다. 브라이든은 이런 상황을, '알츠하이머병 환자의 대부분이 골치 아픈 상황은 되도록 피하려 하므로 질병 초기부터 중기단계 이후에는 타인과의 교제는 물론이고 가족과 함께 보내는 시간도 부담스러워한다. 일상적인 대화나, 아이들과의 놀이, 어디선가 들려오는 음악… 이 모든 것이 알츠하이머병 환자에겐 고통스럽기만 한데, 그것은 뇌가 주위의 소리와 광경에 의미를 부여하고, 정리하는 것을 힘들어하기 때문이다.' 라고 이야기하고 있다.

그래도 직접 얼굴을 보면서 하는 대화는 그나마 몸짓 손짓과 같은 보디랭귀지가 가능하기 때문에 이해하는 것이 수월한 편에 해당한다. 이에 반해 전화는 목소리만으로 대화 상대의 의도를 전부 파악해야 하므로 순간적인 대응이나 대화를 이어가는 것이 치매 환자에게는 무리가 되기도 한다. 전화 대화를 잘 이어가지 못하거나 제대로 된 답을 하지 못해 전화 상대가 무안함이나 불편함을 느끼게 된다. 그렇기 때문에 전화로 대화를 하는 것보다는 글을 읽거나 쓰는 것이 치매 환자들에게는 더 나은 커뮤니케이션 수단이 된다. 그래서 치매 환자들에게는 전화보다도 영상통화로 얼굴을 보면서 대화를 하는 것이 좀더 수월하며, 때로는 실시간 대응을 하지 않아도 되는 팩스나 문자 메시지가 오히려 편하게 느껴지게 된다.

치매가 진행되면서 TV를 시청하는 것도 상당히 어려워하게 된다. 브라이든은 *"텔레비전은 이런 내게 큰 장애물이다. 화면을 보면서도 나의 머리와 눈은 제각각 다른 스토리를 따라가고 있다. 아마도 나는 프로그램을 보면서 부분 부분을 지우면서 기억하거나, 단기간에 너무 많은 내용을 기억하지 못하거나, 전체적인 구도로 이해하지 못하는 것 같다."*

라고 고백하고 있다. 텔레비전의 이야기 전개를 따라가기 위해서는 때로는 빠르게 전개되는 줄거리를 기억하고, 또 다른 줄거리와 이어지는 부분들에 대해 이해를 해야 하는데 이런 것이 치매 환자의 뇌에는 무리가 될 수도 있다는 것이다. 치매 환자들 가운데 건강할 때는 스포츠 중계를 좋아한 사람들도 많은데, 치매가 진행된 이후에는 어떻게 진행되고 있는지 파악이 되지 않는다고 호소하는 사람들도 많다. 스포츠도 각 상황에 대한 판단과 빠른 예측이 필요한데 그런 부분들은 뇌 손상이 있는 환장들에게는 무리가 될 수밖에 없다. 스포츠 경기의 룰도 점차 이해하기 어려워하게 된다. 그래서 치매 환자들이 주로 입원해 있는 병실에는 드라마나 스포츠 중계보다는 자연 다큐멘터리나 음악 혹은 요리 프로그램을 선택해서 보여주고 있다. 그나마 이런 프로그램들은 치매 환자라 할지라도 그렇게 힘들지 않게 맥락을 파악할 수 있기 때문이다.

감정에도 변화가 나타난다. 치매 환자들에게서 우울증이 나타나는 경우도 자주 있으며, 감정 표현의 강도에도 변화가 나타난다. 즉, 치매 환자들은 감정 조절이 잘 되지 않는 경우가 많아서 감정 변화의 폭이 아주 심하게 나타나기도 하고, 아예 무감정해 보이기도 한다. 정상인들은 이러한 감정의 표현이 뇌를 통해 거의 자동으로 이루어지기 때문에 잘 깨닫지를 못하지만, 감정의 조절과 표현 그리고 제어에도 뇌의 기능은 필수적이다. 뇌의 기능에 문제가 생기다 보니 감정을 표현하는 것도 의도적으로 노력을 해야 감정 표현이 가능해지는 것이다. 브라이든은 이러한 감정의 변화를 다음과 같이 설명하고 있다.

"두 가지 이상의 행동이 어려워지면서 감정도 조절이 되지 않는다. 가끔 이유도 없이 눈물이 흐르곤 하는데, 내 마음속 한구석이 텅 빈 것처럼 서러워질 때가 있다… 전보다 흥분하지도 않고, 오히려 약간 단조로워진 감정을 처리하는 데에도 너무나 많은 에너지가 소모된다. 전에는 자연스럽게 나오던 반응도 지금은 상황을 이해한 후 어떻게 반응해야 하는가를 일일이 생각해야만 한다. 인간의 본능인 반응마저 정신적인 노력이 필요한 의무가 되었다."

이처럼 감정을 표현하는 것도 건강할 때는 자동적으로 이루어지던 것이 이제는 수동적으로 하나하나 노력해야만 하는 것으로 변한 것이다.

자신의 실수에 대해서도 무감각하게 덤덤한 느낌으로 대할 때도 있다. 이 때문에 치매 환자들의 보호자들이나 가족들은 더 상처를 받기도 한다. '아니, 실수해놓고도 전혀 미안한 기색이 없다니… 나를 놀리는 건가?' 라고 생각하기에 십상이다. 하지만 치매 환자들의 이러한 무감정한 표정이나 태도는 자신의 실수나 잘못을 이해하지 못하는

데서 기인하는 경우가 많다. 치매 환자들은 '내가 뭘 잘못했기에 저렇게 하는 걸까?' 라고 생각할 뿐이어서, 만약 표정이 굳어지거나 큰소리로 질책을 하게 되면 오히려 치매 환자들과의 유대 관계만 손상될 가능성이 크다. 치매 환자들이 보호자나 가족을 무시하거나 놀리는 것이 아니라, 단지 이런 상황 자체를 이해하지 못할 때 그러한 무감정한 표정이 나타나게 된다.

치매가 어느 정도 진행되고 나면 옷을 입는 데도 불편함을 느끼거나 혹은 화장이 전혀 달라지는 경우도 있다. 옷을 입는데 반소매 셔츠 안에 긴 소매 옷을 입는 경우도 생기고 더 증상이 심해지면 바지를 상의처럼 입으려고 하는 일도 생기게 된다. 남자들 같으면 직장 생활하면서 평생 잘 매던 넥타이 매는 법을 잊어버리고 난감해하기도 하며, 구두를 신는데도 좌우를 헷갈려 한다. 셔츠나 블라우스 등의 단추 채우는 것도 힘들어하며 옷을 갈아입는데 시간이 많이 걸리게 된다. 여름옷을 겨울에 입기도 하고, 겨울옷을 여름에 입기도 하는 등 더위와 추위에 대한 감각도 이상이 오게 된다. 하지만, 그렇다고 해서 옷을 강제로 벗기려 하거나 다른 옷을 갈아입히려고 하면 격렬하게 반항을 하기도 한다. 이는 자신을 도와주려 하기 보다는 자신을 발가벗기려고 하는 것이 아닌가라고 생각하기 때문이다. 그렇기 때문에 이상하게 옷차림을 하고 있어도 질책하지 말고 차분하게 웃으면서 대응을 해야 환자의 불안감이 사라지게 된다.

청각에도 이상이 생겨서 무슨 소리인지 잘 파악을 못 하는 경우가 생긴다. 청각도 뇌의 해석을 거쳐서 우리에게 의미 있는 정보만을 전해주게 된다. 그런데 뇌 손상으로 이 기능에 문제가 생기게 되면 무슨 소리인지 파악을 못 하거나 전혀 다른 소리로 오인을 하는 경우가 생긴다. 예를 들면, 초인종 소리를 듣고서도 문을 열어주어야 하는지 전화를 받아야 하는지에 대한 판단이 제대로 되지 않는 것이다. 특정한 소리 자체가 어떤 의미를 지니는 것이 아니라 소리를 듣고 이를 뇌가 판단해서 의미를 부여하기 때문에, 너무 시끄러운 곳이나 낯선 소리 등에 대해서 뇌는 제대로 된 판단을 내리지 못하게 된다. 시끄러운 곳에서는 우리의 뇌는 여러 소음 가운데서 의미 있는 소리를 분류해내고 그 중 대응이 필요한 것들을 선별해서 판단한 후에 행동에 나서게 된다. 그런데, 치매 환자의 뇌는 그런 분류나 분석을 힘에 부쳐 하기 때문에 조금만 시끄럽기만 해도 쉽게 피로를 느끼게 되는 것은 모두 이러한 이유 때문이다. 더 심한 경우에 뇌는 더 이상 판단을 하지 못하고 정지에 가깝게 되어 버린다. 치매 환자들은 피로가 심해지면 뇌 역시도 지쳐서 아무것도 못 하고 그저 쉬어야만 하는 경우도 생긴다. 아무런 표정 없이 초점 없는 눈으로 멍하니 응시하고 있는 것처럼 보이는 것도 사실 뇌의 피로 때문에 생긴 것이라 하겠다.

치매가 진행되면서 두 가지 이상의 일을 하는 것도 점차 불가능해진다. 우리는 흔히 라디오를 들으면서 설거지를 하거나, 요리를 하면서 동시에 세탁기를 동작시켜 빨래를 하기도 한다. 하지만, 치매 환자들이 이러한 두 가지 일을 동시에 하는 것은 뇌가 더 이상 감당하기 어려운 무리수가 되기도 한다. 치매 환자가 평상시 습관처럼 가스레인지에서 요리를 하다가 갑자기 전화를 받게 되면, 순간 요리를 하고 있었다는 사실을 잊어버리기도 하는 것도 모두 이러한 이유 때문이다. 이런 식으로 치매 환자들은 간혹 화재로 이어질 수도 있는 실수를 하게 될 수도 있으므로 치매 진단을 받은 이후에는 화기를 이용하는 요리는 가능한 삼가는 게 좋다. 치매 환자가 되도록 한 가지 일에만 집중할 수 있도록 조용한 환경을 만드는 것도 도움이 된다. 여기저기에 주의를 쏟게 되면 뇌가 이러한 일들 전부를 모두 기억해내기도 어렵고 제대로 된 대응을 하는 것도 힘들어지기 때문이다.

이처럼 치매 환자는 자신을 둘러싸고 있는 환경을 해석하고 행동하는 데 불편을 느끼게 된다. 치매가 진행될수록 이런 불편은 더욱 심해지고 증상은 더 늘어나게 된다. 처음에는 단순한 기억력 장애이던 것이 점차 망상이나 질투, 폭력과 같은 주변 증상들도 생겨나기 시작한다. 치매 중기에 들어서게 되면 방향 감각 장애가 나타나서 길을 잃고 배회를 하기도 하는 등 가정에서 생활하는 것이 힘들어지기 시작한다. 치매 말기가 되면 이제는 걷기도 힘들어지고 혼자서 식사하는 것도 점차 불가능해지기 시작해서 결국은 와병 상태로 생을 마감하게 된다. 하지만, 그렇다고 해서 치매 환자가 사회생활이 불가능한 것은 아니다. 치매 말기 상태 전까지는 다른 환자들처럼 누군가가 잘 보살펴 주기만 한다면 일상적인 생활을 하는 것이 전혀 불가능한 것은 아니다.

치매 환자들은 세상의 속도보다 더 느린 삶을 살아가는 이들이다. 뇌가 세상을 해석하는데 정상인들보다 더 많은 시간이 걸리기 때문인데, 치매 환자들의 시각으로 살펴본다면, '세상이 너무 빠르게 움직인다.'고 할 수 있다. 더 정확하게 이야기하면, 세상이 너무 빠르게 움직이는 것이 아니라 치매 환자가 세상을 해석하는데 너무 많은 시간이 걸리는 것이다. 하지만 요즘 시대는 정상적인 사람들이 느끼기에도 너무 빠르게 움직이는 것도 사실이고, 이 속도를 따라가지 못하는 사람들 또한 치매 환자들만이 아니다. 수많은 사람이 이 속도에 현기증을 느끼고 적응하지 못하고 뒤처지는 것도 사실이다. 그렇다고 뒤처진 사람들을 모두 낙오자 혹은 사회 부적응자라고 여기고, 포기해서도 안 될 것이다. 어떻게 본다면, 치매 환자처럼 느리게 살아가는 사람들을 비정상인으로 여기거나 환자로만 생각할 것이 아니라, 이들을 배려하고 때로는 이들처럼 다 같이 느리게 살아가는 것도 괜찮지 않을까 싶다.

현재의 사회는 오로지 효율성으로 그 가치를 따진다. 효율성은 투입 대비 생산이 많을수록 그 가치가 더 크다고 바라본다. 하지만 아이를 키우거나 노인을 돌보는 것, 그리고 음악을 듣거나 다른 사람을 위해 봉사하는 활동 등등 우리 인간이 하는 많은 일은 효율성과 관련이 없는 것들도 있다. 때로는 경제학적으로는 가치가 없어 보여도 실제 사람들과의 관계에서는 큰 도덕적 가치와 사회적 효용을 가지고 있는 일도 얼마나 많은가? 또한, 효율성과 관련 없는 일을 할 때 행복을 느낀다고 해서 그 사람이 무가치한 삶을 사는 것은 아닐 것이다. 우리 사회에서 치매 환자들이 주는 의미는 무엇일까? 치매 흰지의 느린 삶에서 우리가 배워야 할 것은 진정 아무것도 없을까?

기억이 없다 해서
인생이 사라진 것은 아닙니다.

　아버지는 7,8년 전에 뇌경색을 앓으셨다. 그 후로 알게 모르게 치매가 진행되고 있었던 모양이었다. 가벼운 기억력 장애와 보행 장애가 조금 있었지만, 뇌경색 후유증으로만 생각했다. 다른 증상들도 나타나기 시작했지만, 의사인 나조차도 치매가 아니라 그저 노화의 한 증상으로 가볍게 생각했다. 치매 진단을 받고 난 뒤에야, 그때의 그 증상들이 노화나 뇌경색의 후유증이 아니라 치매의 초기 증상들이었음을 깨닫게 되었다. 그 후 치매가 심해지면서 점차 거동이 불편해져서 이제는 우리 병원에 입원해서 치료를 받고 계신다.

지금 우리 병원에 입원해계시는 치매 환자분들은 연세가 대부분 70대~80대에 해당한다. 출생 연도로 보면, 1925년~1940년 정도에 태어나신 분들이다. 1920년대, 1930년대는 우리나라가 일제 강점기 치하에서 신음하고 있을 때로, 경제적으로 보면 그때까지 대부분 국민이 농촌에서 생활하고 유교 사회의 전통을 따르고 있었다고 할 것이다. 아버지 역시 일제 강점기에 초등학교, 즉 국민학교를 졸업하고 중학교에 다니는 중에 해방을 맞이하게 되었다. 그리고는 고등학교 재학 중에 한국전쟁이 일어나자 학도병으로 전쟁에 참전하셨다. 한 사람의 세계관이 만들어진다는 청소년기를 2차 세계대전과 한국전쟁이라는 전쟁과 함께 지내신 것이다. 그리고는, 이승만 정권을 지나 박정희 정권의 군사독재 시기에 새마을 운동으로 대표되는 산업 사회를 거치게 되었다. 70년대~80년대의 고도성장 시대를 가장 왕성한 중년으로 활동하시면서 97년 IMF 시대를 즈음하여 정년퇴직하시게 되었다. 지금의 70대~80대 할아버지, 할머니들은 대체로 이와 비슷한 시기를 겪으셨다고 보면 된다. 즉, 어렸을 때는 그야말로 지금과는 전혀 다른 시대를 살았던 분들이 바로 지금 70대~80대라고 보면 된다. 드라마 속에서나 볼 수 있는 시골의 모습들이 다름 아닌 그 분들이 어린 시절 살았던 시기였던 것이다. 그런 어린 시절에서 태평양 전쟁의 말기와 한국 전쟁을 겪으면서 전쟁의 잔혹함과 이산가족의 아픔을 동시에 느끼게 되었으니 그 트라우마가 말도 못 할 정도로 컸다고 해야 할 것이다. 그리고는 유신 정권과 산업화 시대를 통과하고 86아시안게임과 88올림픽으로 대표되는 '한강의 기적'을 통해 경제 성장의 혜택을 보게 되었고, IMF 이후 고용불안과 빈부격차의 차이가 벌어지면서, 우리 사회가 포스트모던한 사회로 점차 진행하는 것도 겪게 된 세대이다. 한마디로 봉건시대의 말기에 태어나 식민지시기와 전쟁시기를 청소년기에 거치고 산업화시대와 독재 정권기를 장년기에 겪으면서, 이제 후기 산업화시대(포스트모던 사회)와 민주주의 사회에서 노년기를 살아가고 있는 것이다.

영국과 같은 선진 산업 국가들은 봉건시대에서 산업화시대로 이행하는데 300여 년이 걸렸다. 대분의의 서구 선진국들은 200~300여년의 시간을 거치면서 서서히 시대가 산업화 사회로 변화해갔다. 고도성장이자 압축 성장의 대표로 꼽히는 일본조차도 메이지유신을 거치면서 산업사회로 성장하는데 100여 년의 시간이 필요했다. 그에 반해 우리나라는 1960년대에 처음 산업사회로의 발을 뗀 이래 거의 30여 년 만에 산업사회로 전 사회가 상전벽해의 전환을 이루었다. 전 세계 어느 곳과도 비교할 수 없을 정도로 고도의 압축 성장이었다. 서구 사회와 비교하자면, 바로 70대~80대 이상의 할아버지, 할머니들은 자신이 살아가는 동안에 300여 년의 사회적 변화를 몸으로 겪었다고 할 수 있는 것이다. 이런 급속한 변화를 몸으로 겪었으니 고통이 수반되지 않을 리 없다. 이런 압축 성장의 고통이 바로 치매 환자들의 무의식 깊숙이 들어있는 것이 아닌가 생각된다. 참혹하기만 했던 전쟁의 공포가 10대~20대 시절의 기억에 각인되고, 전후 경제 성장과 군부 독재가 만들어 낸 군사적 문화가 몸에 새겨져 있었던 것이다. 그러니 지금 70대~80대 치매환자들이 기억력 장애를 겪으면서 자신의 무의식 깊숙이 새겨져 있던 이런 공포들이 나타나는 것은 당연한 일이기도 하다. 지금의 치매 환자들이 더욱 폭력과 집착, 의심 증상 등의 주변 증상이 더 심하게 나타나는 것도 이러한 영향 때문이 아닌가 싶기도 하다. 물론 다른 선진국의 치매 환자들도 이런 증상들이 나타나는 것은 분명하지만, 그 정도가 더 심하지 않은가 하는 것이 내 생각이다. 이렇게 70대~80대 노인들이 살아온 삶의 궤적을 이해하면 그들이 가지고 있는 불안과 폭력에 대해 좀 더 이해하게 되고, 이런 불안과 폭력을 줄이기 위해서는 그 무엇보다 환자들의 마음속에 안전함과 안심, 신뢰를 심어줄 때 가능하다는 것을 알게 된다.

이와 같이 지금 노인 세대들의 과거를 우리가 이해하면 좀 더 관대하게 치매 증상을 대할 수 있을 것이다. 지금과 같은 저출산의 시대에 아기의 출생은 전 사회적으로 축복받는 일이다. 반면, 지금 노인의 삶은 사회의 부담을 지우는 존재로서 환영받지 못하는 것이 현재의 사실이다. 하지만 아이의 탄생을 축하하듯, 노인의 삶 역시도 존중받아야 한다. 지금 기억을 잃어가고 있다고 해서, 혹은 죽어가는 존재라고 해서 삶의 존재 이유도 사라지는 것은 아니기 때문이다. 생을 살아가는 가장 필연적인 의미는 사람마다 모두가 다를 수밖에 없으며, 그렇기 때문에 아무리 병상에만 누워있는 치매 환자라 할지라도 그러한 삶의 이유를 타인이 함부로 재단해서도 안 되는 일이다.

치매 중일지라도 삶은 언제나 아름답다. 죽어가는 삶이기 때문에 더욱 살아가는 것이 아름다운 법이다. 언제 세상을 떠난다 하더라도 이상할 것이 없으신 분들이기에, 오늘 하루의 삶이 더욱 귀중하고 아까운 것이다. 흔히 치매에 걸리면 죽는 게 낫다고 이야기한다. 사는 것보다 죽는 게 더 나은 사회, 사실 이런 살벌한 사회가 우리가 지금 살아가고 있는 현실의 사회이다. 죽음보다도 삶에 대한 공포가 더 큰 사회가 바로 지금 2017년의 대한민국이다. 자살이 OECD 국가 가운데 최고를 기록하고, 주요한 사망원인 중의 하나로 기록된 사회, 이런 사회에서는 치매에 걸리는 것보다 자살이 더 낫다고 생각하는 것이 어쩌면 당연할지도 모른다. 한마디로 살아간다는 것의 두려움이 삶을 좀먹고 있는 것이 지금의 현실인 것이다.

사회적 약자에 대해 가혹하고 사회복지체계와 안전망이 미흡한 우리나라에서 치매 환자가 된다는 것은 자신이 갖추고 있는 무장을 모두 해제하고 맨몸으로 가혹한 정글에 던져진 것이나 다름없을 것이다. 그렇기 때문에 치매 진단을 받는다면, 차라리 자살을 하겠다라는 사람이 이해되지 않는 것도 아니다. 하지만 치매에 걸리면 죽는 게 낫다고 생각하는 사회가 아니라, 치매 환자라 할지라도 안심하고 생을 마감할 수 있는 사회가 되어야 할 것이다. 치매 환자나 장애인들과 같은 사회적 약자를 보호하고 관대하게 대하는 사회일수록, 사회 갈등도 덜하고 자살과 같은 불행한 일도 적은 것은 우연이 아니다. 사회적 약자를 멸시하고 여성을 비하하는 사회일수록, 살인과 같은 강력 범죄가 더 많이 발생하는 것도 모두 사회복지체계가 사회적 갈등을 막아 주는 역할을 하기 때문이다. 사회적 안전망이 잘 갖추어져 있을 때 질병이나 재난에 대한 공포도 줄어들 수밖에 없으며 자신의 것만 악착같이 챙기려는 이기주의적인 모습과 자신의 가족만 생각하는 개인주의적인 행동들도 점차 사라지게 될 것이다. 그렇게 해서 우리 스스로가 우리가 살아가는 사회에 대한 믿음이 있을 때, 자살도 줄어들고 치매에 대한 공포도 줄어들게 될 것이다. 이러한 방식으로 단지 돈이 중심이 되는 경제 성장이 아니라, 사회적 약자를 배려하고 함께 살아갈 수 있는 그런 문화적 성장이 이루어질 때 비로소 우리 사회가 선진국이라고 이야기할 수 있을 것이다. 치매는 죽는 게 차라리 나은 질병이 아니라, 치매에도 불구하고 살아야 하는 질병이 되어야 하는 것이다.

아버지는 과일을 원래 그렇게 좋아하지 않으셨다. 하지만, 치매를 앓으시면서 입맛이 조금 변하셨는지, 요즘은 감이나 키위, 망고 같은 과일을 즐겨 드신다. 아마도 부드러운 식감이 입맛에 맞으신 듯하다. 감 하나를 맛있게 드시고 나서 웃으면서 '맛있다'라고 말씀하시는 그 모습을 보면서, 항상 가족들을 위해 양보하고 헌신하시며 당신이 좋아하는 게 무엇인지도 모르고 계셨던 것이 생각난다. 치매 이후에야 아버지는 이제 가장이 아니라, 가족들이 돌보아 주어야 하는 피부양인이 되었다. 그렇게 됨으로써 이제는 가족을 부양해야 한다는 의무에서 벗어나 좀 더 가볍고 솔직한 욕구를 이야기하실 수 있게 된 것 같다. 그래서인지 이제는 자신이 원하는 것을 쉽게 편하게 이야기하시고는 한다.

치매가 되어서야 자신의 내면 깊숙이 있던 솔직한 마음을 드러낼 수 있게 되었다는 것은 그동안 우리 사회가 아버지, 어머니에게 얼마나 많은 중압감을 주었는지 알 수 있는 것이기도 하다. 아버지가 언제까지 이렇게 맛있게 드실 수 있으실지는 모르겠다. 치매가 점차 심해질수록 맛을 느끼고 좋아하는 감정을 표현하는 것도 줄어들게 될 것이다. 하지만, 그때까지는 좋아하는 음식을 많이 드시며 '맛있다' 라고 느낄 수 있다면 이것 또한 아버지 삶의 행복일 것이다. 이렇게 본다면 행복이라는 것도 별것이 아니라, 그저 지금 현재에서 가장 즐겁게 살아가는 것일지도 모른다. 치매로 아무것도 기억하지 못한다 해도, 자신이 좋아하던 것을 맛있게 먹으면서 지금 한순간 즐거워하는 것이 행복인 것이다. 행복은 한순간에 다가오고 다음 순간에는 어느새 사라져 보이지 않을 수도 있는 모양이다. 아무쪼록 아버지께서 오랫동안 맛있게 드시면서 행복한 웃음을 짓기를 바란다.

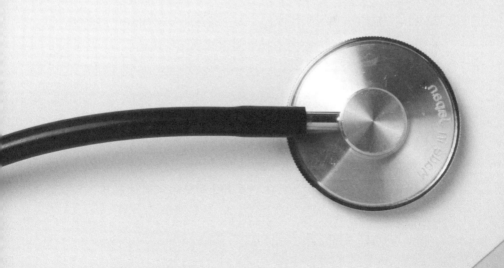

Chapter III

보호자를 위한 변명

간병
예고된 실패의 길

　아픈 가족을 돌보는 일은 당연히 가족 중의 누군가가 맡아서 하던 것이 불과 몇십 년 전의 일이다. 대가족 구조에서 아픈 식구는 가족 모두의 책임이었고, 그 책임을 가족들은 당연히 공동으로 부담하였다. 하지만 지금 그런 당연함은 이제는 당연한 일이 아니라 특별한 일이 되었다. 무엇보다 먼저 가족의 구조가 대가족적에서 핵가족으로 변하면서 그 규모가 줄어들었다. 그리고 예전과 달리 첨단 의료를 보편적으로 이용하면서 의료 비용 역시 대폭 늘어나게 되었다. 따라서 책임질 수 있는 가족의 수는 줄어든 데 반해, 그 비용은 대폭 증가함으로써 장기적인 치료를 필요로 하는 만성 질환의 경우에는 상당히 큰 부담을 소수의 가족이 떠안게 된 것이다. 특히나 치매와 같은 노인성 질환은 이제는 큰 사회적 문제로까지 부각되고 있다. 때로는 진료비보다 간병비의 부담이 더 큰 것이 현실인 데다가, 아직 우리나라에서는 간병비에 대해서는 건강보험 급여가 적용되지 않고 있으므로 그 부담이 더욱 크게 다가온다.

현재 우리보다 더 노령화가 진행된 일본에서는 노인이 노인을 간병하는 '노노개호(老老介護)'나 치매 환자가 치매 환자를 간병하는 '인인개호(認認介護)', 자식이 치매를 앓는 부모를 간병하는 '노소개호(老少介護)[1]'와 같은 신조어가 만들어질 정도로 사회적 문제가 되

---

[1] 노소개호(老少介護) : 일본에서는 간병을 개호라고 표현하고, 치매환자를 인지증 환자라고 호칭하기 때문에 이런 식의 표현을 한다.

고 있다. 간병을 책임질 수 있는 가족의 수가 적어지다 보니 같은 부부끼리 간병을 하게 되고 혹은 한둘밖에 없는 자식이 간병을 떠맡게 되어 생기는 문제였다. 그러다 보니 간병을 둘러싼 가족의 갈등이 극에 달하여 극단적인 사건까지 발생하고 있다. 간병에 지쳐 배우자가 치매에 걸린 배우자를 살해하거나 동반 자살을 시도하는 사건도 많으며, 자식이 치매 부모를 살해하는 사건도 발생하여 충격을 주기도 했다. 뉴스에 따르면, 아내를 살해한 남편은 "치매 환자를 돌보는 일에 지쳤다" 라고 진술했다고 한다. 또, 치매에 걸린 어머니를 아버지와 함께 돌보던 딸이 경제적 문제로 가족 동반 자살을 시도하여 일본 전체에 충격을 주기도 했다. 가족 간병과 관련된 개별적인 사건들은 각각 차이가 있으나 모두 늙고 병든 가족을 돌보던 배우자나 자식이 간병에 지쳐서 극단적인 선택을 하는 것으로, '개호피로(介護疲勞)'로 인한 '개호살인(介護殺人)'이 나타나고 있는 것이다. 현재 일본에서는 이런 문제점을 극복하기 위해 여러 가지 정책을 새롭게 펼치고 있다. 조만간 일본의 고령화를 넘어설 것으로 예상하는 우리로서는 일본의 경우를 타산지석으로 삼아 지금부터라도 많은 준비를 해나가야 하는 것이 지금의 현실이다.

간병 문제는 현재 우리나라에서도 서서히 문제화가 되고 있다. 중증 근무력증 남편을 간병하다 지쳐서 남편을 살해하고 자살을 시도한 아내의 이야기가 언론에 보도되기도 했으며, 부산에서는 치매 부모를 간병하던 중년의 자녀들이 동반 자살을 시도해 충격을 주기도 했다. 치매 환자와 같은 중증 만성 질환자를 병원에 모시지 않고 가정에서 간병하는 것은, 병원비와 간병비용에 대한 경제적 비용이 부담스럽거나 남의 손에 부모를 맡기기 어려워하는 마음 등 때문인 것으로 보인다. 하지만 가족이 집에서 간병을 하다 보니 직업을 갖기 어려워

경제적 궁핍과 환자 간병으로 인한 스트레스로 인해 보호자가 극단적인 선택을 하는 것으로 이어지기도 하였다. 또한, 간병으로 인한 경제적 곤란과 직업과 경력의 단절을 피할 수 없게 되어 사회적 고립이 발생하기도 했다. 이런 문제들 때문에 일본에서 부모나 배우자의 간병 때문에 직장을 그만두는 '개호이직(介護離職)', 가족의 간병 때문에 시기를 놓쳐서 독신으로 생활하게 되는 '개호독신(介護獨身)' 등의 용어들이 우리나라에서도 그리 낯설지 않은 현실로 점차 확산되고 있다. 무엇보다 문제는 진료비용보다도 더 높은 간병비용 때문에 가정에서 간병을 택할 수밖에 없는 현실이다.

우리 병원에 입원했었던 L환자는 루게릭병으로 전신이 마비된 44세의 여성 환자이다. 자가 호흡도 거의 힘들어서 인공호흡기에 의지해서 생활하고 있다. 하지만 정신은 온전하여 자신의 의사를 분명히 표현할 수 있었다. 이 L환자의 상태가 중증이기 때문에 자리를 비우고 혼자 둘 수가 없어 가족 중 오빠가 간병을 시작하게 되었다. 하지만, 온종일 환자와 함께 지내면서 동생의 수발을 드는 것으로, 오빠의 인생은 오로지 사랑하는 동생의 간병을 위해 온전히 바쳐졌다. 헌신적으로 동생을 간병하는 오빠의 마음은 아름답지만, 이를 위해 오빠 자신의 직업이나 개인적인 삶은 모두 희생될 수밖에 없었다. 전문 간병인 대신 가족이 이를 맡음으로써 환자를 돌보는 손길은 분명히 좀 더 세심해지고 비용 또한 줄어들게 된 것도 사실일 것이다. 하지만 이것은 모두 누군가의 일방적인 희생이 있었기에 가능한 것이기도 하다. 가족의 자기착취로서만 이런 시스템이 운영된다면, 이런 식의 희생은 일본과 같이 간병 끝에 극단적인 선택이 나타나거나 경제적 궁핍이나 독신으로 이어지는 사회적 고립과 같은 비극적인 엔딩이 기다리고 있을 뿐이다. 가족이 원할 때는 간병을 해야 하겠지만, 언제든 경제적 부담 없이 간병의 도움을 받을 수 있어야 이런 비극적인 일이 우리나라에서도 되풀이되지는 않을 것이다.

'암은 혼자 죽지만, 치매는 온 가족이 함께 죽는다.'라는 말이 있을 정도로 특히 치매 환자의 간병은 가정에서 해내기 어려울 정도이다. 특히나 치매의 특성에 대해 잘 알지 못하는 가족들이 간병을 맡는 경우에는, 치매 환자로부터 더 많은 상처를 입기가 십상이다. 치매 환자들이 무표정하게 감정 표현을 하는 이유는 특정 상황에 대해 뇌가 제대로 된 판단을 내리지 못하기 때문인 경우가 많다. 하지만, 대부분의 보호자는 치매 환자들이 자신들을 무시하거나 놀린다 생각을 많이 하게 된다. 그래서 환자의 마음을 더 상하게 하기도 하는 등 환자와의 관계가 악화되는 경우도 많다. 또한, 보호자들은 치매의 상태에 대해서 제대로 된 판단을 내리지 못하는 경우가 많다. 입원 상담을 할 때 '우리 어머니는 치매는 거의 없어요.'라고 자신 있게 얘기를 하지만, 실제 입원 절차를 밟으면서 진료를 보면 이미 중증 치매 정도로 진행된 경우도 많았다. 치매는 초기에 약을 먹으면 진행을 늦출 수 있기 때문에 제대로 된 진료와 치료를 받는 게 무엇보다 중요하다.

가정에서 치매 환자를 비롯한 중증 환자를 간병할 수 있는 것은 어느 정도 한계가 분명히 있다고 해야 할 것이다. 그렇다면 가정에서 간병할 수 있는 방법과 그 마지노선은 어디쯤이 될까?

가정에서 환자를 간호하기 위해서는 치매라는 질병의 특성과 환자에 대해 제대로 이해하는 것이 필수적인 선결 과제이다. 치매 환자를 간병하면서 치매의 특성에 대해 제대로 알지 못하면 환자를 제대로 간병하기가 쉽지 않다. 굳이 치매가 아니더라도 환자가 앓고 있는 질병에 대해 자세히 공부를 해두어야 간병하는데 도움이 되는 것은 당연한 일이기도 하다. 그리고 환자의 특성을 이해하게 되면 가정 내의 여러 부분에 대해 환자의 편리를 위해 수리나 개조를 해야 하기도 한다.

예를 들면, 중증 환자들은 허리를 굽히기가 힘든 경우가 많으므로 바닥에서 생활하는 우리 전통 방식보다는 침대 생활이 더 편리하다. 또한, 거실이나 복도 벽, 방 입구나 침대 근처에 안전 손잡이를 만들어 두면 많은 도움이 된다. 치매 환자를 비롯한 노인성 질환자들은 근력이 약해서 보행 시에도 안정성을 잃는 경우가 많아 이런 안전 손잡이가 있으면 특히 넘어지는 위험이 많이 줄어든다. 넘어지는 사고, 즉 낙상사고(落傷事故)는 특히나 노인질환을 앓는 경우에 치명적으로 작용하기도 한다. 낙상 사고 후 골절로 수술을 받은 뒤에 아예 보행을 못 하는 경우도 왕왕 있고, 정신이 맑은 노인분들도 낙상으로 병원 생활을 하다 보면 치매가 갑자기 심해지기도 한다. 그렇기 때문에 낙상을 예방하기 위한 여러 조치는 아무리 많이 해도 지나친 것이 아니라고 할 수 있다.

또한, 목욕에도 주의를 기울여야 한다. 치매가 어느 정도 진행되면 목욕과 같은 개인위생을 신경 쓰지 않는 특성이 생긴다. 정상일 때는 자주 목욕을 가거나 깨끗하게 주위를 살피던 사람이 어느 날부터 제대로 씻지도 않거나 청소 등을 하지 않으면 치매의 가능성이 높다고 할 수 있다. 보호자는 치매 환자들이 정기적으로 목욕을 할 수 있도록 도와주어야 하며, 목욕 시에 넘어지는 등의 사고가 발생하지 않도록 미끄럼 방지 타일이나 안전 손잡이, 목욕 보조 의자 등을 갖추는 것도 중요하다. 욕실이나 화장실에서 넘어지게 되면 골절과 같은 큰 사고가 되는 경우가 많으니 특히 안전사고에 유의하여야 한다. 또한, 보행 시에 걸려서 넘어지지 않도록 방문의 턱이나 장애물을 없애는 것도 기본적인 일 중의 하나가 된다. 문턱을 없애기가 어렵다면, 문턱 주위로 경사를 만들어서 자연스럽게 넘어갈 수 있도록 해주는 것이 좋다. 환자들이 제일 많이 넘어지는 이유 중의 하나가 바로 문턱이라는 것을 항상 염두에 두어야 한다. 외출이나 산책을 할 때 환자가 안전하게 다닐 수 있도록 집 현관의 출입구나 계단 등에도 안전 손잡이를 만들거나 경사로 등을 만들어 두면 도움이 된다. 이런 안전장치가 없게 되면 환자가 자연스럽게 외부 출입 자체를 자제하게 되어, 결국은 환자가 집안에서만 활동하는 등 사실상 사회로부터 고립되는 것이나 다름없는 경우가 된다.

치매가 진행되면 집 안에서도 화장실 가는 길을 잃어버리기도 한다. 요의를 느끼고 밤중에 깨서 화장실을 찾는 경우 뇌가 아직 제대로 각성하지 못해서 어리둥절한 상태가 되어 화장실을 못 찾고 복도나 방에서 그대로 실례를 하는 사례들이 자주 있게 된다. 그래서 밤에 요의를 느낄 경우를 대비해서 실내용 변기를 비치하는 것도 도움이 된다. 그리고 화장실 앞에 항상 불을 켜둔다든지, 혹은 화장실 문 앞에 크게 표시를 해두는 것도 좋은 방법이 된다. 특히 집이 큰 경우에는 화장실을 찾지 못하는 사례가 더 잘 나타나므로 치매 초기부터 아예 작은 집으로 옮겨서 생활하는 것도 간병하는데 좋을 것이다. 보호자들은 환자를 간병하면서도 집안 살림 역시 같이 꾸려야 하므로, 작은 집에서 생활하게 되면 환자를 보면서 집안일을 하기에 좀 더 편리하다고 할 수 있다.

기억력 장애가 나타나기 시작하면, 요리하다가도 불 위에 뭔가를 올려두었다는 것을 잊어버리기도 한다. 화재 감지기를 설치하는 것도 도움이 되지만, 결국 나중에는 불을 이용하는 요리는 포기해야 하는 경우가 많다. 혼자서 사는 치매 초기 환자들의 경우는 이 정도 단계부터는 혼자 생활하는 것은 위험하다고 할 수 있다. 물론 요리를 포기하고 도시락 배달을 받거나 혹은 식당에서 음식을 사 먹는 것으로 대체해도 되겠지만, 요리가 힘들 정도가 되면 전담으로 간병하는 사람이 필요한 수준이 되었다고 할 수 있다.

우리나라 대부분 시골에서 노인분들만 남아서 생활하시는 경우가 많은데, 치매 등으로 요리가 힘든 시기부터는 마을 회관 등에서 공동 취사를 하는 경우도 있다. 혼자 식사를 하는 경우 요리가 힘든 것도 있지만, 균형 잡힌 식단으로 식사하는 것이 힘들어져서 영양 불균형에 빠질 가능성도 많기 때문에 이런 공동 취사가 큰 도움이 된다. 집에서 간병을 해주는 사람이 있는 경우에는, 기억력 장애가 심해져서 배회가 시작되는 시기 정도부터는 점차 요양병원이나 요양원 등에 입원이나 입소를 고려해보는 것이 좋다. 배회 증상이 나타나면 잠금장치를 항상 해두지 않는 이상, 집 밖으로 나가려는 의지가 항상 있어서 자칫 위험한 상황에 빠질 수가 있기 때문이다.

치매 환자를 모시는 경우에는 치매 환자의 특성에 맞게 조심해야 하는 부분들이 몇 가지 있다. 먼저 환자에게 질책을 자주 해서는 안 된다는 것이다. 환자는 구체적인 내용을 기억하는 것이 아니라, 그 감정을 느끼기 때문에 보호자가 화를 낸 내용에 대해서는 기억이 오래 남아있지 않는다. 하지만, 그 순간에 보호자가 화를 낸다는 그 느낌은 불편한 감정으로 남아서 보호자를 대하는데 걸림돌이 되기도 한다. 그리고 자꾸 기억 장애를 자꾸 이야기하면서 환자에게 그 점을 상기시키는 것은 좋지 않다. 아무리 치매 환자라 할지라도 지속적인 지적은 자존심에 상처를 받아서 우울증과 같은 증상으로 진행할 수도 있기 때문이다. ' 다른 사람들도 잘 잊어버립니다.' 혹은 '나도 기억력이 예전 같지 않네요.', '그래도 아버지는 다른 사람에 비하면 기억력이 좋으신 편이에요' 등등으로 환자의 기운을 복돋아 주는 것이 좋다. 소변을 잘 가리지 못해 기저귀를 시작하게 되면 치매 환자 중에 우울 증상이 더 심해지는 환자들이 많은 것도 이런 부정적인 감정을 자극하기 때문이다. 정상적인 사람도 실수 후에 질책을 받으면 이런 부정적인 생가이 드는 것이 당연한데 치매 환자는 평상시에도 이런 부분에 대한 스트레스가 많이 축적되어 있으므로 되도록 부정적인 언급을 피하는 것이 좋다. 특히 가까운 가족이나 배우자가 이런 식의 질책을 하는 경우 치매 환자는 자신의 존재에 대한 부정적인 인식과 함께 자존심에 상처를 입고 마음의 문을 닫고 대화를 거부하거나 심할 경우에는 심리적인 공황 상태에 빠지는 경우도 있으니 조심하여야 한다.

그리고 치매 환자에게 얘기할 때는 최대한 단순한 대화를 하는 것이 도움이 된다. 복잡한 구조의 대화는 치매 환자가 이를 따라가지 못해서 맥락을 제대로 파악하지 못하게 되기 때문이다. 다른 사람과 대화를 할 때도 되도록 세 명을 넘기지 않도록 하는 것이 좋다. 치매 환자들은 가끔 충동적으로 감정이 갑자기 고조되는 경우도 있다. 이럴 때도 놀라지 말고 차분하게 대응하면서 환자를 안심시키도록 하는 게 좋은 방법이다. 치매 환자들은 보호자들이 자신을 버릴까 봐 불안해하는 마음을 가지고 있으며, 이 불안함이 커져서 때로는 폭력이나 폭언으로 발전하는 경우도 있다. 치매 환자는 이런 불안 때문에 끊임없이 안전을 보장받기를 원한다. 그래서 때로는 보호자가 있는지를 계속 확인하기도 하고 의부증 의처증처럼 의심증세가 더 심하게 나타나기도 한다. 이럴 때 큰 소리로 질책하거나 비난을 하면 불안 증세가 더 심해질 수 있으니 주의하여야 한다. 항상 환자들을 따뜻하게 웃는 얼굴로 안심시키면서 차분하게 대화를 나누는 게 도움이 된다.

치매 환자는 증상이 어느 정도 진행되고 나면, 자신을 간병하는 일이 힘들다는 것을 제대로 이해하지 못한다. 때로는 기억이 점차 사라지면서 옆에 누가 간병하고 있는지를 모르는 경우도 많다. 많은 치매 환자를 보아오면서 느낀 점은, 환자가 조금이라도 기억을 하는 동안, 그리고 뇌 기능이 그래도 조금이라도 정상적으로 작동 중일 때 환자와 최대한 시간을 많이 가지라는 것이다. 치매가 중증으로 진행된 뒤에는 보호자가 최선을 다한다고 해서 환자가 그것을 알아주지 못한다.

물론 나중에 치매가 말기로 진행된 상황에서도 환자의 삶은 역시 중요하고 가치 있겠지만, 가족들에게는 환자가 기억할 수 있을 때 많은 시간을 함께 보내는 것이 더 낫다는 것이 내 생각이다. 또한 아픈 가족을 간병하는 것은 아름다운 미담이지만, 그것 때문에 누군가의 인생이 불행해져서는 안 될 것이다. 그리되면 이 간병은 환자와 보호자 간의 아름다운 추억으로 기억되는 것이 아니라 오히려 지우고 싶은 악몽으로 기록될 수도 있기 때문이다.

병든 부모님을 요양병원에 입원시키는 것이 현대판 고려장이라고 욕하던 시절이 있었다. 일부 수준 미달인 요양병원의 존재와 부모님을 남의 손에 맡기는 건 불효라고 생각하던 전통 유교 사상이 결합하여 나타난 현상이었다. 요즘은 요양병원에 대한 인식이 많이 달라졌다고 하지만, 일부에서는 아직도 요양병원에 부모님을 모시는 것을 꺼리는 생각이 있는 것도 사실이다. 하지만, 가정에서 치매 부모님을 모시는 것은 다들 알고 있는 것 이상으로 무척이나 힘든 일이다. 앞에서 이야기 한 바와 같이 일정 정도 이상의 치매 단계에서는, 치매 간병을 위해 한 사람이 온종일 옆에 붙어있어야 할 때도 있다. 부모님을 직접 모시겠다는 생각은 아름답지만, 그 결과로서 지게 되는 부담이 너무 크기 때문에 그만큼의 희생이 뒤따른다는 것을 잊지 말아야 한다.

어린이나 일반적인 젊은이를 간병하는 것과 치매 환자와 같은 만성 노인성 질환을 가진 노인을 간병하는 것은 여러 부분에서 차이가 난다. 무엇보다 간병의 최종 목적지가 전혀 다르다. 일반적인 경우의 간병은 질병을 회복해서 다시 사회와 가정에 복귀할 때까지 간병이 필요하지만, 노인의 간병은 그 마지막이 죽음일 수밖에 없다. 간병의 최종 목적지가 한쪽은 회복과 사회복귀지만, 노인 간병이나 치매 환자를 간병하는 일은 죽음이 마지막이 되는 것이다. 어찌 보면 당연할 수도 있는 결과이지만, 그 때문에 젊은 사람이나 어린이를 간병하는 것은 그 헌신이 보람과 기쁨으로 남지만, 노인을 간병하고 난 뒤의 결과는 죽음으로 인한 후회와 죄책감이 생기는 경우가 많기 때문에 문제가 크다. 죽음으로 귀결되는 것이 간병하는 사람의 잘못이거나 간병이 실패한 것이 아니지만, 결과적으로 죽음으로 이어지기 때문에 간병인에게는 보람보다는 후회나 아쉬움으로 남는 경우가 더 많은 것이다. 물론 죽음이라는 것을 부정적으로만 볼 것이 아니라, 한 사람의 생을 마무리하는 것으로 생각한다면, 죽어가는 환자에 대한 간병은 더 고귀하고 아름다운 것이 될 것이다. 이것이 곧, 호스피스 간호의 기본적인 전제이기도 하다.

치매와 같은 노인 환자를 간병하는 것은 그래서 '예고된 실패'에 가깝다고 할 수 있다. 하지만, 이 실패는 진짜 실패가 아니라, 간병하는 보호자가 스스로를 평가절하 하는 실패이다. 환자가 죽고 난 뒤에 되돌아보면 생각나는 여러 가지 일들, 간병하는 와중에 환자를 섭섭하게 대했던 일들 그리고 좀 더 살갑게 대하지 못했던 것들, 더 잘 했다면 좀 더 살아계실 수도 있었을 텐데… 라는 후회들이 이런 실패라는 마음을 만들고 있는 것이다. 이런 관점에서 보게 되면 노인 간병은 대부분의 보호자들이 실패를 겪을 수밖에 없는 사건이 된다. 누구든지 실패했다고 느끼는 싸움이 바로 중증 질환을 앓는 노인을 간병하는 일이 되는 것이다. 물론 이 책임이 간병을 하는 보호자에게 있는 것은 전혀 아니지만, 자신이 간병 책임을 맡고 있다는 생각이 그런 실패라는 생각으로 이어지고 있다. 그렇기 때문에 이런 실패를 막아줄 사회적 장치가 필요하다. 그것이 바로 우리나라의 장기요양보험이나 일본의 개호보험과 같은 제도라고 할 것이다. 즉, 아픈 부모나 가족을 간병해야 한다는 '개인적 의무'를 사회적 제도를 통해 '사회적 책임'으로 바꾸어 내는 것이다. 이런 식으로 개별 가족들이 감당해야 했던 개인적 의무가 공동체적 연대를 통한 사회적 책임으로 전환되는 것이 바로 선진국의 모습이라 할 것이다. 이런 사회적 연대를 통한 공동의 책임으로 개인적 의무가 전환됨으로써 각 개인의 부담이 줄어들고 도덕적인 부채의식도 줄어들게 된다. 지금 우리나라의 장기요양보험은 아직은 보완해야 할 점이 많은 미완성의 제도이기는 하지만, 이런 방향에서 중요한 의미가 있는 제도라고 할 것이다. 이런 장기요양보험을 잘 보완해서 지속해서 확대해 나가는 것이 선진국으로 나아가는 흐름 중의 하나가 될 것이다.

예전과 달리 핵가족화되고 친족간의 유대가 약해진 상황에서 가정에서 장기 질환자를 간병한다는 것은 이제 불가능에 가까운 일이 되었다. 과거에 주로 간병을 담당했던 여성들도 이제는 직장을 다니면서 경제생활을 해야 하는 상황이 되었으며, 간병 보조역할을 담당했던 10대의 자녀들 역시도 학교와 학원 생활 등으로 시간을 내는 것이 어려워졌다. 돌보아 줄 사람의 수도 줄었을 뿐만 아니라, 각자가 맡은 사회적 역할도 더 커져서 간병을 담당하는 것이 더욱 힘들어진 것이 현시대의 상황인 것이다. 정리하자면, 요즘과 같은 시대적 상황에서 가정 간호는 분명한 한계를 가질 수밖에 없는 반면, 간병으로 인한 그 부담은 예전보다 가중되었다고 할 수 있다. 특히나 개인적 성공을 위해서 더 많은 시간이 필요한 것이 현재 상황인 만큼, 가족 구성원 중 누군가에게 일방적인 희생을 강요하기도 어려운 것이 사실이다. 모두가 성공을 위해서 달려가고 있는데, 자신만 집에서 간병을 한다는 것은 개인적으로는 희생을 감수할 수밖에 없는 일이 된다. 이는 우리가 살아가고 있는 사회에서 가족의 간병에 대한 가치보다는 개인의 성공과 같은 다른 가치를 우선시하고 있기 때문에 나타나는 현상이기도 하다. 그리고 간병에 들어가는 노력과 희생은 큰 데 반해 그 후에 돌아오는 보상은 후회와 죄책감 등 부정적인 것이 많은 것도 어려움 중의 하나이다. 물론 이런 피해와 어려움을 감수하고도 가정에서 간병을 선택하는 사람들도 있지만, 이런 사람들의 사례가 모범적이거나 당연한 것으로 받아들여져서는 안 될 것이다. 모든 것을 희생하고 가족을 간병하는 사람들이 정상적인 범주에서 벗어날 정도로 대단한 것이지 그리 하지 못하는 사람들에 대해서 비난을 해서는 안 될 일이기 때문이다. 결국, 치매 등이 일정 이상으로 진행하게 되면 요양원이나 요양병원 등의 시설 입소를 고려할 수밖에 없는 것이 지금의 시대적 현실로 인정해야 할 것이다. 아직은 좀 모자라고 고쳐야 할 점도 있지만, 요양병원이나 요양원과 같은 요양시설에서 가족의 간병을 개별적인 가족이 아니라 사회적 연대 책임으로 맡는다는 것은 지금 그리고 다가올 미래에서도 어쩔 수 없는 선택이자 우리가 보완 발전시켜 나아갈 수밖에 없는 길이 아닌가 생각된다.

가정에서 간병하는
이를 위한 충고

　만성 노인성 질환을 앓고 있는 환자를 집에서 간병하는 것은 무척이나 힘든 일이다. 만약 거기다 중증 치매 환자를 가정에서 간병한다면 이는 정말 힘든 일에 해당한다. 환자는 기억이 서서히 사라지면서, 그동안 가지고 있던 인간으로서의 존엄성도 점차 내려놓기 시작한다. 간병인은 사랑하는 가족이나 배우자가 날마다 조금씩 죽어가는 모습을 옆에서 지켜보게 된다. 하지만, 죽어가는 이 사람은 예전에 알던 그 사람과 많은 부분에서 다르다. 가족과의 기억도 이미 많이 사라지고 없으며, 판단력도 떨어져서 함부로 나갔다가는 길을 잃고 사고를 당하기도 한다. 또한, 기본적인 생활도 힘들어져서 간병하는 사람이 목욕, 용변, 식사 등을 모두 책임져 주어야 한다. 그래서 치매 환자를 돌보는 것은 간병하는 사람의 체력을 소모하는 일뿐만 아니라, 죽음에 다가서는 그 모습을 바라볼 수 있는 용기를 필요로 하는 힘든 일이다.

　아무리 열심히 간병을 한다고 할지라도 환자는 점점 증세는 악화되고 인지는 갈수록 떨어지며, 간병인의 역할은 시간이 갈수록 더 큰 부담이 되어간다. 자신이 잘 하고 있는 것인지, 환자가 악화되는 것이 보호자의 잘못은 아닌지, 계속 이렇게 간병을 할 수 있을지에 대한 의문이 지속해서 드는 것도 치매 환자를 간병하는 일의 특징이기도 하다. 그래서 치매 환자를 간병하는 것은 본인의 능력의 한계치를 넘나드는 극한의 일이다. 거기다 환자를 돌보다 보면 자신의 삶은 온데간데없어지고, 하루 스물네 시간이 온통 환자와 함께 묶여서 돌아간다. 그러다 보면 간병하는 보호자들이 먼저 지쳐서 쓰러지기도 하거나 혹은 우울증을 앓기도 하는 일이 드문 사건이 아니다. 환자를 돌보는 가족들은 치매 환자인 아버지, 어머니 혹은 자신의 배우자가 자신의 인생을 망치고 있다고 생각하고 분노를 나타내기도 한다. 때로 환자가 그냥 죽는 게 낫지 않을까라는 극단적인 생각도 들 만큼, 치매 환자를 간병하는 일은 가족들의 일방적인 희생을 요구하는 것이기도 하다.

하지만, 치매를 앓고 있는 환자는 아무런 의도나 감정 없이 행동들을 계속해나갈 뿐이어서, 환자에 대해 감정적 표현을 하는 것은 아무런 의미가 없다고 할 수 있다. 그래서 환자를 돌보는 가족이나 보호자는 자신이 어떻게 행동하는 것이 환자나 스스로에게 더 도움이 되는지를 제대로 아는 것이 중요하게 된다.

1. 자신의 감정 변화가 당연한 것이라고 생각한다.
환자를 돌보다 보면 많은 감정을 느끼게 된다. 어떤 때는 이 정도면 충분히 잘 할 수 있겠다는 자신감이 들다가도, 때로는 정말 못하겠다는 절망을 느끼기도 한다. 환자가 엉뚱한 행동을 할 때는 화가 나서 분노에 사로잡히기도 하고 그리고는 화낸 것에 대해 후회하기도 한다. 점점 생명이 사그라지고 있는 환자에 대해 연민을 느끼다가도 제대로 간병을 하고 있는지 죄책감이 들기도 한다. 이런 감정의 변화와 굴곡은 치매 환자를 돌보는 가족들에게는 당연하고 정상적인 반응이다. 치매 환자를 간병하는 일은 힘든 일이기 때문에 누가 환자를 돌본다 하더라도 이런 감정이 드는 것은 지극히 정상적인 일이기 때문에 자신의 감정 변화에 대해 당황하거나 죄책감을 가질 필요는 전혀 없다.

무엇보다 긍정적인 마음을 갖도록 노력하는 것이 좋다. 치매 환자는 가까운 가족에게 유독 더 심하게 치매 증상을 드러내는 것처럼 보인다. 일부러 약을 올리거나 장난을 치는 것처럼 보이기도 한다. 하지만 치매라는 질병의 특성에 대해 알게 되면 치매 환자의 행동에 상처받는 일이 훨씬 줄어들게 된다. 치매 환자라 할지라도 자신이 치매로 인해 기억력이 사라지고 있다는 것을 다른 사람들이 알게 되는 것을 좋아하는 것은 아니기 때문에 다른 사람들에게는 훨씬 조심해서 행동한다. 하지만, 자신의 곁에서 항상 자신을 돌보아 주는 가까운 사람에게는 그런 경계심이 훨씬 줄어들기도 한다. 그래서 가까운 가족들에게 여과 없이 치매 증상들이 나타나기도 하는 것이다. 이는 마치 어린 아이가 유치원에서는 의젓하다고 얘기를 듣지만, 막상 집에서는 떼를 자주 쓰기도 하는 것과도 비슷하다. 즉, 치매 환자의 망상이 주로 가족이나 친한 간병인에게 도둑이라는 누명을 씌우는 것이나 폭력을 행사하는 것은 오히려 '신뢰'의 증거라고 할 수도 있는 것이다. 이런 측면에서 보자면, 환자로부터 받는 상처는 어쩌면 환자가 주는 신뢰라는 이름의 훈장으로도 바라볼 수 있다. 물론 힘든 것은 사실이지만, 이렇게라도 생각하면 훨씬 더 긍정적인 마음을 가질 수 있을 것이다.

그리고 치매 환자가 하는 행동에 대해서 어떤 도덕적인 판단을 해서는 안 된다. 치매가 일정 이상 진행되고 나면 이미 치매 환자는 법적, 도덕적인 판단을 할 수 있는 범주를 넘어서기 때문이다. 이는 곧 치매 환자에게 어떤 책임을 묻는다는 것은 의미가 없는 행동이 된다는 것을 의미한다. 치매 환자가 폭력을 행사하거나 거짓말을 한다 하더라도 이를 정상인의 시각에서 비난하거나 나무라는 것은 아무런 부질없는 일이다. 나를 미워하거나 나를 귀찮게 하려고 일부러 저런 행동을 하는 것이 아니라고 생각해야 한다. 이렇게 생각하면 환자를 돌보는데 훨씬 더 평안하고 긍정적인 마음으로 대할 수 있을 것이다. 환자가 일으키는 소동 하나하나에 일희일비하지 말고 무시할 수 있는 것은 무시하는 것이 오히려 더 좋은 결과로 이어질 것이다.

2. 자책감을 가질 필요 없다.

치매는 시간이 흐를수록 악화된다. 아무리 잘 돌보아주고 의학적 치료를 잘 받는다 해도 치매를 치료하는 약이 개발되지 않은 현재, 치매 환자는 그 증상이 서서히 악화되다가 결국 죽음에 이르게 된다. 이는 간병하는 가족이나 배우자의 책임이 아니다. 치매 환자를 돌보는 것은 아이를 키우는 것과 비슷하다. 오로지 보호자에게만 매달리며 의존하고 떼를 쓰기도 한다. 아이에게 온종일 시달리다 보니 우울증이 오는 것도 육아와 간병의 비슷한 점 중 하나이다. 하지만, 육아는 새로운 세대를 키워내는 가치 있는 일로 여겨지지만, 치매 환자를 간병하는 것은 사회적으로는 자원의 낭비라는 인식이 있는 것도 사실이다. 또한, 육아는 힘들어도 아이가 성장하는 데서 느끼는 보람이 있는 반면에 노인을 돌보는 것은 점차 죽음으로 이어지기 때문에 보람보다는 후회와 자책감이 느끼는 경우가 많다.

아무리 잘 돌보고 헌신적으로 간병을 한다고 하여도 노인성 질환이라는 특성상 그 마지막이 좋은 결과로 이어지지 않는다는 것을 명심하여야 한다. 하지만, 이런 결과로 이어진다고 해서 그 잘못이 간병을 담당하던 가족이나 병원 등으로 돌려서는 안 된다. 만성 노인성 질환자를 돌보는 것은 기본적인 개념이 다른 정상인을 돌보는 것과는 다른 개념에서 출발한다. 아픈 사람을 돌보아서 빨리 사회와 가정으로 복귀시키는 것은 젊은 사람들과 가벼운 질환일 때의 목표이지만, 만성 노인성 질환일 때는 그 목표 자체가 다른 것이다. 정상으로 복귀하는 것이 아니라 편안한 죽음으로 마무리되는 것이 더 이치에 맞는 목표가 되는 것이다. 완치될 수 없는 질병을 앓는 사람을 옆에서 돌보아주는 사람은 도덕적인 자책감을 가지지 않고 간병을 해야 스스로 지치지 않게 된다.

아무리 착하고 좋은 사람이라 하더라도 중증 치매 환자를 옆에서 간병하는 것은 매우 어려운 일이다. 그래서 한 번씩 화를 내기도 하고, 무력감에 빠지기도 하며, 때로는 환자의 요구를 무시하는 일이 있기도 한다. 이런 일은 간병하는 사람들에게는 누구나 나타나는 일이기도 하다. 특히나 중증 치매 환자는 자신의 의도와는 관계없이 간병하는 사람을 괴롭히는 경우가 많다. 예를 들면, 똑같은 질문을 수십 번 반복하기도 하는 등, 치매라는 질병의 특성상 나타나는 현상들이 있다. 이런 일들이 반복해서 일어나다 보면 아무리 가족이라 할지라도 항상 웃는 얼굴로만 대하는 것이 불가능할 때도 많다. 하지만, 이렇게 화를 내거나 무시했다고 해서 그럴 때마다 자책감을 가지면 환자를 돌보는 것은 불가능해진다. 치매 환자를 간병하는 것은 아이를 키우는 육아와도 비슷한데, 아이를 키울 때도 때로는 화를 내고 잔소리를 하기도 하는 것처럼 환자에게도 그럴 수 있다고 생각하고 넘어가는 것이 좋다. 물론 환자에게 화를 내거나 무시하지 않는 것이 제일 좋은 일이지만, 다른 정상적인 사람들과의 대인관계에서도 때로는 싸우고 화해하고 용서하는 것처럼, 화낸 사실에 대해 너무 큰 의미를 부여할 필요는 없다는 것이다. 다만 이렇게 환자들과 갈등이 생기는 것은 주로 간병하는 사람이 힘들다고 느껴질 때 더 잘 나타나는 현상이므로 자책감을 가지기보다는 오히려 충분히 휴식을 취하는 것이 더 도움이 될 것이다.

3. 자신과 다른 가족들도 중요하다.

환자들을 돌보는 데는 전문가라고 할 수 있는 간호사나 요양보호사들은 이런 스트레스에 어떻게 대처할까? 이들도 항상 환자들에게 그렇게 시달리고 힘들어하지만, 정작 환자들에게 보호자들과는 다르게 화를 내지 않는다. 환자를 대하는 태도에 대해 항상 교육을 받는 것도 이유가 되겠지만, 그보다는 환자를 돌보는 시간이 정해져 있는 것이 그 이유가 아닐까 생각된다. 반면 가정에서 치매 환자를 돌보는 경우에는 보호자가 거의 24시간 환자 옆에서 생활하게 된다. 그렇다 보니 간병하는 사람의 사생활은 거의 없어지고 자기 삶의 존재 이유는 오로지 아픈 환자로만 한정되게 된다. 이렇게 긴 시간 간병을 하다보면 우울증이 생기는 경우도 많고, 힘들고 지쳐서 환자를 오히려 구박하는 일이 생기기도 하는 것이다.

병원에서는 3교대 혹은 2교대 근무를 하면서 환자를 보는 시간이 한정되어 있기 때문에 한정된 시간에만 집중할 수 있어 오히려 환자로부터 이런 스트레스를 덜 받을 수 있는 것이다. 만약 매일 24시간 환자를 대하게 되면 환자에게 지쳐 버리게 되어, 아무리 전문가라고 해도 쉽지 않은 일이 되어버리고 만다. 즉, 중요한 점은 환자 돌보는 것을 벗어나 충분한 휴식을 취할 여유가 있어야 한다는 점이다. 이런 여유가 있어야만 비로소 지속가능한 간병이 가능해진다. '긴 병에 효자 없다.' 라는 말이 의미하는 바가 바로 이런 휴식 없는 간병이 가져다주는 위험성이라고 하겠다.

일주일에 최소 하루 내지 이틀 정도는 환자 간병을 하지 않고 자기 개인적인 일상을 챙길 수 있는 여유가 있어야 한다. 휴식 없이 계속 환자를 돌보다 보면 마음의 여유가 점차 없어지게 되어 종국에는 극단적인 선택을 하는 경우도 생기기도 한다. 그래서 가정에서 간호할 때는 최선의 돌봄보다는 '지속가능한 돌봄'을 목표로 하는 것이 중요하다. 최선을 다하는 것은 아름다운 일이지만, 그 대가로 자신의 몸과 마음이 병들고 자신의 삶이 망가져서는 안 된다. 그러므로 내가 할 수 있는 일과 할 수 없는 일을 어느 정도 구분해서 간병을 하여야 한다. 완벽한 돌봄이 아니라 내가 할 수 있는 간병을 해야 하는 것이다.

가족 중에 아픈 사람을 간병하다 보면 때로는 간병하는 사람이 더 많이 힘들기도 하지만, 또한 아픈 사람 간병에만 신경을 쓰다 보니 정작 다른 식구들은 돌봄이 부족해서 문제가 생기기도 한다. 즉, 환자만 생각할 것이 아니라 바로 자기 자신과 다른 가족들도 돌봄이 필요한 사람이라는 것을 명심해야 한다. 자칫 이런 관심이 부족해서 환자보다도 다른 가족들이 더 어려운 상황으로 변할 수도 있다. 환자도 중요하지만, 함께 살아가는 다른 가족들도 그에 못지않은 관심과 배려가 필요하다는 잊어서는 안 된다. 특히나 어린 자녀들을 키우는 경우 돌봄이 줄어들 경우에 아이들이 관심을 받기 위해서 여러 가지 이상 행동을 할 수도 있고 혹은 자녀들이 나타내는 여러 증상을 제대로 인지하지 못해 큰 질병으로 발전할 수도 있다.

치매 환자 한 명이 입원을 했는데, 보호자 행동이 좀 이상하다는 병동 간호사들의 보고가 들어왔다. 보호자가 와서 입원 수속을 밟자마자 바로 급하게 귀가했다는 것이다. 혹 환자 상태나 다른 부분에 문제가 있는지 궁금해서 보호자인 며느리와 통화를 해보았다. 치매를 앓고 있는 시어머니를 몇 년간이나 정성으로 모셨다고 한다. 그런데 해가 갈수록 치매 증상이 심해지면서 이 며느리는 아주 많은 고생을 겪게 되었다고 한다. 치매의 전형적인 증상 중의 하나인, 며느리가 밥도 주지 않는다거나 자신의 패물을 훔쳐 갔다고 다른 가족들에게 이야기하고, 대소변을 점점 가리지 못하면서도 며느리에게 집착하면서 꼼짝도 못 하게 했다고 한다. 종일 치매 시어머니와 함께 지내는 생활을 몇 년간이나 지속하면서 며느리는 이제는 시어머니 얼굴도 보기 싫다고 했다. 간병에 얼마나 지쳤는지, 다른 가족들의 동의를 얻어 우리 병원에 입원시킨 이후 며느리는 면회도 오지 않았다. 치매 환자를 돌보는 전문가라고 할 수 있는 우리가 볼 때 충분히 이해가 가는 일이었다. 아직 우리 사회에서 간병은 주로 여성들의 몫으로 남아있다. 딸이 맡아도 힘든 일을 며느리가 맡아서 몇 년간이나 그렇게 힘들게 일을 했으니, 정이 떨어질 만도 할법한 일이었다. 자식들이 직접 맡아서 하는데도 힘들어 부모와 함께 극단적인 선택을 하는 일이 생기는 게 현실이다.

이렇게 비극적인 결론으로 이어지지 않으려면 평상시에 충분한 휴식을 가져야 한다는 점을 잊어서는 안 된다. 간병하는 이에게는 환자만큼이나 더 치료와 휴식이 필요한 경우가 많다. 그만큼 간병이 육체적으로 힘들기도 할 뿐 아니라, 많은 정신적인 스트레스를 안겨주기도 하기 때문이다. 정기적인 휴식을 취하기 위해서는 외부의 도움을 얻을 수 있어야 한다. 가족 중에서 일주일에 하루 이틀이라도 간병을 해줄 사람이 있으면 제일 좋겠지만, 핵가족화하는 현 시대적 상황에서 그런 지원을 해줄 수 있는 경우는 드물 것이다. 그렇다면 남은 것은 사회적으로 제도화된 도움을 얻는 것이다.

4. 외부의 도움을 충분히 얻어야 한다.

현재 우리나라에서는 '노인장기요양보험' 이 건강보험과는 별개로 운영 중이다. 급여를 받는 직장인들의 급여 공제 사항에 보면, 노인장기요양보험이라고 하는 공제 항목이 별개로 존재하고 있다. 장기요양보험은 국민건강보험과는 별개로 운영되지만, 국민건강보험공단에서 건강보험과 일원화해서 운영하고 있다. 건강보험 가입자들이 건강보험과는 별도로 건강보험액의 6.55%(2015년도 기준)을 보험료로 납부하고 있다.

장기요양보험의 대상자는 건강보험 가입자면 누구나 다 가능한 것이지만, 장기요양급여를 받기 위해서는 일정한 조사를 받고 그 자격이 인정되어야 가능하다. 장기요양 인정을 받기 위해서는, 공단에 '장기요양 인정신청'을 해서 사회복지사나 간호사 등의 공단 직원이 직접 방문하는 '인정 조사'를 받은 뒤에 등급판정 위원회의 '등급 판정'을 받아야 한다. 장기요양 등급은 아래와 같다.

장기요양 등급	심신의 기능상태
1등급	심신의 기능상태 장애로 일상생활에서 전적으로 다른 사람의 도움이 필요한 자로서 장기요양인정 점수가 95점 이상인 자
2등급	심신의 기능상태 장애로 일상생활에서 상당 부분 다른 사람의 도움이 필요한 자로서 장기요양인정 점수가 75점 이상 95점 미만인 자

3등급	심신의 기능상태 장애로 일상생활에서 부분적으로 다른 사람의 도움이 필요한 자로서 장기요양인정 점수가 60점 이상 75점 미만인 자
4등급	심신의 기능상태 장애로 일상생활에서 일정 부분 다른 사람의 도움이 필요한 자로서 장기요양인정 점수가 51점 이상 60점 미만인 자
5등급	치매환자로서(노인장기요양보험법 시행령 제2조에 따른 노인성 질병으로 한정) 장기요양인정 점수가 45점 이상 51점 미만인 자

장기요양 등급을 받게 되면, 장기요양시설의 이용 시에 각 등급에 따라서 혜택을 받게 된다. 장기요양 1, 2, 3등급을 받게 되면 재가 급여 사용 시에는 급여비용의 15%, 시설 급여를 사용 시에는 20%의 본인부담금을 부담하면 나머지 비용은 장기요양보험에서 부담하게 된다. 이에 따라 대략 식대를 포함한 전체 비용을 생각하면, 요양원과 같은 시설에 1개월 입소 시 본인부담금은 50만 원~70만 원 정도가 된다고 할 수 있다. 간혹 이런 본인부담금이 주위 시설에 비해 괴하게 저렴한 경우도 있는데, 식사나 간병에 문제가 있는 경우가 있으니 무조건 저렴한 시설을 찾기보다는, 시설이나 환경, 직원, 식사의 질 등을 종합적으로 살펴보는 게 필요하다. 지금 장기요양보험의 가장 큰 문제점은 이런 시설이나 재가 급여가 가능한 장기요양 등급을 받는 것이 중증의 환자들에게만 사실상 가능하다는 것이다. 이 때문에 사실은 질병 초기에 많은 도움이 필요한 환자나 보호자들이 장기요양보험의 도움을 받지 못하는 경우가 생기고 있어 제도적 보완이 급하다. 특히나 치매 초기 환자들은 이런 제도적 도움에 대한 필요성은 많으나, 실제 장기요양 등급을 받기가 쉽지 않을 때가 많다.

재가 급여는 재가노인복지 시설이나 방문요양, 주야간보호서비스, 단기보호서비스, 방문목욕서비스 등으로 구성되어 있는데, 시설 입소를 원하지 않는 경우에는 단기 보호를 받거나 집으로 와서 도와주는 방문요양 등의 서비스를 받게 된다. 재가 급여를 받게 되면 보호사가 직접 집으로 와서 목욕도 도와주고 여러 재가 서비스를 해주어서 입원이나 입소를 원치 않는 경우 많은 도움이 된다.

노인장기요양보험과 건강보험은 서로 다른 영역에 속해 있다. 그 때문에 요양원은 장기요양보험의 급여를 받는 것이 가능하지만, 요양병원은 건강보험에 속해 있어 장기요양보험의 등급과는 관계가 없어 등급과는 무관한 게 본인부담금이 책정된다. 간혹 장기요양등급을 받으신 분들이 요양병원에 와서 진료비를 더 싸게 해달라고 말씀하시는 경우가 있지만, 요양원과 요양병원은 장기요양보험과 건강보험으로 분리되어 있어 서로 다른 급여를 받게 되는 것이 현실이다.

장기요양보험이 특히 치매 초기 환자들에게는 도움이 되지 못한다는 점을 의식해서 만들어진 것이 5등급, 이른바 치매특별등급이라고 한다. 이 5등급을 받게 되면, 방문요양 서비스나 주야간보호 서비스를 받을 수 있게 되었다. 치매특별등급인 5등급에서는 다른 등급에서 시행하는 방문요양의 정서 및 가사지원 서비스(빨래, 식사준비 등등)는 받을 수 없지만, 대신 치매 환자를 특정한 시간 동안은 장기요양기관에서 보호하면서 신체 활동 지원과 심신 기능의 유지 및 향상을 위한 교육, 훈련 등을 제공하는 주야간보호서비스를 받을 수 있다. 이런 서비스는 아직 모자란 점이 많기는 하지만, 급한 일이 있을 때나 개인적인 업무를 위해서 시간이 필요할 때, 충분히 도움을 받을 수 있으므로 이런 서비스를 평상시에 충분히 알아보고 미리 신청을 해두는 것이 좋다.

혼자서 긴 시간을 치매 환자와 둘이서만 지내는 것은 보호자나 환자 모두에게 부정적인 결과로 이어지는 경우도 많이 있으므로, 환자는 다양한 자극과 기억력 회복 등을 위한 프로그램 유지를 위해서, 보호자는 개인적인 시간과 휴식을 위해서 이런 다양한 서비스를 이용하는 것이 좋다. 또한, 집 근처의 사회복지관 등에 도움을 청하게 되면, 이런 등급을 받지 못했을 경우에도 때에 따라서는 자원봉사자의 도움을 얻을 수도 있으므로 혼자서 모든 것을 다 해결하겠다는 생각을 버리고 주위의 다양한 사람들에게 도움을 요청하는 것이 환자와 보호자 모두를 위해서도 도움이 될 것이라 생각된다.

5. 환자와 질병의 특성에 맞추어서 간병하여야 한다.

지금까지 치매의 특성에 대해 많은 얘기를 했지만, 결국은 사람마다 모두 다른 특성을 가진 것이 치매이기도 하다. 다른 질병도 마찬가지겠지만, 사람의 얼굴이 똑같은 사람이 없는 것처럼 각 질병에 대해서 제각기 다른 반응을 하는 것이 또한 사람이기도 하다. 치매도 마찬가지여서 기억력 상실이 나타난다고 해서 비슷한 방향으로 나타나는 것만은 아니다. 사람마다 각기 살아온 인생의 궤적이 다른 만큼 치매라는 질병의 양상이 드러내는 현실 또한 다르다. 똑같은 치매라고 해도 어떤 사람은 기억력 상실이 심하게 나타나면서 배회나 망상 등의 부가 증상이 심하게 나타나는 경우도 있고, 어떤 치매 환자는 별다른 부수적인 증상이 없어 간병하는 사람을 편하게 해주기도 한다.

그러므로 질병의 진행 상황에 따라서 간병하는 방법도 달라져야 한다. 초기 단계의 치매에서는 환자는 기억력 상실과 의사소통의 불편함을 느끼게 된다. 그러므로 이런 부분에 대해 환자와 함께 그 방법을 충분히 고민해보아야 한다. 그리고 초기 단계에서는 약물의 사용으로 병의 진행을 늦출 수 있으므로 충분한 진료를 받도록 정기적인 의료 계획을 만드는 것도 중요하다. 그리고 병이 더 진행되기 전에 미리 해두어야 할 일들에 대해 환자와 논의를 하는 것도 좋다. 예를 들면, 유언장의 작성이나 위임장 또는 재정적인 문제에 대한 후견인 선정, 그리고 장례와 관련한 사항 등을 환자의 판단이 가능할 때 미리 정해두는 것이 좋을 것이다. 물론 이런 법적인 서류들은 본디 환자의 의식이 어느 정도 흐려진 뒤에 받는 것이 맞겠지만, 정작 정신이 흐려진 뒤에는 환자 자신의 의지보다는 간병인이나 주위에 있는 사람들의 의지를 따르는 경우가 많으므로 미리 작성해두는 것이 좋을 것이다. 이런 경제적, 법적인 문제가 제대로 정리되지 않아서 가족들 간의 분쟁으로 발전하는 경우도 종종 있는 편이다. 제대로 된 판단을 하기 어려운 치매 환자에게 고가의 물건을 판매하여 생기는 분쟁도 자주 있으니 미리 법적인 조치를 취해두는 것이 좋다.

치매 중기에서는 환자의 기억력 손상이 많이 진행되어 일상생활이 점차 어려워지기 시작한다. 환자의 진행 정도에 맞추어서 주거 환경 및 돌봄을 점차 바꾸어야 하는데, 무엇보다 안전에 신경을 쓰기 시작해야 하는 시기이다. 그리고 환자의 판단력에 문제가 생기기 시작하므로 경제적 법적인 판단에도 주의를 기울여야 한다. 하지만, 그렇다고 해서 모든 사회적 활동을 그만두게 하는 것은 좋지 않다. 참여 가능한 다양한 사회적 활동에는 되도록 빠지지 않는 것이 치매의 진행을 늦추는 데도 도움이 된다. 물론 그런 활동을 하기 위해서는 간병인의 노력이 더 많이 필요하게 됨은 물론이다. 이 시기부터는 간병을 하는 상황에 따라서 요양병원이나 요양원 등의 시설 입소를 계획하고 준비하여야 한다. 간병을 하면서 하기 힘든 부분에 대해서는 주간보호센터나 재가 서비스 등의 외부 지원도 적극적으로 알아보는 것이 좋다.

치매 말기가 되면 환자는 일상생활이 거의 힘들어진다. 그러므로 간병인은 환자가 생명을 유지할 수 있도록 모든 일상생활을 대신해주어야 한다. 그러다 보니 간병인도 많은 피로와 스트레스를 겪지만, 환자 자신도 충분한 돌봄이 모자라 힘든 상황에 부닥치는 경우가 많다. 요양병원이나 요양원 같은 시설로 입소하는 것도 좋은 방법이 된다. 시설에 입소한다고 해서 가족과의 관계가 단절되는 것은 아니며, 오히려 더 나은 시설과 전문적인 돌봄 서비스를 통해 환자의 삶의 질이 높아지고 간병인의 부담도 덜어진다고 보아야 할 것이다. 시설 입소 후에는 자책감을 가지지 말고 환자와의 좋았던 추억 등을 되새기면서 잘한 일에 대해 스스로 칭찬하고 못 했던 일에 대해서는 용서해주는 마음을 가지도록 해야 한다. 환자를 돌보면서 스스로에 대해 모자라다고 생각한 점에 대해서는 그것이 자신의 잘못이라기보다는 한계였음을 인정하고 이로부터 배워서 자신의 삶이 더 나아지는 계기가 되도록 노력하는 자세를 갖추도록 한다. 치매 환자를 간병하는 일이 쉽지 않은 일이었으며, 그런 일들을 그동안 열심히 수고했다는 마음을 가지도록 하자.

6. 간병의 시간이 자신의 인생에 도움이 되도록 하자.

우리 병원에서 사회복지 실습을 하러 오신 분과 잠시 얘기를 나눈 적이 있다. 알고 보니 치매를 앓는 시어머니를 오랫동안 간병을 해오셨다고 한다. 그러면서 너무 힘들기도 하다 보니 시어머니가 돌아가시고 나서는 해방감 같은 느낌도 들었다고 한다. 그런데 시간이 좀 더 지나고 나자 간병을 하면서 제대로 대처하지 못하고 어려워했던 것들이 생각이 나면서 좀 더 공부를 해보고 싶다는 결심을 하게 되었다고 한다. 그래서 요양병원 등에서 자원봉사를 하면서 사회복지사 자격증까지 준비하게 되었다는 것이다. 친엄마를 간병하는 것도 쉽지 않은 것이 치매 간병인데 또다시 이런 간병을 자원봉사로 하고 좀 더 공부까지 하게 되는 이유는 무엇일까?

우리는 치매 환자를 돌보는 사람과 치매 환자 사이에 일어나는 상호작용을 무시하는 경우가 많다. 치매 환자를 돌보는 돌봄을 간병인이 일방적으로 환자에게 보내는 것으로만 생각하는 것이다. 하지만 우리 병원의 요양보호사에게, 체격도 크고 돌봄 서비스가 많이 필요한 대신 상냥하고 쾌활한 환자와 가볍고 손도 가지 않는 환자이지만 무뚝뚝하고 퉁명스러운 환자 가운데 누가 더 일하기 편한지를 물어보면 백이면 백 모두 앞의 환자가 더 편하다고 이야기한다. 즉 아무리 치매 환자라고 하더라도 서로 간의 상호작용과 이를 통한 공감이 발생하는 것이 바로 돌봄인 것이다. 아무것도 못하고 누워만 있는 것 같은 환자라 할지라도 주위의 환자 직원들과 소통하고 공감할 수 있는 것이 바로 인간인 것이다.

환자와의 소통과 공감이 긍정적인 것이든 부정적인 것이든 우리는 그 경험으로부터 무엇인가를 배우고 느끼게 된다. '같은 물이라도 뱀이 먹으면 독이 되고, 소가 먹으면 젖이 된다.' 라는 속담처럼 치매 환자를 돌본다는 같은 경험을 하지만, 사람이 그로부터 얻는 것은 제각기 다 다를 수밖에 없다. 이제는 기억이 많이 사라져서 누가 누구인지도 잘 모르지만 그래도 밝은 얼굴로 인사를 하면, 웃으며 대답하는 할머니 할아버지를 보면 사람이 산다는 것은 별다른 것이 없는 것 같다.

치매 환자를 옆에서 지켜보다 보면 행복은 별다른 것이 아니다. 그저 지금 즐거운 마음으로 재미있게 생활하면 그게 바로 행복인 것이다. 중증 치매 환자는 무엇을 먹었는지, 무엇을 했는지 조금만 지나면 금방 잊어버린다. 하지만, 머리에서 잊어버렸다고 해서 그 경험 자체가 사라진 것은 아니다. 중증 치매 환자들은 텔레비전에서 가요 프로그램을 보면서 함께 노래를 따라 부르다가, 다른 채널로 돌리면 그 즉시 노래를 불렀다는 기억을 잊어버린다. 하지만, 노래를 부르는 게 즐거웠던 할머니 할아버지는 그날 하루 동안 콧노래로 그 노래들을 흥얼거리면서 즐거운 마음으로 보내게 된다. 노래를 불렀다는 기억은 사라졌지만, 노래의 경험은 내 몸에 각인된 것이다. 행복이란 바로 이런 것처럼, 기억 속에서는 사라지지만 내 몸 안에 기억된 것이 아닐까? 아이와 놀아주며 즐겁게 보낸 시간은 이제 기억에 남아 있지 않지만, 그런 기억들이 몸에 새겨져 있기 때문에 아이를 보면 행복한 마음이 들 수 있는 것이다. 구체적으로 기억하는 일들이 없어도 치매 환자들과 교감을 나눌 수 있는 것은 이런 몸의 기억들이 살아 있기 때문이다. 무슨 과일을 즐겨 드시는지는 스스로 모르지만, 몸은 그런 답을 보여주고 있기 때문에 세심한 요양보호사들이나 보호자들은 그 반응을 느낄 수 있는 것이다. 좋아하는 과일을 먹었을 때의 그 행복한 표정을 보면 말 없는 환자들과의 교감이 그리 어려운 것만은 아니다는 생각이 든다. 이렇게 몸의 기억을 읽을 수 있을 때, 옆에서 간병하는 사람은 이제 말할 수 없는 사람들의 언어를 이해하고 이를 다른 사람에게 번역해줄 수도 있게 된다. 이게 바로 중증 치매 환자와의 소통이고 공감이 된다.

계속 이야기하는 말이지만, 치매 환자를 돌보기는 쉽지 않은 일이다. 그런 어려움으로부터 얻을 수 있는 것은 무엇일까? '나를 죽이지 못한 것은 나를 강하게 만든다.' 니체가 남긴 명언으로, 아무리 힘들어도 그것을 이겨내면 어려웠던 경험은 오히려 나의 삶을 풍부하게 만들어주는 것이 된다는 의미이다. 치매 환자를 돌보는 경험이 어렵지만, 그것으로부터 배운다는 마음으로 대한다면, 간병이라는 것을 책이나 강의를 통해서 배우는 것보다 훨씬 더 깊은 경험을 얻게 될 것이다. 앞에서 이야기한 것과 같이 시어머니를 간병한 그 어려운 경험 뒤에 또다시 호스피스 자원봉사나 치매 환자 자원봉사를 하는 것은 바로 이런 경험으로부터 배운 통찰이 있기 때문이다. 좋은 바람을 만나서 순탄하게 항해를 하는 배의 항해사보다는, 거친 바람을 맞으면서 역경을 순경으로 만드는 항해를 배운 항해사가 더 많은 경험을 쌓게 되는 것은 당연한 것이다. 누구나 평안하고 행복한 삶을 꿈꾸지만 어려운 역경의 상황을 맞게 되었을 때 좌절하고 포기할 것지, 아니면 이 어려운 상황에서도 꿈과 희망을 잃지 않고 자신의 인생을 풍성하고 다양하게 만들어 줄 기회로 생각할 것인지에 따라 그 대응은 많이 다를 수밖에 없을 것이다.

치매 환자를 가정에서 돌보는 많은 가족과 배우자들에게 드리는 마지막 조언은, 다름 아닌 이런 간병의 경험으로부터 무엇을 배울 것인지, 이를 통해 나의 인생이 어떻게 바뀌어 나갈 것인지를 스스로 고민하고 결정해서 행동하라는 것이다. 어렵고 힘든 일이 분명하지만, 긍정적이고 도전적인 자세로 어려움을 이겨나갈 수 있기를 진심으로 기원한다.

요양병원의 하루

병원은 다양한 직종의 직원들이 저마다 자신의 역할을 맡고 있으며 제각기 다른 시간대에 근무하면서 생활한다. 우리 병원을 비롯한 대부분의 요양병원에는 기본적으로 의사, 한의사, 간호사, 간호조무사, 요양보호사, 조리사, 영양사, 사회복지사, 의무기록사, 방사선사, 시설과 직원, 환경미화원, 약사, 물리치료사, 원무과 직원 등의 직종이 근무하고 있다. 각자 맡은 업무가 차이가 다르기 때문에 서로 간섭할 수 없는 일들도 많지만, 또 병원 업무는 각 직종의 협력이 없으면 안 되는 일이기 때문에 함께 힘을 합쳐서 하는 일들도 많다. 이런 병원의 업무는 새벽부터 시작해서 자정이 넘어서도 끝나지 않고 항상 계속되는 일이기도 하다.

1. 간호사

병원 직원 중 제일 수가 많은 간호사는 주로 교대 근무가 많다. 아침 7시가 되면 주간 근무조(Day)가 출근하면서 당직 근무조(Night)와 근무 교대를 한다. 근무 인수인계는 병동에서 일어난 모든 일에 대해서 시시콜콜히 전 근무조와 다음 근무조가 인수인계를 주고받는다. 가끔 이 인수인계의 현장을 보고 있으면 병동에서 정말 많은 일이 있다는 것을 알게 된다. 누구 할머니는 오늘 보호자가 오셨는데 주신 과일을 먹고 나서부터 배가 아프다고 한다, 어느 할아버지와 할머니가 서로 싸웠다, 어느 환자는 어디가 아파서 무슨 약을 투여했는데 그 후로 조금씩 안정을 찾아가는 중이지만 신경 써야 한다, 어느 할아버지는 열이 나서 아이스팩을 하고 있다, 새로 입원한 누구누구 환자는 야간에 배회 행동을 한다고 보호자가 얘기했으니 주의해서 관찰해야 한다 등등 자신의 근무 시간에 발생한 일들에 대해서, 그리고 환자와 관련한 주의사항이나 특정 처치 등에 대해 숙지를 하는 시간이 바로 인수인계 시간이다. 그러다 보니 이 인수인계하는 시간도 제법 걸린다. 하지만, 그만큼 중요한 부분이기 때문에 간호사들은 다들 신경 써서 인수인계를 하게 된다. 이렇게 철저하게 환자에 대한 사항을 인수인계하고 있기 때문에 자기가 근무하기 전에 있었던 일에 대해서도 충분히 숙지하고 대처 할 수 있게 된다. 저녁 근무조는 오후 2~3시경에 출근해서 저녁 10시경에 근무교대를 하고 퇴근한다. 야간 당직 근무조는 저녁 10시부터 근무를 시작해서 다음 날 아침 7시까지 야간 당직 근무를 하는 것이 간호사들의 일상적인 교대 근무이다.

병원은 의료법에 따라서 엄격한 규제가 여러 부분에서 적용되는 곳이다. 의료법에서는 간호사의 수도 규정하고 있는데, 요양병원은 환자 4.5명당 간호사 혹은 간호조무사가 1명 이상 근무해야 한다. 이런 의료법과는 별도로 또한 간호사의 수에 따른 등급제가 있어서 1등급 요양병원이 되기 위해서는 간호사의 수가 환자 명당 명 이상 확보해야 한다. 물론 이 인원들은 대부분 교대 근무를 하고 있어 동일한 시간에 모두 근무하는 것은 아니기 때문에 많아 보이지는 않을 뿐이지 모두 다 합치면 정말 많은 수의 인원이 근무하고 있다. 대부분 요양병원에서는 인력을 법적인 기준에 맞추어서 운영하고 있지만, 일부에서는 간혹 이런 등급을 낮게 유지하면서 운영비를 낮추는 것으로 병원을 경영하는 경우도 가끔 있으니 주의해서 살펴보아야 한다.

병동은 일반적으로 수간호사가 그 책임을 맡고 있으면서 운영한다. 병동에서 일어나는 환자와 관련한 모든 일은 그 병동의 수간호사가 파악하고 해결하는 것이 원칙이다. 그래서 병동에서 생기는 일들은 모두 수간호사에게 보고가 된다. 예를 들면 어느 환자 보호자가 면회를 왔다가 간호사에게 이러이러한 점을 물어보았는데 만족하지 못한 눈치가 있었다고 보고가 되면, 수간호사는 보호자에게 전화해서 혹 모자란 점이 있지는 않는지 확인을 한다. 또, 환자의 상태에 변화가 있으면 이를 보고 주치의에게 연락해서 진료를 받게 할 것인지도 결정하는 것이 수간호사의 역할이기도 하다. 그리고 수간호사는 이런 병동의 상황들을 간호 부장에게 매일 오후에 보고한다. 그리고 간호 부장에게 모인 병동의 정보는 진료시간이 마치기 전에 병원장 및 그날 당직 의사에게 보고된다. 이런 과정을 거치면서 병동의 정보는 의료진이 함께 공유하게 된다. 당직 의사가 병동의 모든 환자의 정보를 다 알고 있는 것은 아니지만, 이런 식의 보고 체계를 통해서 각 병동에서 주의해야 할 부분들에 대해 숙지하게 됨으로써 응급 상황 발생 시 안전하고 충분하게 대처하는 것이 가능하게 된다.

2. 요양보호사

요양보호사는 환자들의 일상생활을 보조하는 역할을 담당하고 있다. 급성기 병원에서는 간병인이라고 하는 사람들이 환자의 병원 생활을 도와주고 있지만, 요양병원에서는 요양보호사라는 자격증을 가진 사람이 환자의 병원 생활을 보조하고 있다. 요양보호사는 간병인과는 달리 국가공인 자격증이 따로 있으며, 주로 요양병원과 같은 노인의료시설이나 재가노인복지시설 등에서 일하고 있다. 또한, 요양보호사는 주로 만성질환자들의 청결 유지, 식사 및 복약 보조, 운동과 배변을 도우며 환자에 대한 정서적 지원 및 환경 관리, 일상생활 지원을 그 고유한 업무로 하고 있다.

중증 치매와 같은 만성 질환자들의 식사를 수발하고 기저귀를 교체하는 등의 일들은 쉽게 할 수 있는 일이 아니다. 계속 누워 있는 환자들의 경우에는 욕창이 생기지 않도록 계속 자세를 바꾸어 주어야 하는데, 여성이 무거운 환자를 옮기는 것은 요령이 있다고 해도 무척이나 힘든 일이다. 게다가 근무는 2교대로 이루어지는 등, 일은 힘들다 보니 요양보호사들은 변동이 심한 경우가 많다. 이런 힘든 일을 감당하기 위해서는 무엇보다 직업에 대한 자부심과 소명의식을 지녀야 한다.

병원에 입원하고 있는 환자를 면회하러 오는 보호자들 입장에서는, 당연히 환자들의 상대에 대헤 궁금한 점도 많고 걱정되는 점도 있을 수밖에 없다. '우리 엄마 기저귀를 빨리 치워주었으면 좋겠는데…' 혹은 '아버지가 식사를 못 드셨다고 얘기하더라고요.' 등등 환자들의 얘기만 듣고 요양보호사가 환자를 방치 혹은 학대한다고 오해하는 경우도 실제로 있다. 물론 이런 오해는 치매를 앓고 있는 환자의 망상이나 기억력 상실로 인한 경우이며, 실제 요양보호사가 환자를 방치하는 사건은 정상적인 병원에서는 일어날 수도, 일어나서도 안 되는 일이다.

문제는 이런 환자의 망상과 기억력 상실을 보호자들은 진실로 생각하고 요양보호사에게 그 책임을 묻기도 한다는 점이다. 앞에서도 이야기한 바와 같이 치매 환자의 이런 증상들은 그만큼 요양보호사가 환자와 밀접한 관계에 있다는 것을 반증해주는 것이기도 하다. 그만큼 친밀하기 때문에 치매 환자들은 이런 친밀함을 잃는 것에 대한 불안감을 표현하는 방법으로, 이러한 망상과 환청 등을 호소하기도 하는 것이다. 이런 오해들은 보호자들이 충분한 시간 동안 병원을 믿고 환자와 요양보호사를 자주 접하게 되면 이런 오해는 그리 어렵지 않게 해결되는 것이기도 하다. 그런데, 보호자들은 의외로 자신이 맡기고 있는 환자들의 상태에 대해 모르는 경우도 많다. 치매 증상은 거의 없다고 믿고 있지만 실제로는 중증 치매에 해당하는 경우도 많고, 건강에는 문제가 없다고 생각하지만 실제로는 중증에 가까운 경우도 자주 있다. 이는 가정에서 환자가 대하는 것들은 모두가 익숙하고 능숙한 것인데 반해, 병원은 낯설고 생소하기 때문에 환자의 상태가 오히려 정확하게 드러나서 판단할 수 있기 때문이다. 그리고 입원하고 나면 처음에는 낯선 환경에 적응이 잘 안 되기 때문에 여러 부수적인 증상들이 나타나는 경우가 많다. 하지만, 익숙해지고 나면 이제는 오히려 집에서 생활하는 것이 더 힘들고 불편하다는 것을 알고 외출이나 외박 시 오히려 빠른 귀원을 호소하기도 한다.

요양보호사들은 중증 환자들을 돌보는 최일선에서 일하는 사람들이다. 그리고 힘든 일과 과중한 근무시간까지 쉽지 않은 일을 해나가고 있는 것이 현실이기도 하다. 아직 간병비가 건강보험에서 급여화되지 않았기 때문에 환자들의 부담도 큰 것이 사실이다. 요양병원을 경영하고 있는 입장에서 앞으로의 과제라면, 이런 간병비가 빨리 제도적으로 정착되어서 건강보험에서 지원을 하게 되어 환자들의 부담도 줄어들고 요양보호사들의 근무조건도 훨씬 나아졌으면 하는 것이다. 환자와 보호자에게 진료비보다도 더 큰 부담이 되는 것이 바로 이 간병비이다. 간병은 24시간 비울 수 없는 데다가, 급성기 병원에서는 개인 간병을 하기 때문에 보통 직장인들보다 더 큰 부담이 되기도 한다.

그나마 요양병원에서는 공동간병을 하므로 이런 부담이 덜 하다고 해도 그래도 보호자에게 많은 부담이 되는 것이 사실이다.

3. 사회복지사

우리 병원에서 제일 바쁜 사람 중의 한 명이 바로 사회복지사가 아닐까 싶다. 일반 보호자들은 요양병원에서 사회복지사가 하는 일이 무엇일지 짐작이 어렵겠지만, 사회복지사의 주요한 업무는 무엇보다 환자들의 고충과 민원을 처리하는 것이다. 환자들은 각자의 상황에서 많은 요구와 필요들을 가지고 있는데, 의료적인 민원부터 시작해서 경제적인 요구까지 많은 부분을 함께 고민해주고 해결 방법을 함께 고민하는 것이 바로 사회복지사의 역할인 것이다. 예를 들면, 진료비 부담을 느끼는 환자들에게 혹 진료비 경감을 받을 방법이 있는지를 찾아보거나 정부 후원을 받을 수 있는지 고민하기도 한다. 또한, 장애를 가진 환자의 경우에는 일상생활을 도와줄 수 있는 보조기구가 있는지를 알아보는 것도 사회복지사의 일이기도 하다. 그리고, 환자들이 병원 생활에서 느끼는 여러 불편함을 제일 일선에서 해결할 수 있도록 노력하는 직책이기도 하다.

그뿐만 아니라, 병원에서 봉사하는 자원봉사자들을 배치하고 교육하는 것도 사회복지사의 주요한 업무이다. 병원에는 다양한 직종의 많은 분께서 자원봉사에 참여해주시고 계신다. 이런 자원 봉사자들 덕분에 많은 환자분들께서 다양하고 좋은 경험을 하실 수 있으니 정말 고마운 일이다. 우리 병원 같은 경우에는, 노인 환자분들의 생신 잔치를 책임져주는 '색소폰 공연단', 한 달에 한 번 정도 멋진 노래와 춤 공연을 해주시는 '악단 공연', 그리고 웃음 치료를 해주는 '웃음 치료 프로그램', 사회복지사 실습을 위한 실습생들, 환자분들의 머리를 단정하게 해주시는 '이·미용 봉사' 그리고 외로운 환자분들과 대화를 나누는 봉사를 담당하는 학생들, 병원 주위의 어려운 이웃들을 위한 '사랑의 도시락 봉사' 등등 병원과 관계없는 많은 분이 봉사를 위해 병원을 찾는데, 이분들을 담당해서 관리하는 것도 모두 바로 사회복지사이다. 그러다 보니 우리 병원의 사회복지사는 항상 여기저기 다니면서 사람들을 만나는 게 주 업무라고 말할 정도이다. 또한, 목욕 시간이 되면 우리 병원의 사회복지사는 헤어드라이기를 들고 목욕이 끝난 환자분들의 머리와 몸을 따뜻하게 말려주는 역할도 하고 있다. 그리고 이런 시간을 통해 목욕이나 일상생활 가운데 생긴 섭섭하거나 불편한 일들을 파악하고 처리하는 것도 모두 사회복지사의 업무이기도 하다. 목욕이 끝난 뒤 사회복지사 선생님께서 환자와 얘기하고 있는 모습을 보면 존경과 감사를 드리게 된다.

사회복지사가 맡은 일 가운데 또 중요한 것이 환자들을 위한 여러 가지 프로그램이다. 요양 병원의 환자들은 급성기 병원의 환자들에 비하면 아무래도 중증이고 만성적인 경우가 많기 때문에 입원 기간이 길고 행동이 부자연스러운 분들이 많을 수밖에 없다. 급성기 병원에서는 중환자를 제외하면 환자 스스로가 운동을 하거나 면회객들과의 만남 등을 통하여 외부 세계와 지속적인 교류가 있지만, 요양병원은 텔레비전 시청을 제외하면 환자 스스로 할 수 있는 것이 별로 없다.

문제는 이런 비자극적인 일상이 반복되면 환자는 치매를 비롯한 여러 질환의 퇴행적 증상들이 더 심해질 수밖에 없다는 것이다. 그래서 우리 병원을 비롯한 여러 요양병원에서는 환자의 관심과 참여를 유도하는 여러 가지 '환자 참여 프로그램' 들을 운영하고 있다. 이런 프로그램을 통해서 환자들은 일상에서 벗어나는 자극을 받게 되며, 프로그램을 통해 때로는 치료적인 효과까지도 누릴 수 있는 것이다. 그림 그리기, 낱말 맞추기, 볼링, 콩 고르기, 고리 던지기, 윷놀이, 그림 붙이기, 색칠하기, 비석 치기, 영화 관람, 퍼즐 맞추기, 선 긋기, 달력 만들기, 다트 던지기, 간식 만들기 등이 현재 우리 병원에서 하는 프로그램들이다. 프로그램들이 다양하고 많은 것은 모두 환자들의 상태와 나이를 고려해야 하기 때문이다. 똑같은 그림 그리기를 하더라도 중증 치매 환자들은 좀 더 쉬운 그림과 단순한 색깔로 구성되어야 하는 반면, 움직일 수 있는 환자들은 몸을 조금이라도 더 움직일 수 있는 프로그램들에 참여하는 것이 효과적이다. 하지만, 이런 환자 참여프로그램의 성공 여부는 사실 프로그램의 다양성보다는 사회복지사를 비롯한 직원들의 적극성에 달려 있다고 생각한다. 프로그램을 처음 생각할 때부터 어떤 환자가 참여할 것인지가 떠오르고 어떻게 진행되고 어느 부분을 강조할 것인지가 미리 준비되어 있어야 효과적인 프로그램이 가능해지는 것이다. 형식적으로 주어진 프로그램만 수동적으로 진행되는 경우에는 환자들이 먼저 알아차리고 다음 프로그램에 참여하지 않으려 한다.

또한 어떤 환자들에게는 조금 강압적으로 프로그램 참여를 강조하기도 한다. 오랫동안 와상 상태로 지내온 환자들의 경우 어떤 환자 참여 프로그램에도 참여를 거부하고 소극적으로 가만히 있으려고만 하는 경우도 있기 때문이다. 이런 경우에는 환자가 왜 참여를 거부하는지 알아본 뒤 여러 번 자꾸 참여를 권하면서 활동을 권유할 수밖에 없다. 하지만, 아무리 참여를 거부하던 환자의 경우에도 일단 한번 참여해서 재미를 붙이게 되면 그 후에는 권유를 하지 않아도 먼저 참여하려고 하는 경우가 대부분이었다.

활동이 가능한 환자들에게 제일 인기가 많은 프로그램은 간식 만들기 프로그램이었다. 환자와 함께 만든다는 제약이 있기 때문에 칼이나 화기를 이용한 요리는 안전관계상 불가능하지만, 샌드위치나 김밥, 수박 화채, 주먹밥 등과 같이 미리 재료를 준비하면 간단하게 만들 수 있는 것은 어렵지 않다. 영양사들의 도움을 받아서 재료를 준비하고 간호사와 요양보호사가 진행 보조 요원을 맡아서 옆에서 같이 요리를 만들어 가는 프로그램은 환자들의 제일 큰 호응을 받는 프로그램이 되었다. 더욱이 다 함께 만든 요리를 함께 먹는 것으로 이 행사는 마무리되는데, 환자들에게는 이 프로그램이 스스로 무언가를 만들어간다는 자부심과 같이 색다른 자극으로 작용하는 것 같다.

사회복지사의 업무는 재원 중인 환자만 대상으로 되는 것은 아니다. 치매나 만성 질환을 앓는 환자가 가정으로 퇴원하게 되는 경우에는 퇴원 후의 생활에 대한 부분도 같이 고민해주어야 한다. 가정에서 충분히 간병이 가능하겠는지, 혹시 필요한 외부의 도움은 어디서 얻을 것인지, 집안에 환자를 위한 여러 시설이나 장치 설치가 가능하겠는지 등을 같이 고민하고 해결책을 찾아보는 것도 모두 사회복지사의 업무 내용이 된다. 사회복지사의 업무가 과중하고 힘들지만 이런 노고와 배려 덕분에 환자들의 삶의 질이 높아지고 치료의 진행 역시 많은 도움을 받게 되는 것도 사실이다.

요양병원에
입소하는 이유

K할머니는 본인이 직접 요양병원으로 오시겠다고 결심하시고 병원을 고르셔서 입원하신 경우였다. 원래 건강하셨던 이 할머니는 세월이 갈수록 점점 일상생활이 조금씩 힘들어지고 여기저기 아픈 곳이 생겨 의료적인 도움이 필요하다는 것을 느끼시고 자식들에게 병원에 입원하시겠다고 직접 말씀하셨다고 한다. 자식들은 처음에는 좀 반대 의견도 있었지만, 이제 어머니께 의료적인 처치가 상시로 필요하다는 것을 인정하고는 다들 수긍하였다.

K할머니는 병원에서 여러 친구를 새롭게 만드셔서 재밌게 이야기하고 지내고 계신다. 그에 반해 어떤 할머니, 할아버지께서는 자식들이 자신을 요양병원에 강제로 집어넣었다고 생각하시는 경우도 있다. 그래서 집에 가신다고 짐을 싸두시고는 자식들에게 자신을 데리러 오라고 성화를 내는 경우도 있었다. 이런 경우에는 당연히 병원 직원들의 지시나 요구에 잘 따르지 않고 자신은 곧 떠날 사람이니 관계없다는 식으로 생활을 하시고는 한다. 당뇨가 심해서 식사 조절을 해야 하는데도 불구하고 자신이 드시고 싶은 데로 생활하려고 하는 분들도 계신다. 이럴 때는 보호자에게 도움을 요청하고 의료진이나 간호사들이 환자 본인에게 아무리 설득을 해도 안 된다. 결국은 퇴원을 하게 될 수밖에 없으며 간혹 나중에 훨씬 더 악화된 상태로 재입원하는 경우도 있었다. 그만큼 환자 자신이 요양병원에 대해 어떻게 생각하

고 있는지가 정말 중요하다고 하겠다.

자신의 뜻으로 입원했던, 아니면 자신과는 관계없이 보호자들이 요청해서 입원한 경우이던 병원 생활이 항상 뜻에 맞고 편하기만 한 것은 아니다. 아마도 불편한 점도 많고 마음에 들지 않는 점도 많을 것이다. 요양병원에서 지내는 삶이 어찌 항상 만족스러울 수 있을까? 하지만, 그렇다고 해서 병원 밖에서 지내는 삶 역시 또한 마찬가지이다. 거기에서도 항상 만족스러운 삶을 살아가는 것만은 아닌 것은 분명하다. 사람 사는 것은 어디서나 비슷한 면이 많기 때문에 병원이든 어디든 자신이 생활하고 살아가는 환경에 대해 긍정적으로 생각하게 된다면 거기가 바로 고향이고 가정이 될 것이다. K할머니처럼 병원 생활을 긍정적으로 즐기시는 경우가 치료 경과도 좋은 것은 말할 필요가 없을 것이다. K할머니는 몇 개월을 입원하셔서 치료와 요양을 하신 뒤 충분히 건강이 회복되었다는 의료진의 판단이 나오자 다시 집으로 가셨다. 그리고는 다음에 또 건강이 좋지 않으면 오셨다는 인사를 직원들과 나누었다.

과연 요양병원에 입원하게 되면 어떤 좋은 점이 있을까?

1. 영양 섭취의 호전
입원하시는 중증 환자들 가운데는 의외로 영양 섭취문제가 있는 분들이 많다. 특히나 치매 환자들의 경우에는 그러한 영양 불균형이 심각한 경우를 몇 번이나 직접 볼 수 있었다. 아무래도 집에서 간병을 하는 경우, 낮에는 보호자들이 대부분 직장 생활과 학교, 학원 등으로 바쁘다 보니 규칙적인 식사를 제대로 챙기기 힘든 경우가 많았다. 더

구나 영양학적 측면에서 환자에게 어떤 영양소가 더 필요한지를 정확하게 파악하고 준비하기가 힘든 문제도 있다. 이런 영양 문제는 특히 환자 혼자서 생활하거나, 혹은 나이 든 부부만 생활하는 경우에 더 많이 나타났다. 시골에 있는 부모님을 모시고 입원하게 되는 주요한 이유 중의 하나가 바로 연세가 많아지면서 이런 식사 준비가 점차 불가능해지는 경우가 있기 때문이다. 또, 치매가 진행되면 식사를 준비하는데 위험이 증가하기도 하는데, 가스레인지 위에 요리를 하고 있다가 이 사실을 잊어버리는 등 화재의 위험이 나타나기 시작하는 것이다.

중증 치매 환자의 경우에는 입원하고 나면 치매 증상이 심해지는 증상이 나타날 때가 많다. 이는 환경의 변화 때문으로 갑자기 바뀐 환경에 환자가 아직 적응하지 못해서 나타나는 증상이다. 하지만, 반대로 입원 후에 갑자기 증상이 호전되는 경우도 제법 많다. 이런 경우는 대부분 가정에서 생활하시던 경우가 많은데, 주로 영양학적인 문제가 호전되면서 치매 증상도 함께 좋아지는 경우이다. 뇌는 우리 몸에서 무게로는 1%를 차지하지만, 에너지 소비는 전체 몸에서 사용되는 에너지의 20% 정도를 사용한다. 그렇기 때문에 전반적인 몸의 영양 상태가 좋지 못하면 뇌의 기능도 함께 약해지는 결과로 이어지게 된다. 그러한 이유로 가정에서 영양 보충이 장기간 부실하다 보면 치매 증상도 함께 심해지기도 하는 것이다. 그런 상태에 있다가 병원에 입원한 후, 영양학적 고려가 충분한 식사를 규칙적으로 하게 되면 뇌의 기능도 함께 호전되는 것이다. 그래서 입원 후에 갑자기 증상들이 좋아졌다는 말이 많은 경우에는 대부분 이런 영양학적인 특성 때문일 때가 대부분이다.

치매 환자들은 치매 증상이 점차 심해지면서 여러 부수적인 기능들에도 장애가 생기기 시작한다. 대표적인 것이 삼킴 기능인데, 이 삼킴 기능이 약해지게 되면 음식을 잘 삼키지 못하게 되어 여러 문제가 생기게 된다. 이런 상태가 되면 자칫 '흡인성 폐렴'과 같은 질병으로 발전할 수도 있어 주의가 요망된다. 이런 경우에는 식사 수발을 하기도 쉽지 않은 일이어서, 보호자들이 면회를 오면서 가져온 여러 음식 때문에 고생하는 환자들이 많은 것도 모두 이런 삼킴 기능이 약해져서 나타나는 현상이다. 특히나 치매 환자들에게 위험한 음식이 떡이나 빵과 같은 음식이다. 이런 음식들은 되도록 치매 환자에게는 주지 않는 것이 안전에 도움이 되며, 환자가 원해서 주는 경우에도 되도록 병원 직원을 통해서 수발을 드는 것이 좋다.

병원에 입원하게 되면 제일 먼저 하는 일 중의 하나가 바로 환자에 대한 영양 평가이다. 환자에게 혹시 영양학적인 문제가 있는지를 살펴보고 그에 따라 식사 처방이 결정되게 된다. 또한, 영양사들은 처음 입원하는 환자들에게 음식에 대한 호불호와 함께 삼킴 기능의 정도를 보고 식사 준비를 결정한다. 예를 들어서, 어떤 환자는 콩을 싫어하기 때문에 콩이 들어가지 않은 반찬과 식사를 준비하고, 생선의 가시를 미리 발라두어 먹기 편하게 준비를 해둔다. 또한, 알레르기가 있는 음식이나 반찬이 있는지를 확인해서 기록해두는 것은 기본적인 일에 해당한다. 죽으로 식사가 나가는 경우에도 다른 반찬들도 함께 죽처럼 만들 것인지, 아니면 다른 반찬 없이 흰 죽으로만 나갈 것인지도 이런 영양 평가를 통해 의사가 결정하게 된다.

자신의 식사에 대해 스스로 결정할 수 있는 급성기 병원의 환자들과는 다르게 요양병원의 환자들은 적극적으로 음식에 대한 요구사항을 이야기하기 어려운 경우가 많고 또한 다른 간식 등으로 필요한 영양분을 다 채우기가 힘든 경우가 많으므로 최대한 정기적인 식사를 잘할 수 있도록 노력하는 것이 요양병원의 특징이기도 하다. 그러한 노력의 결과로 환자의 상태가 호전되면 요양병원에서 근무하는 직원들의 보람이기도 하다.

2. 친구 만들기

중증의 치매 환자라고 해서 아무런 의식 없이 그저 누워서 있기만 한 것은 아니다. 아무리 중증에 해당하는 질환을 가지고 있다고 하더라도 외부의 세계와 제한적이나마 공감을 나누며 반응을 보이게 된다. 그런데 집안에서 혼자 혹은 배우자만 같이 생활하는 것과 같이 제한된 대화 상대를 가지고 생활하는 경우에 치매 환자들은 자신 주위의 세계와 교류는 거의 없는 상황에 처하게 된다. 이런 고립에 가까운 상태에서는 환자는 우울증 등의 정신적인 질환을 앓는 경우도 종종 나타나게 된다. 그렇기 때문에 물질적인 보살핌 외에도 더 중요하다고 할 수 있는 것이 바로 이러한 교류를 포함한 정서적인 보살핌이라고 이야기한다. 사람이 사람으로서 살아가는 것은 단지 먹고 생활하는 것이 전부가 아니라, 다른 사람들과의 교류를 통해서 공동체, 즉 커뮤니티 속에서 생활해야 하는 것이다.

우리 병원에 입원한 기억력 상실을 가지고 있는 치매 환자들을 살펴보면, '치매 대화'를 통해서 구체적인 사실에 대한 정보는 서로 나누지 못하지만, 감정과 기분은 서로 교류하면서 생활하는 것을 알게 된다. 이런 치매 대화를 통해서 치매 환자들도 자신들이 사회의 일원이라는 것을 느끼게 되며 궁극적으로는 자기 삶의 존재 이유에 대해 긍정적으로 생각하게 된다. 그만큼 대화 상대는 중요한 역할을 담당하고 있다.

K할머니와 N할머니는 병원에서 만나서 친구가 되었다. 병원에서 만나서 친구가 되는 경우는 많지만, 두 사람이 좀 다른 것은 이제 인생의 마지막 베스트 프렌드라고 말할 정도가 되었다는 것이다. 항상 두 사람이 대부분의 병원 생활을 함께하면서 서로 도와주고 챙겨주는 관계가 된 것이다. 만약 혼자서 생활했다면 누리지 못했을 우정을 나누게 된 것이다. 서로 챙겨주고 챙김을 받는 관계, 이런 관계야말로 사람이 사회에서 누리는 행복 중의 하나이다.

3. 올바른 치료

K할아버지는 만성적인 당뇨를 앓고 있었다. 문제는 그동안 집에서 당뇨 관리가 거의 되지 않았다는 것이다. 그래서 낭뇨합병증으로 고생을 하게 되었는데, 의료적인 처치만으로 이런 당뇨병을 치료하기는 어려웠다. 식습관과 같은 생활 습관을 고치지 않으면 안 되는데, 집에서 생활할 때는 적극적으로 이를 제지하는 가족이 없었던 모양이었다. 병원에 입원해서도 한동안은 간호사들과 요양보호사들이 K할아버지의 식습관을 고치느라 고생이 많았다. 하지만, 결국은 할아버지가 점차 식습관을 고쳐가면서 합병증도 조금씩 덜해지게 되었다.

K환자는 정신지체 장애인으로 어릴 때 고생과 어려움을 많이 겪어서 그런지 심한 전신 기력저하와 폐결핵으로 입원한 경우였다. 결핵은 우리나라에서 주요한 사망원인 중의 하나인데, K환자는 제대로 치료

약을 복용하지 않아서 병의 경과나 예후가 좋지 않았다. 기력 저하도 심각해서 묻는 말에 제대로 된 답을 하지 못하고 그냥 의미 없는 표정만 있을 뿐이었다. 하지만, 제대로 된 식사와 치료가 시작되면서 증상이 조금씩 호전되기 시작했다. 조금씩 앉아서 텔레비전을 보기도 하고 직원들의 물음에 간단한 대답 정도는 가능하기 시작했다. 결핵약도 간호사들이 약을 완전히 먹은 것을 확인할 정도로 챙기기 시작하자 검사 결과도 조금씩 호전되기 시작하였다. 그리고 요즘은 혼자서 천천히 걷는 운동도 가능할 정도가 되었고, 결핵도 이제 약을 먹지 않아도 된다는 진단을 받게 되었다. K환자의 보호자는 모든 것을 포기하고 죽음을 준비한다는 마음으로 병원에 입원했다가 많이 호전된 환자 모습으로 변해가자 병원에 고맙다는 인사를 몇 번이나 하였다.

사실 병원에 근무하게 되면, 이런 제대로 된 치료를 받은 후 호전되는 사례는 말도 못 할 정도로 많은 것이 사실이다. 아무래도 의료인이 24시간 밀접하게 환자를 살펴보는 병원의 존재 이유가 바로 이런 치료에 있기 때문이다. 집에서 간병을 해왔거나 혹은 환자 혼자 살아온 경우에 아무리 통원을 하면서 치료를 잘 받는다 하더라도 어느 정도 한계가 있을 수밖에 없다. 당뇨 합병증으로 인해 말단 부위의 괴사가 나타난 L할아버지는 하루 3번 이상의 소독과 치료가 없었다면 결국은 괴사 부위를 잘라 낼 수밖에 없었을 것이다. 주치의가 매일 경과를 보면서 치료를 해왔기 때문에 좋은 결과가 되었던 것처럼, 병원의 존재 이유는 역시 이런 질병의 치료가 가장 신속하고 정확한 방법으로 가능하다는 것이다. 치매 환자들의 경우에는 치매약을 먹어야 한다는 것을 잊어버리는 경우도 종종 생긴다. 이런 경우에도 병원에서는 식사가 끝나면 먹어야 할 약을 시간에 맞추어서 환자에게 주고 확인까지 하므로 복약을 잊어버릴 위험성도 덜 하다고 할 수 있을 것이다.

4. 환자의 안전

가정에서 치매 환자를 간병하다가 시설 입소를 결정하는 가장 큰 이유 중의 하나는 바로 환자의 안전과 관련된 것이다. 치매가 진행되면서 쉽게 나타나는 증상 중의 하나로 길을 잃는 것을 들 수 있다. 처음에는 낯선 지역에서 지도나 표지판을 보면서 운전을 하는 것과 같은 낯선 길을 찾는 일이 힘들어진다. 그러다가 나중에는 익숙한 집 근처에서도 길을 잃고 헤매게 된다. 초기에는 길을 잃고 가족에게 전화한다거나 가까이에 있는 사람들에게 도움을 요청하게 되지만, 나중에는 이런 도움을 요청해야 한다는 사실 자체도 잊어버리게 된다. 그러다 보면 여기저기 무작정 걸어 다니게 되어서 위험한 상황에 놓이게 되기도 한다. 옷에 붙이는 스티커나 목걸이 형태로 연락처와 집 주소를 적어두지만, 그래도 교통사고를 비롯해 위험한 경우에 처하게 되거나 실종 등의 가능성이 높은 것은 여전하다. 그래서 이런 배회가 시작되면서부터 가정에서 간병을 포기하고 시설 입소를 결심하는 경우가 많은 것이다.

치매가 진행될수록 가정에서 간병하는 일은 더욱 힘들어지고 환자의 안전은 점점 더 위협받게 된다. 요리를 하다가도 그 사실을 잊어버리기 때문에 화재의 위험성이 커지는 것은 물론이고, 전기용품을 사용하는 것도 점차 위험한 일이 되어간다. 사실 치매 환자를 가정에서 간병하는 것에는 이런 가시적인 위험만이 아닌 다른 위험들도 상존하고 있다. 먼저 중증 치매 환자는 보행이 점차 힘들어지게 되면서 넘어지는 일이 자주 발생한다. 대부분의 넘어지는 사고는 문턱이나 방에 있는 물건 때문인 경우가 많다. 하지만, 그렇다고 해서 일반 가정에서 문턱을 모두 없애거나 경사로와 같은 대책을 세우기도 쉽지 않다. 그리고 치매 환자 중에서는 목욕하는 것을 싫어하는 경우도 자주 있기 때문에 개인위생에도 위협이 된다. 혼자서 식사를 하는 것도 점차 힘들어져서 나중에는 옆에서 식사 수발을 들어야 하기도 한다. 삼킴 기능이 약해지면 음식물 섭취에 더욱 조심해야 한다. 자칫 잘못하면 음식물이 기도로 들어가서 흡인성 폐렴으로 발전해 생명이 위험해지기도 하므로, 환자의 상태에 따라서 세심하게 식사 수발을 들어야 한다.

당연한 말이지만, 이런 위험들이 시설 입소나 병원에 입원한다고 하여 모두 사라지는 것은 아니다. 요양 병원이나 요양 시설에서도 낙상 사고는 항상 발생하고, 음식물로 인한 흡인성 폐렴의 위험 역시 완전히 사라지는 것은 아니다. 다만 병원이나 노인 요양시설에서는 환자나 입주 노인들이 다치는 사고를 최대한 예방할 수 있는 방법들을 갖추고 있다고 생각하면 된다.

낙상 사고는 우리 병원에서도 제일주의를 집중하고 있는 부분 중의 하나이다. 낙상 사고를 예방하기 위해 처음 입원 시에 낙상예방교육을 비롯해 낙상예방지침에 대해 설명하고 보호자에게도 이를 자세하게 교육하고 있다. 특히나 밤중에 화장실에 가기 위해 일어나 움직이다가 낙상하는 사고가 많은 편이어서, 수면 시간 직전에 미리 화장실에 모시고 가기도 하고 혹 밤중에 요의가 있으면 요양보호사나 당직간호사를 호출하라고 알리고 있다. 그리고 낙상 위험군에 속하는 환자들이 있는 병실에는 어두운 밤에 화장실까지 가는 도중에 낙상이 생기는 경우를 예방하기 위해 야간에 개인용 이동 변기를 따로 비치

해두기도 한다. 물론 이런 예방 조치에도 불구하고 낙상 사고가 아예 사라지는 것이 힘든 것은 부인할 수 없는 사실이다.

치매 환자들은 화재와 같은 상황에서는 특히 취약하기 때문에 요양병원은 이런 화재 예방에 최선을 다하고 있다. 우리 병원의 경우에도 시공 전 병원 설계부터 안전을 고려해서 건축하였기 때문에 최고 등급의 안전을 가지고 있다고 자부하고 있다. 화재의 위험을 감안해서 모든 병실 및 진료실 등에 스프링클러가 설치되어 있으며, 모든 벽지와 커튼, 마감 자재들은 불에 잘 타지 않고 연기를 내지 않는 난연재로 설비되었다. 비용은 훨씬 많이 들지만, 만성 중증 질환자들이 많이 입원해 있는 병원이라는 특성상 환자들이 쉽게 대피하기 힘들기 때문에 이런 조치는 필수적이라고 생각된다. 법적으로도 요양병원에서는 문턱이 있어서는 안 되며 환자들이 이동 중 넘어지지 않도록 도와주는 안전손잡이 등이 필수적으로 설치되어 있도록 법적으로 강제되어 있다. 이런 안전시설과 설비 때문에 요양병원이나 노인요양시설은 가정보다 더 안전한 공간으로 될 수 있다. 하지만, 이런 시설이나 설비보다도 사고가 생기지 않도록 항상 환자를 살피고 도와주려고 하는 병원 직원들의 자세가 더 큰 역할을 한다는 것은 물론이다.

5. 보호자를 위한 결정
치매가 일정 이상 진행되면 이제는 24시간 붙어서 지내야 할 정도로 밀접한 간병이 필요해진다. 식사 수발부터 시작해서 각종 의료적인 처치에 이르기까지 많은 일을 간병을 맡은 가족 혹은 보호자가 해야 하는 것이다. 그러다 보면 간병하는 사람의 개인적인 일상은 사라지고 환자 못지않게 사회적인 고립에 이르게 된다. 치매 환자를 간병하면서 간병인은 치매 환자 못지않은 고통과 좌절을 겪게 된다. 오죽하면 암은 혼자 죽지만, 치매는 가족이 함께 죽는다는 말을 하게 될까. 하지만, 그렇기 때문에 간병하는 이에게도 휴식의 시간이 절대적으로 필요하다 할 것이다. 제도적인 도움을 받던지 혹은 다른 가족들이 일정 시간 동안 휴식을 취하고 자신의 개인적인 사회활동을 할 수 있는 시간을 확보해주어야 하는 것이다. 더구나 치매가 중증 단계로 들어서게 되면 이제는 간병을 혼자서 하는 것은 불가능에 가까울 정도로 더 힘들어진다. 그렇기 때문에 환자만이 아니라 보호자를 위해서라도 일정 단계가 지나가고 나면 시설 입소나 요양 병원 입원을 고려해야 한다.

환자는 자신에게 도움을 주는 보호자나 가족, 간병하는 사람이 힘들어하고 있다는 사실을 전혀 이해하지 못하는 경우가 많다. 처음에 아직 인지 기능이 많이 남아 있는 동안에는 보호자들에게 미안하고 고맙다는 말을 전하지만, 곧 이런 도움이 숨 쉬는 것처럼 당연하다고 생각하게 된다. 어린아이가 자신의 부모가 힘이 약하고 기댈 수 없는 존재라고 생각하기 어려운 것처럼, 치매 환자는 이제 자신의 요구대로 해주지 않는 간병인을 오히려 나무라고 원망하게 되는 것이다. 어느 정도까지 최선을 다해서 간병을 하되, 자신이 감당할 수 없는 수준이 되면 스스로에게 수고했다는 말을 하고 포기할 수도 있어야 한다. 간병의 가장 큰 원칙을 들자면, 간병하는 사람이 감당할 수 있고 지속할 수 있는 간병을 해야 한다는 것이다. 그래야만 자신의 삶도 또 이어갈 수 있는 법이다. 그리고 간병인 혹은 보호자 자신이 잘못하거나 돌봄에 실패했기 때문에 시설 입소를 하는 것이 아니라, 이제는 집에서 간병할 수 있는 수준을 넘어섰기 때문이라고 생각하는 것이 더 정확한 이야기일 것이다.

요양병원을 대하는 환자들의 태도 또한 예전과는 많이 달라졌다. 처음에는 고려장과 비슷하게 생각하고 귀찮은 노인을 다른 곳에 맡긴다는 생각을 하는 환자분들도 많았던 것이 사실이다. 하지만, 요즘은 자신이 직접 병원 몇 군데를 둘러보시고 마음에 드시는 곳으로 입원하셨다고 말씀하시는 분들도 많아졌다. 집에서 자신의 마지막 삶을 마감하고 싶으신 환자들의 생각이 전혀 틀렸다고 말하기는 어렵다. 다만, 집이든 병원이든 어디서 생을 마감하든 간에, 지금 살아있는 동안 자신이 즐겁고 행복한 삶을 즐기는 것이 더 중요할 것이다. 그래서 처음에는 입원하는 것을 싫어했던 환자들도 곧 친구를 사귀고 병원의 각종 프로그램에 참여하게 되면서부터는 오히려 집보다 병원을 더 편하게 생각하기도 한다. 어디든 내가 마음의 정을 붙이고 좋아하는 사람들과 함께 살아간다면 거기가 바로 내 고향 아니겠는가? 환자들에게 이곳이 그러한 고향이라는 생각을 만들고 심어주기 위해 노력하고 있는 것이 결국 우리 요양병원이 생각하고 있는 최종적인 목표가 아닐까라고 생각해본다.

- Chapter IV -

요양병원을 위한
변명

비난의 중심에 선
요양병원

요양 병원을 바라보는 세간의 눈길은 그리 따스한 편이 아니다. 인터넷으로 요양병원에 대해 검색을 해보면, 많은 내용이 요양 병원의 부정적인 면에 관한 것이다. '요양병원, 학대 끊이지 않는다.'[2] 라는 기사에서는 요양 병원에 입원한 부모님의 몸에 난 상처가 병원 측의 학대에 의한 것이라고 주장하는 보호자의 이야기를 실으면서 CCTV의 설치가 의무화되어야 한다고 주장한다. 또 '사천시, 요양병원 장기 입원자 합동점검 실시'[3] 라는 기사에서는 치료 목적이 아닌 숙식을 위해 입원해 있는 의료급여 수급자들이 늘어나고 있다고 이야기하면서 이들을 체계적으로 관리하여 의료비용을 절감해야 한다고 이야기하고 있다. 또 다른 뉴스에서는 '비영리 위장 사무장병원 9곳 적발, 요양급여 52억 타내'[4] 라는 제목으로 사무장병원이 의료법인을 운영하는 것처럼 위장해서 요양급여를 부당하게 받았다고 이야기하고 있다. 이처럼 요양병원을 둘러싼 많은 소식은 주로 부정적인 뉴스가 많으며 이에 따라 여론 역시도 요양병원을 사회악의 한 요소 정도로 생각하고 있는 게 아닌가 싶을 정도이다. 이번 글에서는 이런 부정적인 취급을 받는 요양병원을 운영하는 의사이자 경영자의 한 명으로서 이런 편견과 오해에 대해 변명 아닌 변명을 해보고자 한다.

---

[2] 경남신문, 2016년 07월 21일자 기사
[3] 뉴시스, 2016년 07월 21일자 기사
[4] SBS 뉴스, 2016년 07월 20일자 뉴스

1. 요양병원의 무분별한 증가로 의료비용이 증가하고 있다?

요양병원이 급속하게 증가하고 있는 것은 사실이다. 하지만 요양병원이 이렇게 증가한 것은 정부의 정책에 발맞추어서 성장한 결과라고 보아야 할 것이다. 우리나라의 의료비는 OECD의 다른 국가에 비하면 아직 그리 높은 편은 아니다. 하지만, 우려되는 부분은 의료비 자체는 현재 높은 수준은 아니지만, 의료비가 증가하는 폭이 상대적으로 높기 때문에 현재 의료비 증가를 막지 않으면 조만간 다른 국가와 비슷한 수준 혹은 더 높은 수준의 지출로 이어질 것이다. 그래서 의료비의 급격한 증가를 막기 위한 여러 가지 대책 가운데 하나가 바로 요양병원에 대한 규제 강화이다.

요양병원은 일반 급성기 병원에서 진료를 마친 환자가 좀 더 요양을 필요로 할 때나 만성 질환자들이 낮은 의료비용으로 이용하는 개념의 병원으로 이해할 수 있다. 요양병원은 급성기 병원에 비하면 의료비용이 낮기 때문에 환자와 보호자도 부담이 덜하고 정부 입장에서도 의료비용이 대폭 절감되는 효과가 있기 때문에 도입을 결정하게 되었다. 요양병원 도입 초기에는 정부에서 보조금을 지급할 정도로 병원 설립을 장려하였지만, 이후 요양병원이 급속하게 증가하게 되면서 이후에는 오히려 병원 설립을 규제하는 방향으로 정부 정책이 전환되었다.

하지만 급성기 병원에 비하면 환자들이 부담하는 의료비가 낮기 때문에 만성 질환자 혹은 치매와 같은 노인성 질환을 앓는 이들에게 많은 도움이 되면서 정부의 규제에도 불구하고 그 수가 지속해서 증가하고 있다. 결과적으로 요양병원의 급속한 증가의 이유는 환자들과 보호자들의 요구에 잘 부합하는 면이 있었기 때문이었다고 할 것이다.

이렇게 요양병원이 인기를 끌게 되자 영리를 노리고 병원을 설립하는 사람들도 하나둘 늘어나기 시작했다. 만성 질환 혹은 노인성 질환을 앓는 환자를 치료, 요양해서 퇴원시키는 것이 목적이 아니라 정신병원처럼 환자를 수용해서 영리만을 목적으로 하는 병원들이 생기기 시작한 것이다. 이 병원들은 치료보다는 수용이 목적이기 때문에, 시설이나 인력에 최대한 투자를 꺼리게 되어 여러 환경이 열악하고 여러 위험이 있을 수밖에 없다. 이런 병원들이 지금 언론에서 주로 이야기하는 문제를 일으키는 병원들에 해당한다. 하지만 이런 문제는 요양병원 업계에서도 이미 익히 알고 있으며, 오히려 정부에 강력한 규제를 요구했던 부분이기도 하다. 결론적으로 현재 대다수의 요양병원은 자신들의 설립 목적에 맞게 환자를 열심히 진료하고 있는 성실한 병원이지만, 일부 영리만을 목적으로 하는 요양병원들이 정부의 규제가 느슨한 틈을 타서 불법적인 영업 및 의료 활동을 하는 것이 문제인 것이다. 하지만, 이런 문제점은 정부에서 시설이나 안전, 의료인의 정원 등에 대해 제대로 조사해서 적절히 규제한다면 지금처럼 부정적인 인식을 불러일으키는 문제 있는 요양병원들은 사라질 것이라 생각한다.

그러므로 의료 비용의 증가에 대해 정확하게 말하자면, 단순히 요양병원이 증가했기 때문에 의료비용이 늘어난 것이 아니라, 이런 불법을 저지르는 병원들이 늘어남으로써 의료비용이 증가했다고 보아야 한다. 요양병원은 그 자체로서 급성기 병원의 의료비용을 줄이는 역할을 하고 있기 때문에 단순히 요양병원이 늘어난다고 해서 그 의료비용이 늘어나지는 않는다. 만약 요양병원이 없다면 요양병원에 입원해야 할 환자들이 급성기 병원으로 입원할 수밖에 없으므로 결과적으로는 더 많은 의료비용이 증가하게 될 것이다. 그러므로 정상적으로 진료하는 요양병원만 있다면 의료비용은 증가하는 게 아니라 오히려 줄어든다고 보아야 할 것이다. 이처럼 의료비용이 증가하는 것은 불법적인 영업 등을 통해 요양병원이 설립된 이유와 관계없는 입원을 시키고 있는 일부의 병원들이 있기 때문이다. 그런 만큼, 언론 등에서도 요양병원 전체에 대한 무분별한 비난보다는 문제를 정확하게 파악하고 정부의 규제와 감시가 잘 실행될 수 있는 방향을 고민해야 할 것이다.

2. 겨울만 되면 증가하는 입원?

요양 병원에 관한 비난 가운데 하나는 쓸데없이 입원을 시켜서 의료비를 증가시키고 사회적 낭비를 초래한다는 것이 있다. 예를 들면, 겨울만 되면 입원하지 않아도 될 사람들이 난방비와 생활비 등을 아끼기 위해서 병원에 입원한다는 것이다. 직접 병원을 경영해본 결과 이런 경우가 실제로 존재하는 것은 사실이다. 또한, 겨울이 아니더라도 병원을 전전하면서 자신의 숙식을 병원에서 해결하는 환자도 있으며, 요양원에 입소해야 할 환자가 요양병원에 입원하는 경우도 있는 것이 사실이다. 하지만, 잘 알아두어야 할 것은 이처럼 의료적인 목적이 아니라 생활을 위해 입원을 하는 이런 여러 사례를 자세히 살펴보면 이를 막기가 말처럼 그리 쉬운 일은 아니라는 것이다.

의료적인 필요보다는 생활 목적의 입원은 생활보호대상자로 의료급여를 받는 환자가 대부분이다. 의료급여 환자들은 의료기관을 이용할 때 본인부담금을 거의 내지 않기 때문에 도덕적 해이가 발생할 가능성이 건강보험 환자들보다 높다. 생활적인 목적으로 의료기관에 입원하는 것은 사회적으로 보면 자원의 낭비에 해당하지만, 개인적으로는 생활비를 절약할 수 있으니 이득이 된다. 문제는 이런 낭비성 입원을 제한하기 하려고 하여도 입원 자체를 막을 뚜렷한 방법을 찾기가 어렵다는 점이다. 이런 '사회적 입원'을 하는 이들은 대부분 고령으로 질환이 한두 개 이상 없는 사람이 없을 정도이다. 이런 사람이 자신이 아프다고 이야기하면서 입원하겠다고 하면, 이를 막을 방법은 사실상 없다고 보아야 한다.

요양병원에 입원할 수 있는 조건에 여러 제한을 두겠다는 정부의 정책은 고육지책으로 보이지만, 이 정책이 시행되면 의료급여 대상자들은 굳이 요양병원이 아니라 급성기 병원으로 입원할 가능성이 높아질 것이다. 그렇게 되면 오히려 요양병원에 입원하는 것보다 더 많은 의료비 지출이 되어서 결국 의료비를 절감하겠다는 정부의 의도는 실패로 될 가능성이 크다. 이를 쉽게 말하자면, 풍선효과처럼 요양병원의 입원을 막게 되면 풍선이 다른 쪽으로 부풀어 오르게 되어 다른 곳에서 오히려 의료비 시출이 증가하게 되는 것이다. 결국, 요양병원에 대한 규제를 강화한다고 해서 이런 사회적 입원은 사라질 수는 없다고 본다. 다만 유일한 해법이 있다면 가장 근본적인 것으로, 생활보호대상자들에 대한 사회적 지원과 복지 혜택이 좀 더 확대되어야 한다는 점이다. 이렇게 되면 굳이 집을 떠나서 병원으로 입원을 하게 될 필요가 없어지기 때문에 이런 사회적 입원이 점차 줄어들게 될 것이다. 이렇게 되지 않는 이상 어떤 규제를 한다고 하더라도 이런 사회적 입원은 사라지지 않을 것이다.

요양원에 입소해야 할 환자가 요양병원으로 입원하는 경우도 이와 비슷한 점이 있다. 요양원은 '노인장기요양보험' 의 적용을 받는 경우에는 본인부담금이 20~30% 정도이지만, 장기요양보험의 등급을 받지 못한 경우에는 전액 본인 부담을 해야 하는 단점이 있다. 그리고 정부에서는 예산의 문제 때문인지 장기요양보험의 혜택을 받게 되는 1,2,3 등급 책정이 쉽게 되는 편이 아니다. 그렇다 보니 장기요양등급을 받지 못한 경우에는 환자나 보호자로서는 요양원에 입소하는 것이 경제적으로 쉽지 않은 선택이 되고, 그 대안으로 요양병원으로의 입원을 선택하게 된다. 병원 입장에서도 요양원으로 보내고 싶은 환자들이 있지만, 이런 경제적 부담이 크게 작용하다 보니 전원이 생각처럼 간단하게 처리하기 어렵다. 만약 요양원에 입소 가능한 등급 판정이 좀 더 확대되고 경제적 부담이 줄어든다면, 굳이 요양병원에 입원하는 것에 대해규제를 하지 않아도 당연히 요양원으로 입소가 늘어나게 될 것이다. 지금 정부에서 하는 여러 규제는 정부가 지출하는 사회복지 비용을 늘리지 않은 것을 전제로 이런 문제들을 해결하려다 보니 풍선효과와 같이 한쪽을 막으면 다른 쪽에서 구멍이 생기는 결과를 벗어나기가 어려운 것이다. 결국, 이런 사회적 입원과 같은 문제는 요양 병원에 책임이 있다기보다는 정부의 복지 정책이 실패하고 있는 데서 나타나는 것이라고 보아야 할 것이다.

3. 인권 사각지대?

요양병원에 근무하는 입장에서 가장 억울한 비난을 꼽으라면 바로 '요양병원에서는 환자의 인권을 무시한다.' 라는 것이 아닐까 싶다. 환자를 학대한다, 간병을 편하게 하기 위해 약을 먹여서 재운다, 환자의 물건을 훔친다, 환자에게 폭력을 행사한다, 환자를 묶어 둔다, 환자의 물건을 마음대로 가져간다, 식사를 부실하게 준다 등등 수많은 괴담과 같은 말들이 있다. 이 중 대부분은 근거 없고 허무맹랑한 얘기들이지만 그래도 그 이야기들 이면에는 보호자들이 병원을 잘 믿지 못한다는 아픈 진실이 있는 것 같다. 결론적으로 이런 괴담이 나도는 가장 근본적인 이유는 보호자와 병원 간의 신뢰가 부족하다는 것이다.

먼저 요양병원의 인권에 대한 보도 등에 자주 등장하는 것이 환자의 인권을 무시하고 묶어두는 행태에 대한 것이다. 이때 묶어두는 도구는 정확하게 하자면 '신체보호대' 라고 하는데, 이는 환자의 팔이나 다리 혹은 몸통 등을 침대나 휠체어에 묶어 움직임을 제한하는 도구이다. 우리 병원에서도 이를 필요시에 사용하고 있는 것이 사실이다. 하지만, 보도에서 이야기하는 바와 같이 이런 억제 도구가 일하는 직원들의 편의를 위해서 사용하는 것은 아니다.

사실 이런 신체보호대에 대한 규정은 법적으로도 엄격하게 그 사용과 방법 등이 규정되어 있어 병원에서 임의로 사용할 수도 없고 사용해서도 안 되는 것이나. 보건복지부에서 작성한 '신체 억제대(환자보호대) 사용감소를 위한 지침' 에 따르면 신체보호대의 사용례를, '중심정맥관이나 기관삽관 등 각종 생명유지 장치가 빠지지 않도록 병상에 신체를 묶어나 손에 장갑을 끼우는 행위' 와 함께 '낙상으로 인한 손상을 막기 위해 휠체어, 병상 등에 신체를 묶는 행위', '자해 또는 가해를 하지 못하도록 병상 등에 신체를 묶는 행위' 로 들고 있다. 실제 우리 병원에서도 신체보호대를 사용하는 경우는 이처럼 환자의 안전을 위한 경우가 전부이다.

영양분 섭취가 잘 되지 않아 중심정맥관이나 수액으로 영양 공급을 해야 할 때가 있는데, 환자의 상태가 중증 치매에 가깝다 보니 자꾸 손으로 이런 의료 장치를 빼는 사례가 있다. 이런 경우에는 옆에 보호자가 지키고 서 있어도 잠시 소홀한 틈에 환자가 장치를 빼버리기도 한다. 특히나 밤이 되면 이런 행동들이 더 심하기 때문에 되도록 수액제는 주간에 처리하기 위해 노력한다. 이런 경우에 영양 공급이 제대로 되지 않으면 치매 증상이 더 심해지는 것은 물론이고 목숨이 위태로울 때도 있기 때문에 이런 경우는 보호대를 하는 것이 더 낫다고 본다. 몸의 움직임이 아직 회복되지 않아 잘못하다가는 넘어져 다치는 환자의 경우에도 병원 직원이나 보호자의 통제를 잘 따르는 경우는 문제가 되지 않는다. 위험한데도 침대를 내려오려고 하거나 위험한 자세를 취하려고 할 때 간호사나 요양보호사가 이를 제어하기 위해 노력하지만, 인지 기능이 약해져서 문제가 되는 경우에 환자의 안전을 위해 사용하는 것이 바로 신체보호대이다.

보호대를 쓸 때도 병원 마음대로 사용해서는 안 되고 법으로 정해진 절차에 따라서 사용하여야 한다. 먼저

① 환자의 상태를 확인하고 ② 신체보호대를 대신할 수 있는 다른 방법을 시도한다. 다른 방법들이 효과가 없을 시에 신체보호대를 사용하는데, ③ 신체보호대는 의사의 처방이 있을 때만 사용 가능하고, 이 처방에는 방법과 시간 등을 명시하게 되어 있다. 다만, 환자의 돌발적인 이상행동이 있거나 다른 사람에게 상해를 입힐 경우에는 의사가 미리 처방을 해둘 수도 있다. ④ 또한, 환자나 보호자에게 이런 신체보호대의 사용에 대한 동의서를 받아야 한다. 그리고 신체보호대는 응급 상황 시를 대비해서 쉽게 풀 수 있는 매듭을 사용해야 하며, 과도한 압박이 가지 않도록 여유를 두어야 한다. ⑤

최소 두 시간마다 환자 상태를 관찰해야 하며, 간호사는 최소 8시간마다 환자 상태를 보고 이상소견이 있을 시 주치의에게 보고하여야 한다.

이처럼 법적으로 규정된 것만 잘 지켜나가도 신체보호대는 환자를 위해 없이 사용할 수 있다. 다만, 보호자들이 환자의 상태를 제대로 알지 못하고 있을 때는, 이런 보호대를 하고 있는 모습이 인권을 침해하는 것처럼 보이기도 한다. 하지만, 병원 직원들이 자신의 편의를 위해서 보호대를 쉽게 사용하거나 남용하는 것은 사실이 아니라는 것을 알아주었으면 좋겠다. 사실 제일 좋은 것은 신체보호대가 필요한 환자 옆에 보호자 혹은 개인 간병인이 계속 옆을 지키고 있으면 이런 보호대와 같은 조치의 필요성이 확실히 줄어들겠지만, 비용의 측면에서 환자나 보호자에게는 너무 큰 부담이 된다. 주치의를 맡은 의사 선생님들 또한 이 신체보호대를 쉽게 처방하지 않는다. 아무래도 환자가 불편을 호소할 수밖에 없고 보호자도 불만을 가지거나 부정적인 시각이 많기 때문이다. 그렇기 때문에 신체보호대 처방은 다른 방법이 전혀 듣지 않을 때, 보호자의 동의를 미리 얻었을 때 한해서만 거의 처방된다고 할 수 있다.

병원 입장에서도 신체보호대 처방은 조심스러울 수밖에 없다. 신체보호대의 대안이라면, 건강보험에서 간병에 대한 지원이 제도적으로 가능하게 되어 더 많은 간병 인력이 병원에서 근무하게 된다면 가능할 수도 있을 것이다. 즉, 보호대가 필요한 환자에 대해서는 보호자가 추가적인 경제적 부담을 통해 전담 간병인을 두는 것이다. 하지만, 현재 간병에 대한 제도적 지원이 없는 상황에서는 환자와 보호자의 경제적인 부담 때문에 이런 추가적인 간병은 현실적으로는 무리가 따른다. 현재의 제한된 간병 인력으로는 보호대가 전무한 병원을 만드는 것은 사실 불가능에 가깝고, 다만 법적인 규정을 엄격하게 준수하면서 환자의 인권을 지켜나가는 방법이 최선일 것으로 생각된다.

환자의 물건은 엄연한 사유재산이기 때문에 직원이 함부로 나서서 정리하거나 버리는 것은 있을 수 없는 일이다. 다만, 음식물의 경우는 유통기한을 고려해서 건강에 위해가 된다고 판단되면 환자의 동의를 얻어 음식물을 폐기한다. 치매 환가 가운데는 자신의 물건에 대해 병적인 집착을 보이는 경우도 있어서 못 먹는 음식물도 버리지 못하게 하는 경우도 있다. 이럴 때는 보호자의 동의를 얻어서 처리하게 되어 있다. 환자의 물건을 직원들이 함부로 한다는 것은 주로 치매 환자들의 특성에서 기인한 오해가 대부분이다. 치매 환자들의 망상 중에는 자신의 물건을 가까운 사람들이 훔쳐간다는 것이 있다. 건망증은 자신이 물건을 둔 위치를 잊어버리는 증상이지만, 치매를 앓는 환자는 물건을 버렸다는 사실도 잊어버리고 그저 그 물건을 찾으려고만 한다. 아무리 찾아도 보이지는 않고, 자신이 버렸다는 사실은 생각이 나지 않으니 결국 누군가 훔쳐갔다고 생각을 하게 된다. 그리고 범인은 자신을 가장 잘 알고 있는 사람이니, 결국 같은 병실의 환자 혹은 자신을 돌보아주는 요양보호사가 자신이 아끼는 물건을 훔쳐가거나 혹은 숨겨두었다고 생각하는 것이다. 그리고 이런 생각을 보호자를 비롯한 자신을 보러 온 사람들에게 이야기한다. 환자가 치매라는 것을 알고 있는 경우에는 문제가 되지 않지만, 자주 보지 않았던 친구들이나 보호자들은 환자의 말만 믿고 직원들에게 항의하는 일이 생기는 것이다.

재미있는 사실은 자주 면회를 오는 보호자들은 환자의 상태에 대해 잘 알고 있다 보니 환자가 그런 말을 해도 그저 웃어넘기거나 같이 찾아보는 시늉을 내면서 기분을 풀어주지만, 환자를 자주 보지 못했던 보호자일수록 환자가 치매라는 사실을 잊고 환자의 말을 100% 믿어주게 되면서 이런 오해가 생긴다는 점이다. 자신의 물건이 없어졌다거나 누가 훔쳐갔다는 환자의 말은 대부분 망상에서 기인한 것이 많으니 요양 병원의 직원들에게 물어보면 오해가 어렵지 않게 풀어질 것이라 생각한다.

환자를 학대하거나 괴롭힌다는 것도 오해에서 기인한 경우가 많다. 이런 오해는 특히나 치매 환자를 진심과 친절로 대하는 요양보호사나 직원들이 오해를 사는 경우가 많다. 앞에서 이야기한 바와 같이 치매의 특성 중 하나로, 자신을 돌보아 주는 사람에게 이런 적대적 감정을 드러내는 경우가 가끔 있다. 직원 입장에서는 섭섭한 마음이 많이 드는 것이 사실이다. 정성을 다해서 간병을 했는데도 불구하고 다른 사람에게 자신의 힘듦하는 것을 보면 마음이 괴롭게 느껴지는 것도 사실이다. 하지만, 그런 일이 있을 때 직원들에게 이런 일은 환자가 일부러 그런 게 아니라 치매라는 질병 때문에 나타나는 일이니 섭섭해하지 말라고 항상 이야기한다. 환자들의 이런 표현은 어찌 보면 어린아이의 투정과도 비슷하다. 애들처럼 말도 안 되는 거짓말도 하고 속도 썩이지만, 그래도 엄마를 제일 좋아하는 것처럼 우리 병원의 치매 환자들도 요양보호사를 제일 믿고 의지하고 있는 것도 사실이다.

치매를 앓는 노인들은 근육이 쇠약하고 피부 또한 약한 상태이다. 이런 상태에서는 조금만 부딪히는 일이 생겨도 멍이 들거나 심하면 상처가 생기기도 한다. 그런데 이런 상처를 보면 보호자들은 깜짝 놀라서 무슨 일이냐고 환자에게 다그쳐 묻는 경우가 있다. 그러면 치매를 앓는 환자 가운데는 보호자들의 놀란 감정에 도리어 놀라 자신에게 위협이 되는 것이 아닌가 겁을 먹고 전혀 다르게 답을 하는 경우도 있다. 즉, 환자 자신이 잘못해서 다친 것이 아니라 다른 사람이 때리거나 밀어서 그랬다고 거짓말을 하는 것이다. 환자가 이렇게 답을 하고 나면 보호자는 상황을 오해할 수밖에 없게 되고 병원 입장에서는 아무리 진실을 말해도 통하지 않게 된다.

하지만, 정상적으로 병원을 운영하는 경우라면 환자를 학대하거나 방치하는 것은 있을 수가 없는 일이다. 인건비를 아끼기 위해서 간호사와 요양보호사를 법적 기준 이하로 고용해서 보호자에게 저가 공세로 병원을 운영하는 경우가 아닌 이상은, 간호사를 비롯한 다른 직원들이 항시 환자의 상태를 살펴보기 때문이다. 물론 직원들의 잘못으로 인해 사고가 나는 경우도 있다. 그럴 때는 먼저 보호자에게 전후 사정을 이야기하고 솔직하게 사과를 하는 것이 원칙이다. 하지만, 우리 잘못이 아닌데도 이런 오해를 받는 경우에는 억울함이 드는 것도 사실이다.

일부 보호자나 언론에서는 CCTV를 병원의 모든 곳에 설치하는 것을 대안으로 제시하고 있다. 사실 CCTV를 설치해서 사고 시에 책임소재를 밝히고 진실을 정확하게 하고 싶은 것은 병원의 직원들도 마찬가지 심정일 것이다. 하지만, 법률적으로 CCTV는 개인의 사생활이 드러나는 곳에는 설치를 못 하게 되어 있다. 진료실 내부도 이런 요건 때문에 CCTV를 설치해서는 안 되는 곳인데, 특히나 개인 병실 내부는 더욱 허용되지 않는 장소이다. 요양병원의 병실 안에서는 기저귀를 교체하기도 하고, 이동용 변기를 쓰기도 하는 등 개인의 사생활이 있는 곳이기 때문에 CCTV 설치 자체가 사실상 불가능하다. 일부에서는 치매 환자들이니 프라이버시를 무시해도 된다는 투의 말을 하기도 한다. 하지만, 치매 환자를 그렇게 바라보는 시선이야말로 치매 환자에 대한 인격 모독적인 측면이 있다는 것을 분명히 알아두어야 한다. 치매 환자라고 해도 타인에게 숨기고 싶은 사생활이 있으며, 그런 사생활이 타인에게 노출될 때 수치심도 느끼기 때문에 그런 비인격적인 일은 어떤 목적에서라도 허용이 될 수는 없다.

낙상 사고의 책임을 두고는 환자 보호자와 병원 간에 갈등과 법적인 분쟁이 일어나는 분야이기도 하다. 환자 입장에서는 입원하셨다가 갑자기 다치게 되면 억울하겠지만, 병원 입장에서도 항상 안전에 주의한다고 하여도 환자의 특성상 나타날 수밖에 없는 일이라 답답한 면이 많은 것도 사실이다. 법원의 판례에 따르면, 낙상 사고에서 병원이 환자에게 충분한 주의와 교육을 실시하고 낙상사고 예방을 위한 조치를 충분히 취했다면 병원의 책임이 줄어든다고 이야기한다. 그래서 병원에서는 법적인 책임을 면하기 위해서 뿐만이 아니라, 환자의 안전을 위하여 최선을 다해 여러 조치를 취하게 된다. 하지만, 아무리 최선을 다해서 예방 조치를 한다고 해서 낙상 사고가 한 건도 일어나지 않게 하는 것은 불가능하다. 환자가 움직이려는 의지를 가진 있는 한, 낙상의 위험성은 항상 존재하기 때문이다. 병원 입장에서야 환자가 움직이지 않고 가만히 누워 있는 게 편하고 차라리 도움이 될지도 모른다. 가만히 있으면 낙상을 비롯한 각종 사고의 위험도 사라지게 되니 더욱 좋을 수도 있다.

하지만, 환자의 입장에서야 그렇지 않을 것이다. 살아있다면 조금이라도 걸어보고 싶고, 자신의 손으로 식사를 하고 용변을 해결하고 싶은 것이 사람의 본성이다. 그렇기 때문에 병원의 편의보다도 환자를 위하는 병원일수록 더 큰 낙상사고의 위험부담을 안을 수밖에 없는 딜레마가 생긴다. 반면 영리만을 바라고 인력을 작게 쓰는 병원일수록 누워만 있는 와상 상태의 환자가 많아지게 된다. 지금의 현실에서 환자의 행복을 바라는 병원에서는 이런 낙상의 위험을 비롯한 각종 사고의 위험이 높아지는 것을 알면서도 이를 감수하고 있다는 것을 알아주었으면 좋겠다. 막을 수 있는 사고는 막아야겠지만, 그렇다고 해서 사고의 가능성 자체를 없애기는 불가능하지 않겠는가?

4. 약으로 환자를 재운다?

요양병원에 대해 들을 수 있는 흔한 괴담 중의 하나는 치매 환자를 편하게 간병하기 위해서 일부러 수면제 등을 처방한다는 것이다. 일부 환자들에게 수면제나 안정제 처방이 들어가는 것은 사실이다. 하지만, 이것은 어디까지나 치료적인 목적에 한정된다. 치매로 인해 뇌 기능이 약해진 경우에 수면 부족까지 나타나게 되면 치매 증상이 더 심하게 나타나는 경우가 많다. 치매 환자 중에 자다가 깨면 자신이 어디에 있는지를 모르고 헤매거나 꿈속의 일과 현실이 구분되지 않는 등의 증상이 잘 나타나는 것도 모두 이런 수면 부족과 비슷하다고 볼 수 있다. 그렇기 때문에 치매 증상을 완화하는 용도로써 수면제나 안정제 처방을 하게 된다. 특히나 불면은 치매 환자에게 더 큰 문제가 되는데, 충분한 수면을 취하지 못하면 뇌가 피로한 상태가 되어 망상이나 환청 등의 증상이 더 심하게 나타나기 때문이다. 본디 나이가 점점 들어 노인이 되어 갈수록 이런 불면 증상은 예전보다 더 심하게 나타난다.

연구에 따르면, 노인이 수면을 충분히 취하지 못하는 이유는, 지병으로 인한 만성적인 고통과 방광 기능이 약해지면서 나타나는 잦은 소변 욕구, 소리에 예민해지는 신경 등으로 인한 것으로 드러났다. 그래서 충분한 수면이 부족해서 낮에도 얕은 잠을 자게 되는 경우가 많다. 만약 야간에 충분한 수면을 취해서 뇌가 충분한 휴식을 갖게 되면 낮에는 훨씬 더 안정된 상태를 유지할 수 있게 된다. 그렇기 때문에 불면 증상이 있으면서 치매 증상이 심하게 나타날 때 이를 완화하기 위한 조치로서 수면제나 안정제를 처방하는 경우가 생기는 것이다. 직원이 편하게 간병하기 위해서가 아니라, 환자의 삶의 질을 향상시키기 위해 처방하는 것이다.

치매 환자들에게는 의외로 치매와 함께 우울증이 동시에 나타나는 경우가 많다. 이는 치매 환자들이 자신에게 나타나는 기억력 상실이나 방향 감각 상실 등의 기능 저하를 경험하면서 감정의 변화를 겪게 되기 때문이다. 또한 치매 환자들은 자신의 정체성이 변화하고 사회적 시위와 억할이 섬차 사라지고 있다는 것도 자각하게 된다. 이런 상실감들이 우울증으로 발전하게 되고, 증상이 더 심해지면서는 자신이 왜 우울한지도 모르면서도 기분이 계속 침체되어 있게 된다. 우울증은 일반적인 노인에게서도 많이 나타나는 질환이다. 문제는 이런 노인 우울증이 치매로 발전할 수도 있기 때문에 우울증은 반드시 제대로 된 치료를 받는 것이 매우 중요하다는 점이다. 요양병원에서 우울증 약물을 쓰는 것은 바로 이런 이유 때문이다. K할머니는 치매 증상이 심해지시면서 우리 병원에 입원하셨는데, 잠을 제대로 못 주무시고 새벽에 일찍 일어나고, 여기저기 다른 환자들이나 직원들에 대해 불평을 많이 말씀하시고 직원들과 관계도 좋지 않았다. 전담 간호사를 정해 놓고 상담도 자주 하고 특별 관리처럼 신경을 더 많이 써서 돌보았지만, 증상이 완화되지 않았다. 결국, 주치의의 진단 결과 노인성 우울증으로 판명되어서 우울증 약물을 처방하게 되었다.

문제는 보호자들인 자녀분들이 할머니가 우울증이 있다는 것을 인정하지 못한다는 것이었다. '왜 우리 어머니가 우울증이냐? 병원에서 관리를 제대로 못 해서 할머니가 섭섭하신 거 아니냐? 내가 알아보니 우울증 약물은 쓰지 말라고 하더라.' 라고 반응을 하며 약물 사용에 반대하였다. 보호자가 이렇게 반대를 하면 병원에서는 할 방법이 별로 없다. 나중에 보호자들이 면회를 자주 와서 할머니와 얘기를 한참 동안 해보고 난 뒤에야 할머니가 우울증이 있다는 진단을 받아들여서 문제는 해결되었다. 하지만, 이런 경우에도 보호자들이 병원과 의료진을 믿지 못하고 의심부터 하는 상황이었기 때문에 할머니의 치료가 늦어지는 결과로 이어지게 되었다. 우울증은 약물치료를 하면서 충분한 심리치료를 받으면 효과를 볼 수 있기 때문에 치료를 잘 받는 게 무엇보다 중요하다.

5. 위험한 병원?

장성의 한 요양병원에서 화재가 나서 많은 환자분이 돌아가신 사건이 있었다. 또한, 어느 요양병원에서도 화재로 인한 인명사고가 있다 보니, 요양병원은 안전에 무감각한 시설이라는 오명이 많이 쌓이게 되었다. 하지만, 실제로는 요양병원을 비롯한 병원 시설들만큼 안전에 민감하고 철저한 시설은 없다고 단언할 수 있다. 다른 시설과 달리 요양병원은 의료법, 소방법, 건축법 등에서 아주 엄격한 법 적용에 따른 수시 및 정기 점검을 통과해야 병원 운영이 가능하며, 또한 수시로 소방서와 보건소, 구청, 시청 등에서 안전 점검 및 소방 점검을 받는 시설이기도 하다.

보건복지부에서 낸 '요양병원 시설기준 세부 안내'에 따르면, 요양병원이 갖추어야 할 필수적인 시설은 다음과 같다. 먼저 요양병원은 식당, 휴게실, 욕실, 화장실, 엘리베이터를 갖추어야 하며, 모든 시설에는 휠체어가 이동할 수 있는 공간이 확보되어야 한다. 또한, 엘리베이터는 병상이 이동 가능하도록 침대용 엘리베이터 설치가 의무화되어 있으며, 복도와 문에는 문턱이나 높이 차이가 없어야 하며, 계단, 화장실과 욕실에 안전을 위한 손잡이가 설치되어 있어야 한다. 또한 입원실과 화장실, 욕실에는 비상연락장치가 설치되어 있어 즉각 의료인을 손쉽게 호출할 수 있어야 한다. 또한, 또한 욕실도 법적인 규정에 맞게 안전하게 설치되어야 하며, 입원실의 면적도 법적인 기준에 따르게 되어 있다. 이렇게 시설의 설치 기준이 세부적으로 정해져 있기 때문에 요양병원의 설비는 당연히 기본 이상이 될 수밖에 없다.

또한 국민안전처 자료에 따르면, 모든 요양병원은 스프링클러 설치가 의무화되어 있어 화재의 초기 진압이 가능하게 되어 있고, 자동화재탐지설비 및 자동화재속보설비도 설치가 의무화되어 있다. 그뿐만 아니라 소화기 및 소화전, 시각경보기, 화재경보기, 방화문 자동개폐장치 등등 요양병원보다 더 안전한 곳을 찾기 힘들 정도로 법적인 규정이 세세하게 완비되어 있다. 보건소나 소방서 등의 수시 점검도 자주 시행되고 있으며, 병원의 조그마한 구조 변화에도 반드시 소방서의 점검을 받게 되어 있어서 이중삼중의 안전장치가 완비되어 있다고 할 수 있겠다.

그럼에도 불구하고 요양 병원이 안전하지 않다는 인식이 있는 것은 무엇보다 언론의 부정적인 보도가 큰 몫을 차지하고 있다. 급성기 병원에서도 화재가 일어나기도 하지만, 여론의 인식이 워낙 요양병원이 부정적으로 비추어지다 보니 이런 안전에 둔감하다는 인식은 다른 시설보다 더 많이 느껴지는 것으로 생각된다. 이런 부정적인 인식이 많다 보니 요양병원에서 일하는 직원들도 방어적이고 소극적으로 되기에 십상이다. 항상 의심의 눈초리로 병원과 직원을 바라보기 때문에 새로운 일을 하고 싶은 마음은 있어도 혹 오히려 부정적인 결과로 이어질까 무서워 주저할 때도 있는 것이 사실이다.

병원에서 일어나는 사고 가운데 아쉬움이 많이 남는 사건이 있었다. 우리 병원에서는 4월이 되면 따스한 봄날 중의 하루를 골라서 환자들 가운데 보행이 가능한 분들을 모시고 인근 공원에 가서 가볍게 산책을 하는 행사를 한다. 그런데 아무리 날씨가 따뜻한 날을 선택하고, 환자들에게 옷을 두텁게 준비하고, 따뜻한 차를 비롯해 여러 준비를 한다고 해도 다녀오시고 나면 감기를 앓는 분들이 꼭 한 두 분 계신다. 보호자에게 미리 행사에 관해 이야기한 뒤 동의를 구하고 감기 등의 가능성에 대해서도 미리 경고를 하지만, 부모님이 그렇게 아픈 모습을 보게 되면 결국 병원에 대해 원망스러운 마음을 나타내기도 한다. 또 누워만 있으려는 환자를 격려해서 자꾸 움직이게 하다 보면 부딪히는 등의 사고가 생기기도 한다. 이런 사고들은 모두 병원과 직원들이 환자를 위해 열성적으로 활동하는 중에 생기는 사고라서 더 억울한 면이 있는 것도 사실이다. 하지만, 이런 사고에 대해 직원을 질책하게 되면 환자를 돌보는데 소극적으로 될 것이 분명하다. 그러므로 보호자들도 이런 사고에 대해서는 병원의 과실을 너무 크게 보지 않았으면 하는 부탁의 마음이 있다.

환자의 안전과 환자의 자유는 서로 양립하기가 쉽지 않은 부분이다. 환자의 안전을 최우선으로 생각하고 항상 염두에 두어야 하는 것은 맞는 말이다. 하지만, 환자의 안전에 대해 너무 강박적으로 생각하게 되면 환자에게 위험한 요인들을 통제할 수밖에 없게 되고, 이는 결국 환자의 자유로운 운동이나 독립적인 생활은 점점 요원해지는 결과로 이어지게 될 것이다. 많은 병원에서 이런 부분들을 최대한 조화롭게 하려고 노력하지만, 이런 병원의 노력만큼이나 보호자들의 이해와 양해가 더 커졌으면 하는 마음이다.

병원 직원이라고 해서 환자를 귀찮게 생각하거나 업무로만 생각하는 것은 아니다. 환자를 24시간 돌보다 보면 그야말로 환자에 대해 모든 것을 쏙쏙 들이 다 알게 된다. 아들딸이 몇이고, 누가 자주 면회를 오는지, 무슨 음식을 좋아하는지, 온도는 어느 정도가 적당한지 등등 보호자들보다 우리 병원의 직원들이 더 잘 알고 있는 경우도 많다. 하지만, 이렇게 법적인 보호자들보다 더 환자에 대해 많이 알고, 애정도 더 많다고 해서 의료진이나 직원들에게 환자의 결정에 대한 법적인 권한이 조금이라도 있는 것은 아니다. 우리 병원과 직원에게는 환자와 보호자에게 의료적인 처치에 대한 조언을 할 수 있을 뿐이다.

아주 일부의 일이기는 하지만, 오히려 환자의 이익과 권리를 지키는 역할을 해야 할 법적인 보호자보다 병원 직원들이 환자를 위하는 일이 생기기도 한다. 병원 직원 가운데 자신의 부모님을 우리 병원에 모시고 있는 경우도 있으니 그런 경우는 직원이자 보호자의 역할을 동시에 해낸다고 해야 할 것이다. 이런 경우처럼 환자와 함께 오래 생활하다 보면 정이 쌓여서 때로는 부모님과 같은 마음으로 모시게 된다. 언론에서 보도하는 것처럼 환자를 귀찮아하고 방치하고 학대하는 사건은 그야말로 정상적인 병원에서는 있어서도 안 되고 일어나지도 않는 일이다.

다만, 이런 일들은 정부의 규제가 미치지 않는 사무장 병원이나 비도덕적인 법인 등이 돈을 목적으로 영리적으로 운영하는 경우에만 나타날 수 있는 비정상적인 사건이다. 하지만 이런 비정상적인 병원에서 일어나는 사건들만 자꾸 보도가 이루어지다 보니 정상적으로 병원을 운영하는 대다수의 병원이 함께 그 오명을 뒤집어쓰고 있는 것이 현재 상황이다. 여론의 관심을 끌기 위한 뉴스는 아무래도 선정적이고 자극적일 수밖에 없다. 정확한 보도로 비판적이고 대안을 제시하기보다는 사람들의 시선을 잡아끄는 끔찍하고 가십성의 기사가 주를 이루고 있는 것이다. 그러다 보니 요양병원에 대한 인식은 화재가 일어났던 장성의 요양병원이나 불법을 일삼는 사무장 병원 정도에 그치고 있다. 하지만 사실 많은 요양병원은 어려운 상황 속에서도 환자를 위해서 의료진과 직원들이 노력을 아끼지 않고 있다는 것을 알아주시기 바란다.

노인의료비용의
경제학

　요양 병원은 의료비용의 증가의 주요한 요인 중의 하나로 꼽히고 있다. 요양 병원이 도입된 것은 분명 전체 의료비용의 증가폭을 줄이기 위한 것이었는데, 지금은 도리어 의료비 증가의 원인으로 지목되고 있는 것이다. 전체 의료비 가운데 요양병원의 비중이 커지고 있다는 것은 다른 말로 표현하자면, 만 65세 이상의 노인이 사용하는 의료비가 점차 증가하고 있다는 것이다. 노인 의료비 지출의 증가와 요양병원 의료비 지출 증가는 어느 정도 상관성이 있기 때문이다. 아무래도 치매와 같은 만성 노인질환이 늘어나고 있는 입장에서 노인 의료비 지출은 급성기 병원에서도 많은 부분을 차지하지만, 주로 요양병원에서의 의료비가 대다수라고 볼 수 있다. 그래서 요양병원에 입원한 환자분들에 대해 국민 경제에서 생산에는 거의 기여하지 않고 의료비 등의 지출만 많이 하고 있다는 차가운 시선이 있는 것도 사실이다.

평균 수명의 연장으로 65세 이상의 노인 인구가 점차 증가하게 되면, 이 때문에 의료비가 증가하게 된다. 의료비의 증가로 다시 노인들의 건강이 좋아지고, 이는 다시 수명이 연장되고 이것은 다시 의료비 증가로 이어진다는 '시지프스 효과'가 있다. 이 시지프스 효과는 의료비 지출이 수명을 연장해서 결국은 다시 의료비 지출로 이어지는 의료비 증가의 악순환을 의미한다. 이 시지프스 효과대로라면 앞으로 노인 의료비를 절감하는 것은 불가능하다고 할 것이다. 하지만, 실제 연구 결과는 이 시지프스 효과가 그리 크지 않은 것으로 나타났다. 사람의 수명 연장에는 다양한 요인들이 관여하고 있는데, 산업화 초기에는 깨끗한 식수의 공급과 풍부한 영양이 질병의 예방과 수명 연장에 가장 큰 효과가 있었다는 것이 대체로 정설이다. 수명이 증가하면서 의학이 노인들의 수명 연장에 일정 정도 효과가 있다는 것은 밝혀졌지만, 아직도 의학보다는 다른 기타적인 요인들이 수명 연장에 더 큰 효과가 있다고 할 수 있다. 그렇기 때문에 의료비용의 증가와 수명증가가 반복적으로 이어지는 시지프스 효과의 위력은 그리 큰 것이 아님을 알 수 있다.

실제 노인 의료비가 상승하고 있는 것은 사실이지만, 이는 수명이 증가하면서 나타나는 현상으로 보아야 한다. 즉, 노인이 되어서 의료비가 상승하는 것도 물론 있지만, 그것보다는 사망으로 인한 시점에서 의료비가 급격하게 상승하는 것이 노인 의료비 증가의 주원인이라는 설명이 있다. 이에 따르면 의료비 사용을 한 사람의 평생 시간적으로 구성해본다면, 언제 사망하든지 간에 사망 시점을 기점으로써 의료비가 급격하게 증가한다는 것이다. 즉, 노인이 의료비 사용이 많은 것은 노인들이 의료비를 일상적으로 많이 사용하기 때문이 아니라, 사망하는 시점이 바로 그때이기 때문이다. 특히나 평균 수명의 증가로 인해 많은 사람이 평균적으로 65세 이후에 사망하기 때문에 의료비 사용이 65세 이상에서 특히 집중적으로 많은 것이다. 그래서 사망 당시의 의료비용을 제외하고 의료비용을 다시 계산해본다면, 고령화와 의료비 상승은 큰 상관관계가 없다는 것을 알 수 있다.

현재도 이런 노인 의료비 증가에 대해서는 많은 논란이 있기는 하지만, 단순히 노인이 되었다고 해서 의료비가 저절로 증가하는 것은 아니라는 설명이 많은 것은 분명한 사실이다. 사람은 죽기 전에 가장 많은 의료비를 지출하는 것이지, 노인이 되었다고 의료비용이 많아지는 것은 아니라는 것이 이러한 설명들의 요지이다. 이 설명에 따르면, 요양병원의 증가와 의료비용의 상승은 과장된 측면이 많다는 것을 알 수 있다. 요양 병원에서는 아무래도 만성적인 환자들이 사망하는 경우가 많기 때문에 의료비용이 높게 보일 뿐이지, 요양 병원이 의료비용을 특별히 더 많이 사용하는 것은 아니라는 것이다. 오히려 요양병원은 다른 급성기 병원들보다 의료비가 낮게 책정되기 때문에, 전체적으로는 사망 관련 비용이 낮아지는 효과가 있다.

즉, 요양 병원이 없었다면 이런 사망 환자들이 급성기 병원에서 임종을 맞이할 수밖에 없으며, 그렇게 되면 결국 의료비용은 더 많이 높아질 수밖에 없을 것이다. 정부에서도 요양병원을 설립한 것도 이런 급성기 병원에서의 높은 의료비용을 낮추기 위한 목적 중의 하나도 바로 여기에 있다.

사망 관련 비용을 제외하고도 노인 의료비가 점차 증가하고 있는 것은 사실이다. 하지만, 노인 의료비를 줄이기 위한 것보다 더 중요한 것은 노인들이 '건강한 노년' 을 즐길 수 있도록 노력하는 것이다. 노년의 삶이 지금보다 더 건강해지고 행복해진다면 노인 의료비는 자연스럽게 줄어들게 된다. 하지만, 지금 대한민국 노인의 삶은 비참하기만 하다. OECD 국가 가운데 노인 자살률도 최고에 이를 정도여서, 전체 자살에서 노인층이 차지하는 비율이 28%를 넘어설 정도이다. 하루 평균으로 계산하면 약 열두 명 정도의 노인이 스스로 목숨을 끊고 있는 것이 지금 우리나라의 현실인 것이다. 또한 노인 빈곤율도 OECD 국가 가운데 1위를 차지하고 있으며, 또한 빈곤의 정도도 OECD 평균의 3배가 넘을 정도이다. 이 통계가 말해주는 것은 우리나라의 노인들은 절대적으로 많은 수가 빈곤 상태에 있으며, 또한, 빈곤함의 강도도 아주 심해서 많은 고통을 받으며 노년 생활을 하고 있다는 것이다. 또한, 노인들이 할 수 있는 일이 폐지 수집이나 청소 등의 저임금 임시직 외에는 마땅한 일자리가 찾기 어려운 상태이다. 그러다 보니 노인들의 고용은 상당히 높은 수준이지만, 반면 노인들의 소득 수준은 국제적으로 최저 수준에 속해 있다.

이런 상황이다 보니 노인들의 의료비 지출이 높은 비율을 차지할 수밖에 없는 상황이다. 저소득층일수록 질병을 갖고 있을 가능성도 커지기 때문에, 노인 빈곤율이 높은 상태에서는 당연히 노인 의료비 또한 증가할 수밖에 없는 것이 구조적 요인이다. 그렇기 때문에 노인 의료비를 줄이기 위해서는 무엇보다 노인 복지가 제대로 갖추어져서 건강한 노년이 되게 하는 것이 가장 핵심적인 대책이 된다. 사회적 안전망이 튼튼하게 갖추어져서 자기 스스로 자립적인 생활이 가능해져야만 의료기관의 이용도 줄어들게 될 것이며, 치료 목적이 아닌 생활 목적으로 입원하는 이른바 '사회적 입원' 도 줄어들게 될 것이다. 지금의 노인 의료비 가운데 상당액은 이러한 빈곤으로 인한 비용도 함께 포함되어 있기 때문에 더욱 많아 보이기도 하는 것이다. 즉, 노인을 위한 복지 비용이 충분히 지출된다면 의료비에서 줄어들 부분이 상당 부분 있다고 본다. 이렇게 해서 노인 복지가 충분히 확충될 때에야 비로소 건강한 노년의 삶을 즐길 수 있는 물질적 조건이 어느 정도 갖추어질 것이며, 이때부터 노인 의료비가 줄어들 수 있을 것이다.

이런 시각에서 보면, 요양 병원이 의료비 상승의 한 요인이라고 하거나, 요양 병원을 규제함으로써 의료 비용을 줄일 수 있다고 하는 것은 그리 합당한 정책이라고 하기 어렵다는 것을 알 수 있다. 사실 요양 병원은 만성 질환자와 요양 환자를 치료한다는 자신의 역할을 지금 충실히 수행하고 있으며, 오히려 더 많은 지원과 도움이 필요하다고 할 수 있을 것이다. 정부의 규제 일변도적인 정책이 아니라, 정상적으로 운영을 하는 요양병원에 대해서는 적극적인 지원이 필요하다고 할 것이다. 특히나 지금 환자들이 제일 부담을 느끼는 것은 간병에 대한 비용으로, 이를 건강보험에서 지원하게 된다면 환자들에게 많은 도움이 될 것으로 생각된다.

좋은 요양 병원을
선택하는 방법

만성 질환을 앓고 있는 부모님이나 가족을 좋은 병원에 모시고 싶은 것은 보호자들의 당연한 마음이다. 하지만 문제는 어느 병원이 좋은지, 어떤 문제가 있는 것은 아닌지 살펴보기가 참 어렵다는 점이다. 이런 문제를 해결하기 위해 정부 당국이 제시한 정책이 바로 '의료기관 인증평가' 와 '의료기관 적정성 평가' 이다. 하지만, 이 기준만 가지고서는 정확한 선택을 하기 어려운 것이 현실이기도 하다. 병원에서 환자들과 입원 상담을 하다 보면, 환자에게 맞는 병원에 대해 이야기하고플 때가 있다. 그런 기억들을 되살려 좋은 요양 병원을 고를 수 있는 기준을 몇 가지 말씀드리고자 한다.

1. 의료기관 인증 등급을 받은 요양병원을 선택한다.

의료기관 인증평가는 요양병원 및 병원급 이상 의료기관에 대한 평가를 통해 환자 안전과 의료의 질을 향상하는 것을 목적으로 한다. '의료기관 인증평가원' 이라는 공공기관에서 전문 조사 위원이 의료기관 현지조사를 통해 인증 기준에 충족했는지를 조사하고, 병원 자체의 규정에 따른 수행 및 개선 정도에 따라서 평가를 하게 된다. 요양병원은 이 의료기관 인증평가가 의무사항으로 되어 있어 병원을 설립한 때로부터 1년 이내에 평가를 받게 되어 있다. 이 의료기관 인증평가에서 받은 인증은 4년간 유효하며, 중간 평가를 통해 그 점검을 하게 되어 있다. 만약 인증평가에서 인증을 받지 못한 요양병원은 보건복지부나 심사평가원으로부터 각종 불이익을 받게 되어 있기 때문에 인증 평가에서 요구하는 시설 및 안전 기준과 진료의 기준 등에 대해 맞출 수밖에 없게 되어 있다. 그러므로 이러한 의료기관 인증평가를 받은 의료기관은 최소한 기본 수준 이상의 병원이라고 생각하여도 무방하다.

의료기관 인증 평가에서 다루는 항목들을 잠시 살펴보면 다음과 같다.

① 기본 가치체계 항목에서 '환자의 권리와 안전' 과 '의료기관의 의료서비스 질 향상 활동' 을 평가하게 되어 있다. 환자들의 낙상 예방 활동이나 손 위생이 잘 수행되고 있는지, 화재안전관리활동과 환자의 권리와 책임 존중 및 보호에 대한 여부 등을 평가하고, 의료서비스 만족도 수행이 잘 되고 있는지, 환자들의 불만 고충 처리가 어떤지를 평가한다.

② 환자진료체계에서는 '의료서비스 제공과정 및 그 성과' 를 평가하는데 환자의 입퇴원의 절차가 제대로 되고 있는지 치료는 규정대로 되고 있는지 그리고 중증환자들의 진료에 대한 평가가 이루어진다. 그리고 신체 억제대 감소 활동을 잘 하고 있는지, 약물 관리도 잘 되는지를 살펴보게 된다.

③ 진료 지원체계 항목에서는, '의료기관의 조직인력관리 및 운영' 과 '감염 관리 및 환경관리' 에 대해 평가한다. 의료기관을 운영하는데 필요한 경영 및 인적 관리가 잘 되는지를 살피고, 감염 예방을 위한 기구 관리나 조리실의 감염 관리, 그리고 시설 환경의 안전이 어떻게 관리되는지를 살피게 된다.

환자, 직원안전관련 조사 항목에서는 '무' 또는 '하' 가 한 항목이라도 있으면 인증 등급을 받지 못하게 된다.[5] 또한, 모든 영역에서 충족률이 80% 이상 되어야 '충족' 등급을 받고 인증을 통과할 수 있다. 우리 병원에서도 지난 2015년 12월에 인증 평가를 받고 2016년 03월에 인증 등급을 받았다. 이 의료기관 인증 등급을 받은 의료기관은 안전이나 진료 부분에서 기준 이상이라고 볼 수 있으므로, 안심하고 환자를 맡길 수 있다고 생각하면 된다.

적정성 평가는 건강보험 심사평가원에서 실시하는 평가로서, 2016년 기준으로 대장암, 위암 등 5개 암과 호흡기질환, 만성질환 등 37개 항목에 대해 진찰, 수술, 의약품 사용 등 의료서비스에 대해 의약학적인 측면과 비용 효과적인 측면에서 적정하게 되었는지를 평가하는 것이다. 요양병원에 대해서는 구조부문(요양병원의 의료인력, 필요인력 등)과 진료부문(환자의 신체기능, 인지기능, 배설기능, 질환관리, 영양상태 등 요양병원의 의료서비스에 대한 평가)에 대해 평가를 실시하여 5개 등급으로 나누어 공개하고 있다. 5개 등급으로 나누어져 있기 때문에 1등급 평가를 받은 병원이 더 좋은 의미로 받아들여지고 있다. 심사평가원 홈페이지에 지역별로 등급이 공개되고 있어 자신이 거주하는 지역에서 이를 검색하면 병원의 적정성 평가 등급을 알 수 있다.

이렇게 적정성 평가와 의료기관 인증평가를 참고하면 기본적인 병원의 정보에 대해 알 수 있다. 하지만, 아직은 이러한 정보가 기본적인 참고 사항에만 해당한다고 보는 것이 좋다. 의료기관 인증평가는

---

[5] 관련 규정이 있거나 관리 지침이 있으면 '유', 없으면 '무'를 받으며, 등급에서는 상중하로 평가된다.

대부분의 요양 병원이 인증등급을 받은 상태이고, 적정성 평가는 서류 심사로만 이루어지기 때문에 현장의 정확한 실상과는 거리가 있을 수도 있다. 개인적인 경험을 조금 이야기하자면, 병원 설립을 앞두고 다른 병원의 장단점을 알아보기 위해 지역에서 적정성 평가 1등급을 받은 병원을 거의 모두 다녀보았다. 처음 생각과는 다르게 의외로 1등급을 받은 병원들 간의 격차가 비교적 큰 편이었다. 어떤 병원은 1등급 병원이라고 하기 어려울 정도로 시설이나 환자들의 상태가 좋지 않았다. 또 나름 지역에서 좋다는 병원은 보기 드물 정도로 좋은 시설과 좋은 환경을 자랑했지만, 등급은 그리 좋은 편이 아니었다. 직접 병원을 가보고 느낀 점과 실제 평가를 받은 등급의 차이가 나타나는 것은 서류 심사로 등급이 이루어지기 때문으로 생각된다. 그러므로 이러한 등급의 차이를 절대적으로 생각하지 말고 직접 병원에 가서 병원의 실제 모습을 보고 평가하는 것이 좋을 것이다.

2. 좋은 시설을 갖춘 병원을 선택한다.

본디는 시설보다 더 중요한 것이 환자를 직접 돌보는 간호사와 요양보호사 그리고 다른 직원들과 같은 사람이다. 하지만, 사람에 대한 평가는 한 두 번 본다고 판단할 수 있는 부분이 아니기 때문에 쉽게 병원을 평가하는 방법으로 병원의 시설과 환경을 살펴보는 것이다. 요양 병원 가운데 영리만을 목적으로 설립된 경우에는 낙후된 시설과 적은 인력으로 병원을 운영하므로 시설에 대한 투자도 역시 인색할 수밖에 없다. 그래서 시설이나 설비를 살펴보면 병원을 운영하는 기본적인 자세나 태도에 대해 대략적으로나마 알 수 있다.

특히나 요양 병원에 처음 입원하는 경우에는 병원을 선택하는데 더

신중하게 해야 할 필요가 있다. 치매 환자들은 일단 요양병원에 입원해서 그 병원의 분위기에 익숙해지고 다른 환자들과 친해지고 나면 다른 병원으로 옮기기가 그리 쉽지 않다. 현재 입원해있는 병원보다 여러 측면에서 환자에게 더 좋아 보여서 옮기려고 해도 환자들은 이 병원에서 지금까지 힘들게 쌓아온 커뮤니티를 포기하기가 쉽지 않기 때문이다. 환자 입자에서는 정든 고향을 등지고 새로운 동네로 이사가는 것 이상의 스트레스가 되기 때문이다. 그리고 치매 환자들은 갈수록 증상이 나빠지는 경우가 대부분이어서 처음 입원할 때보다 다시 옮기려고 하면 새 병원에 적응하는 것이 더 힘들기도 하다. 이런 이유가 있기 때문에 처음 입원할 때 보호자들이 환자의 취향과 필요에 맞추어서 시설이 좋은 병원을 선택하는 것이 중요하다.

시설은 특히 환자들이 답답해하지 않고 운동도 할 수 있을 정도로 넓은 공간이 있는지가 제일 중요하다. 좁은 공간에 많은 환자가 입원해 있는 경우는 입원 생활도 갑갑해지고 스트레스가 가중되어 병원 생활을 힘들게 느낀다. 일부 문제가 있는 요양 병원은 환자들이 쉴 수 있을 만한 휴게 공간도 제대로 없는 경우도 있었다. 아무리 치매 환자가 누워서 지내는 시간이 많고 그런 공간의 필요성이 다른 사람들보다 적다고 하여도, 가끔 휠체어로 산책이라도 하기 위해서는 이런 공간이 클수록 환자에게 좋을 수밖에 없다. 법적으로는 환자 1명당 병실 면적이 일정 이상으로 정해져 있으나, 과거 산업화 시기에 만들어진 기준이라 지금의 관점에서는 많이 모자라는 편이다.

병상 간의 간격도 얼마 정도 되는지 직접 보호자가 살펴보는 것이 좋다. 병상 사이의 간격이 너무 좁은 경우에는 휠체어 이동이 힘들어 각종 운동이나 산책에서 제외될 수도 있고, 보호자가 면회 와서 편하게 앉아 있을 만한 공간도 부족해서 결과적으로는 면회 시간을 줄이거나 면회 자체를 잘 오지 않는 경우도 있기 때문이다. 휴게실을 비롯한 욕실도 공간이 충분한지를 살펴보아야 한다. 특히나 욕실이 제대로 갖추어져 있지 않을 경우 목욕의 질이 떨어질 수밖에 없다. 목욕을 통해 개인위생이 깨끗하게 유지되지 못하면, 만성질환자들은 많은 불편함을 호소하게 되고 피부병을 비롯한 다른 질병들에 감염될 가능성도 커지게 된다. 의료법에는 복도 공간의 넓이에 관해서도 규정이 되어 있다. 복도가 좁을 경우에는 휠체어를 타거나 침대에 누워있는 환자들의 이동에 불편함이 생기고 화재 등의 사고 시 대피에도 문제가 생길 수 있다. 그리고 화재에 대비한 소방 장비들은 법적으로도 그 설치와 운용이 엄격하게 규정되어 있지만, 병원에 제대로 설치되어 있는지를 보호자들이 직접 확인해두는 것도 중요한 일이다. 장성 요양병원 사건 이후로 대부분의 요양 병원들이 소방 설비에 많은 투자를 하고 있지만, 소화기나 투척용 소화기 등이 쉽게 쓸 수 있게 되어 있는지, 병실마다 잘 비치되어 있는지를 살펴보면 병원이 이런 안전에 대해 어느 정도 신경을 쓰고 있는지 알 수 있다.

3. 조용한 병원보다는 활기찬 병원을 선택한다.
병원을 다녀보면 제각기 다른 특성이 있다는 것을 알 수 있다. 어떤 병원은 조용한 느낌을 주는 곳이 있는가 하면 다른 곳은 뭔가 좀 소란스러운 느낌이 들기도 한다. 개인적인 취향에 따라 다르겠지만, 나는 요양 병원은 좀 활기차고 시끌벅적한 느낌이 드는 곳이 좋다고 생각한다. 급성기 병원 같은 경우는 환자들이 조용한 분위기를 선호하기도 하지만, 요양병원은 조용한 노인 환자들이 많이 입원해 있기 때문에 반대로 활기찬 느낌을 주는 병원을 선택하는 것도 좋다고 생각한다. 노인 환자들께서 처음 입원하실 때는 보호자들이 1인실이나 2인실처럼 조용한 병실을 원하는 경우도 많다. 하지만, 환자들은 사실 4인실 이상의 다인실에서 지내는 것을 더 선호할 때가 더 많은 것이 내 개인적인 경험이다.

환자들이 서로 상호작용을 통해 나름 공동체를 형성해나가기 때문에 혼자만 지내는 병실보다는 같이 어울려 지내는 것이 여러모로 나을 때가 많은 것 같다. 집에서 혼자 지내고 있을 때야 조용한 것을 좋아했다고 하지만, 병원에서 대화상대를 만나서 지내게 되면 의외로 다인실의 시끌벅적한 분위기를 더 좋아하기도 하는 것이다. 우리 병원에서는 의도적으로 조금 활기찬 느낌을 주기 위해 인사를 큰 목소리로 한다든가 하는 방법 등으로 노력하고 있다.

입원 생활은 무료하다. 특히나 치매 환자들은 똑같은 일상의 반복으로 하루를 보내기도 한다. 그래서, 요양 병원에는 사회복지사가 다양한 프로그램으로 환자의 참여를 유도하기 위해 노력하고 있다. 치매 환자들이 좋아하는 프로그램을 하면서 웃음꽃이 피어나는 모습을 바라보고 있으면 의사인 나조차도 즐거운 느낌이 들고 기분도 고조되는 것을 느낀다. 병원이기 때문에 의료적인 부분도 중요하지만, 이런 환자 참여프로그램들이 얼마나 잘 시행되고 있는지를 살펴보면 그 병원의 숨겨진 본 모습을 느낄 수 있을 것이다. 외부 단체와 연계해서 하는 공연이나 프로그램은 무료한 환자에게는 신나는 노래방이 되기도 하고 극장이 되기도 한다. 병원의 게시판 등을 잘 살펴보면 이런 복지 프로그램에 대한 소개가 있으니 참고하면 병원의 분위기를 알게 되는 데 도움이 될 것이다.

4. 웃음이 많고 인사를 잘하는 병원을 선택한다.

병원을 다니다 보면 유독 인사를 잘 하는 병원이 있다. 개인적인 경험으로 미루어 보건대, 인사를 잘하는 병원일수록 환자에게 친절할 것이라고 보면 맞을 것이다. 외부 사람에게만 인사를 잘 하고 원내의 환자들에게는 친절하지 않은 경우는 드물기 때문이다. 특히 간호사와 요양보호사들은 환자들을 항상 대하는 사람들이어서 친절이 제일 중요한 덕목이기도 한데, 그런 친절함은 인사를 얼마나 잘하는가, 또는 얼마나 잘 웃는가 하는 데서 나타난다고 생각한다.

이런 친절을 또 살펴볼 수 있는 시간대는 식사 시간이다. 치매가 중증 이상으로 진행되면 혼자서 식사가 불가능할 때가 있다. 이런 환자들에게는 요양보호사나 간호사가 식사 수발을 해주어야 하는데, 이 수발하는 모습을 보면 환자를 어떻게 대하고 있는지를 한눈에 알 수 있나. 식사 수발을 하는 것은 생각처럼 그리 쉬운 것은 아니어서, 환자가 좋아하는 식성과 식사하는 속도에 맞추어서 일정한 속도를 유지해야 하고, 또 삼킴 기능이 약한 환자들은 쉽게 삼킬 수 있도록 한 수저의 양을 알맞게 조절해서 수발해야 한다. 이런 사실을 잘 모르는 보호자들은 환자의 상태에 신경 쓰지 않고 식사 수발을 하다가 가끔 흡인성 폐렴으로 발전하는 경우도 있다. 그래서 식사 수발을 할 때 병원의 직원들이 얼마나 성의있게 대하는가를 살펴보면 환자를 어찌 생각하고 있는지도 짐작이 가능해지는 것이다.

병원 방문 시에 병원 측과 미리 약속하지 말고 임의의 시간에 찾아가면 병원의 일상의 모습을 좀 더 생생히 느껴볼 수 있을 것이다. 또한, 요양 병원의 각종 행사 시간에 방문을 해보는 것도 병원 분위기를 아는 데 도움이 된다. 병원 외부 단체와 연계해서 하게 되는 이런 외부 공연 등에 참석하면 환자들의 흥을 돋우기 위해서 직원들이 어떻게 하는지도 살펴보게 된다. 간호사나 요양보호사들이 노래를 부르거나 환자와 함께 춤을 추는 등 공연의 분위기를 이끌어서 공연이 흥겨운 분위기에서 진행된다면 당연히 환자들도 즐거워하게 될 것이다. 환자에 대해 이런 애정을 가진 직원들이 많다면 당연히 그 병원은 좋은 병원이 될 수밖에 없다. 이런 공연이 있는 날이면 많은 환자가 행사에 참여할 수 있도록 환자를 독려하고 직원들이 함께 휠체어 등으로 모시고 나오는 등 노력하는 병원이 있다. 이런 병원일수록 환자를 아끼고 소중하게 생각한다고 보면 무리가 없을 것이다.

5. 적절한 진료비를 받는 병원을 선택하자.

요양 병원은 급성기 병원과는 다르게 한 달에 얼마씩으로 정해진 약정금을 받는 경우가 많다. 이는 요양 병원이 '포괄수가제' 라는 특성이 있기 때문이다. 일반적인 급성기 병원이나 의원급 의료기관에서는 '행위별 수가제' 방식을 채택하고 있는데, 이는 그 의료기관에서 행한 각 치료에 개별적으로 가격을 산정하는 것이다. 예를 들면, 입원해서 수술을 받았다면 행위별 수가제에서는 각 수술의 가격과 입원료 등이 개별적으로 합해져서 병원비가 계산된다면, 포괄수가제에서는 의료 행위를 얼마나 많이 했던지 간에 미리 정해진 의료비만을 받게 되는 것이다. 모든 환자가 일괄적으로 똑같은 것은 아니라, 중증도에 따라서 몇 가지 군으로 나누어져서 그에 따라 진료비가 정해진다. 그러므로, 요양 병원에서는 입원 당시 환자의 상태에 따라서 입원비가 대략 정해지고 이를 약정금 형태로 받게 되는 것이다.

행위별 수가제의 단점이 의료기관이 수익을 위해서 '과잉 진료'를 할 가능성이 있다는 점이라면, 포괄 수가제의 단점은 이와 반대로 의료기관이 진료를 많이 하든 작게 하든 동일한 액수의 진료비가 책정되기 때문에 '과소 진료'의 위험성이 존재한다는 것이다. 실제 영리를 목적으로 하는 일부 요양 병원의 경우, 약제비용을 줄이기 위해 환자들에게 꼭 필요한 약제조차도 처방하지 않는 경우가 있다고 한다. 우리나라의 급성기 병원에서는 항생제 남용이 문제가 되기도 하지만, 일부 요양병원에서는 환자에게 꼭 필요한 항생제마저 아끼려고 하는 사례도 있다. 이런 점들이 포괄수가제의 단점이 된다.

그렇기 때문에 너무 저렴한 진료비를 약속하는 의료기관은 환자들이 필요한 진료를 받기 힘들 수도 있는 위험성이 존재한다. 환자가 적절한 진료와 필요한 약재를 잘 처방받기 위해서는 적절한 진료비가 있어야 가능한 법이다. 진료비를 너무 낮게 책정하는 병원들은 아무래도 이런 과소 진료의 위험과 함께 병원 운영에 필요한 인력들을 적게 고용함으로써 비용을 절약할 가능성이 있다고 보아야 할 것이다. 경제적인 부분은 병원을 선택하는 중요한 부분이지만, 이것만으로 병원을 선택하게 되면 환자가 제대로 된 치료를 받지 못해 오히려 불리한 경우가 생길 수도 있는 것이다.

원만한 입원 생활을 위해
보호자에게 부탁드리는 점

1. 요양병원의 의료 시스템에 대한 이해가 필요하다.

요양병원은 만성질환이나 치매 중풍 등의 장기적인 의료 케어가 필요한 환자를 진료하기 위한 목적으로 개설·운영되고 있고 환자를 진료했을 때 병원이 받는 의료수가는 1일당 정액수가로 책정되어 있다. 의원이나 병원, 종합병원 등의 수가체계는 대개 의료행위를 한 만큼 수가가 늘어나는 행위별 수가제로 운용되는 데 반해 요양병원은 의료행위를 얼마나 많이 했는지와 상관없이 진료비가 정액으로 정해져 있다. 이를 포괄수가제라고도 하는데 급성기 병원의 행위별 수가에 익숙한 보호자들이 이런 정액수가체제를 잘 이해하지 못하여 혼동이 생기는 경우가 간혹 있다. 1일당 정액수가는 환자의 중증도와 간호 관리의 필요도에 따라 7단계로 나누어져 있고 뇌혈관질환, 파킨슨 등 특정한 병명이 있거나 인공호흡기를 하는 등의 환자는 높은 수가가 책정된 반면 치매 증상이 있어도 스스로 거동할 수 있는 환자들은 대체로 수가가 낮게 책정되어 있다. 일반적으로 입원 시 진료비 가운데 환자의 본인부담금 비율은 20%지만 요양병원에는 사회적 입원을 특히 경계하고 있기 때문에, 일상생활이 가능하다고 판단되는 신체기능저하군 환자의 본인부담금 비율을 40%로 책정하여 입원하지 않도록 유도하고 있다. 이런 신체기능저하군에 속하는 환자들은 진료비의 본인부담금이 월 100만 원에 육박하기도 한다. 하지만, 보호자들은 반대로 '우리 엄마는 별로 아프지 않아 병원이 편할 것이다.' 라고 생각하기 때문에 오히려 진료비의 본인부담금이 높은 것을 이해를 못 하시는 경우가 종종 있다. 환자의 중증도 구분 7단계 중에 최하위단계인 신체기능저하군을 제외한 1~6단계 환자군은 중증도가 높을수록 수가도 높게 책정되어 있어 중증 환자 케어에 인력과 자원이 많이 투입되기 때문에 수가가 높게 책정되어 있다고 볼 수 있다.

요양병원의 수가가 포괄수가제로 구성되어 있기 때문에 요양병원에 입원 중에 추가 진단 등의 이유 혹은 원래 다니던 병원에서 약을 타기 위해 타 병원의 진료를 볼 때는 절차가 조금 복잡해진다. 때에 따라서는 타 병원을 방문할 경우 퇴원처리를 하고 타 병원 진료를 해야 하거나 혹은 보험이 아닌 일반으로 먼저 진료를 본 뒤에 나중에 정산해야 하기도 한다. 보호자들이나 환자들이 볼 때 복잡한 행정상의 문제가 생기는 것은 요양병원과 급성기 병원 간의 수가체계와 의료체계가 다르기 때문에 나타나는 문제이다. 그리고 3차 병원이든 요양병원이든 동네의원이든 입원을 하면 보험공단에서는 그 환자의 의료 발생은 입원한 병원에서만 가능한 것으로 간주하기 때문에 입원 중인 환자가 타 병원에서 진료내역이 발생하여 청구되면 제대로 입원치료를 하고 있지 않았던 것으로 생각하여 진료비 삭감이 되는 이유가 되기도 한다. 요양병원에서는 초음파나 MRI 등의 검사가 필요한 경우 혹은 안과·이비인후과·치과 등의 적정 진료과가 없어 타 병원 진료가 필요한 때가 종종 생기는데 그럴 때는 반드시 병원 원무과나 병동의 간호사들과 미리 의논을 해서 처리하여야 한다.

2. 의료진과 병원에 대한 믿음

사무장 병원과 인권 사각지대 등으로 여러 차례 보도가 나가고 난 뒤에는, 요양병원은 의료인이 아니더라도 개설할 수 있는 열악한 시설, 아프지 않은 사람을 입원시켜서 불법으로 진료비를 청구하여 영리를 취득한다는 그런 이미지를 가진 병원이 되었다. 하지만 최근에는 젊은 의사 혹은 한의사 병원장들이 직접 병원을 개설하거나 종합병원 수준의 의료법인이 요양병원을 개설하여 깨끗하고 밝은 환경과 세심한 케어로 환자를 돌보는 좋은 병원들이 늘고 있다. 포털 사이트 검색창에 '요양병원'을 검색하면 '좋은 요양병원 고르는 법'이라고 연관되어 나오는데, 좋은 병원이라고 생각하는 기준이 각자 다른 것 같다. 나는 좋은 요양병원이란 의사가 진료를 잘 보고 간호사가 환자 간호를 잘하고 요양보호사 등의 직원들이 간병케어를 잘하며 보호자의 집과 가깝고 환경이 깨끗한 병원이라고 생각한다. 간혹 보호자들 가운데는 경제적 부담이 가장 가벼운 병원만 찾거나 환자를 한 번 맡겨두면 돌아가실 때까지 전화 연락도 하지 않고 추가 비용을 쓰지 않는 그런 병원을 선호하는 보호자도 있는데 이런 식의 너무 저렴하거나 연락이 없는 시스템은 결국 환자를 불행하게 만들 뿐이라는 게 내 생각이다.

우리 병원에서는 일상적인 변화 이외에 환자에게 일어나는 변화에 대해서는 보호자에게 즉시 알리고 함께 치료 방향을 의논하고 풀어나가는 것을 원칙으로 하고 있다. 그런데, 가끔 보호자가 병원의 의료진을 믿지 못하여 치료 계획을 결정하지 못하여 치료 시기를 놓치는 경우가 있어 안타깝다. 제아무리 불신과 경계의 시대라지만 병원에 부모님을 모셨으면 병원을 믿어야 하는 것이 기본이다. 병원에 근무하는 전문의 의사들은 6년간 예과와 본과의 대학 생활을 하고 인턴

1년 전공의 4년(가정의학과는 3년)에, 남자라면 군의관 3년까지, 거의 10년에서 14년을 공부한 뒤에 의료를 업으로 삼는 분들이다. 간호사 또한 의대 바로 아래 정도의 수능 합격선인 간호대를 4년간 다니고 조직문화가 가장 힘든 곳 중의 하나라고 하는 급성기 병원에서 경험을 쌓은 후 환자를 돌보고 있다. 인지가 저하된 환자들이나 고집 센 노인 환자의 경우 병원에서 같이 생활하면서 티격태격하는 경우도 있지만, 의사나 간호사들이 의료인의 본분으로 환자를 바라볼 때는 모두가 치료를 받아야 할 약자로서 따스한 마음으로 바라보고 환자가 편해지고 병이 낫기를 바라며 진료하고 돌보는 것이 인지상정이다. 그런 환자를 배려하는 마음이 아니라면 급여가 많지도 않고 일이 힘든 요양병원에서 근무하기는 쉽지 않은 일이다. 이런 사실은 오랫동안 부대끼면서 정을 나누다 보면 환자들 또한 그런 마음을 알아주시기도 하는데 가끔 오시는 보호자들이 병원이나 진료진의 치료 방향 제안에 뜬금없는 의심을 품게 되면 환자 치료에 혼선이 있을 수 있어 일이 원활하지 않게 되는 것이다.

보호자와의 신뢰는 병원이 노력하여 쌓아가야 하는 것이 맞다. 하지만 우리가 하는 일은 의업이고 인생의 많은 기간을 투자하여 면허를 취득하고 선의로 한길만을 걸어온 의료인들이니만큼 의심의 눈초리가 아니라, 신뢰의 마음으로 병원과 직원들의 이야기를 들어주셨으면 하는 마음이다.

3. 보호자들의 일관되고 대표성 있는 목소리

보통 치료 결정 과정에는 의사의 설명이 절대적이다. 예를 들어, 교통사고로 상처가 나서 응급실에 갔을 때 의사의 진료 결과 수술이 필요하고 한다면 보호자는 지체 없이 이에 동의하고 수술동의서에 서명을 할 것이다. 내과적인 질환이 의심되어 병원에 갔다면 검사가 필요하다는 의사의 말에 순순히 따르고 검사 비용을 지불하는 보호자가 대부분일 것이다. 하지만, 환자가 노인이라서 스스로 경제권이 없고 검사에 따른 치료를 하더라도 그 상태에 커다란 호전이 기대되지 않는다면 이야기는 달라질 것이다. 급성 질환의 경우에는 의사의 판단과 결정이 제일 중요한 요소이지만, 만성 질환과 노인성 질환의 경우에는 의사의 진료와 더불어서 환자 및 보호자의 결정 또한 중요한 고려사항이 될 수밖에 없는 것이다.

그렇기 때문에 만성 질환이나 노인성 질환의 경우에는 의사의 설명에 따른 최선의 진료 방향도 중요하지만 어떨 때는 경제적 이유로 환자의 치료 방향이 달라지기도 하고, 환자 본인이 검사나 치료를 원하지 않는다고 강력하게 이야기하면 보호자의 동의하에 기본적인 치료밖에 할 수 없는 것이 현실이기도 하다. 이럴 때 환자와 보호자들의 결정이 중요한데, 요양병원의 경우에는 환자 자신이 제대로 된 결정을 내리기 힘든 경우가 많으므로 특히 보호자의 결정이 중요하다. 그런데, 보호자가 한 명이 아닌 경우 여러 명의 의견 합일이 되지 않으면 진료보다는 보호자 설명과 동의를 구하는 것에 노력이 더 많이 드는 등의 주객전도를 경험할 때가 있다. 입원 수속을 하면서 대표 보호자를 정하지만 어떤 결정을 의논하기 위해서 전화를 드리면 혼자 결정할 문제가 아니라고 하고서는 2~3일이 걸리는 보호자가 드물지 않다.

환자 케이스마다 다르기는 해도 대체로 금전 문제가 있는 경우에는 부모님의 거취에 대하여 다른 견해를 가지고 있어 병원이 환자를 돌보는 데 어려움을 겪는 경우도 많다. 또 어떤 경우에는 입원으로 생명을 이어가시는 것에 대한 연민으로 '이렇게 사실거면 차라리 빨리 가시는 것이 낫지 않나.' 하고 의료진에게 차마 입에 담지 못할 요구를 하는 경우도 있다. 그럴 때면 '운명이란 게 있는 것이니 언제 가실지는 잘 모르겠습니다. 의료진은 살리거나 돌아가시게 하는 사람이 아니라 지내시는 동안 편안하고 덜 아프도록 도와드리는 역할을 할 뿐입니다. 못 듣고 눈감고 계시는 듯 보여도 마지막 가시는 순간까지 다 듣고 계시는 경우가 많으니 아프신 분 앞에서 말씀 조심하십시오.' 라고 타이르며 환자분에 대한 예의를 지킬 것을 부탁드린다.

4. 환자에 대한 이해

자녀분들과 떨어져 독립적으로 생활하시다 건강이 악화돼 입원하는 경우도 있고 같이 살다가 입원하는 경우도 있다. 후자의 경우는 환자의 상태를 잘 아는 편이지만 그래도 치매라는 병이 전형적인 한 가지의 증상을 가진 것은 아니어서 일반인 보호자들은 부모님의 병환에 대해서 잘 모르는 경우가 많다. 병세에 대한 정확한 이해 없이 그저 소홀했던 것이 마음에 걸려서 이제부터라도 잘하려고 하는 것이 의도치 않은 결과로 이어질 때가 종종 있다.

① 무리한 운동은 오히려 위험하다.
S씨는 파킨슨 증후군과 알츠하이머치매로 입원한 환자였다. 시간이 갈수록 S씨의 상태는 점점 악화되어 가고 있었다. 점차 보행이 힘들어지고 인지 능력도 쇠퇴하여서 폭력성과 섬망 증상이 나타나고 있었다. 섬망은 치매 환자들에게서 나타나는 증상 중의 하나로 안절부절 못하고 움직인다든지 잠을 못 자고 소리를 지르는 등의 과다행동

증상과 환각 증상 등이 나타나는 것을 말한다. S씨는 강박적으로 계속 호출 벨을 눌러서 간호사를 부르는 불안 증상을 보이면서 금방 먹고 난 뒤에도 또 간식을 달라는 등의 음식에 대한 강박증도 함께 보였다. S씨는 물리치료를 받고 나면 조금 나아진 모습도 보였으나 파킨슨병이 진행됨에 따라 전반적인 운동 기능이 약해지고 있는 상태였다. 이런 상황에서 자칫 잘못하면 걷다가 넘어지거나 침대에서도 떨어질 우려가 있어 낙상에 다들 주의를 하고 있었다. 그런데 보호자들의 지나친 열의가 문제였다. 보호자들은 S씨가 다시 걷게 될 것을 기대하고, 면회 올 때마다 환자와 함께 걷는 등의 운동을 하고, 침대에서도 계속 움직여보라고 환자를 재촉하였다. 보호자나 직원이 옆에서 지켜보거나 부축하면서 걷는 것은 별다른 문제가 없지만, 보호자가 옆에 없을 때 혼자서 움직이는 것은 파킨슨병이 어느 정도 진행된 환자에게는 아주 위험한 일이 된다. 결국 보호자들이 계속 운동하라고 부추긴 덕에 S씨는 밤중에 혼자 화장실을 간다며 침대 밑으로 내려가다가 낙상 사고를 당하게 되었다. 다행히 별다른 문제는 없었지만, 이 사고는 보호자들의 과욕이 환자들에게 위험을 줄 수도 있다는 것을 잘 보여준다. 보호자들이나 지인들이 면회를 와서 환자들에게 운동을 강권하고 무리한 움직임 등을 요구하다 환자들이 다치는 경우도 있다. 이런 식으로 환자에 대한 자세한 파악 없이 막무가내식의 요구는 오히려 위험할 수도 있다는 점을 이해해주었으면 좋겠다.

② 외출 시 사고가 많이 생긴다.

우리 병원에서 항상 주의를 집중하고 신경 많이 쓰는 것 중의 하나가 낙상 예방 활동이다. 그만큼 병원에서 주의를 하면 사고가 줄어드는 점도 있지만, 고령의 만성질환자가 많은 요양병원의 특성상 낙상 사고가 발생하면 중증이 될 가능성이 크기 때문이다. 그런데, 의외인 것은 환자가 보호자와 함께 외출 혹은 외박 시 나타나는 낙상 사고의 발생도 상당하다는 것이다. 병원에서는 낙상 사고를 예방하기 위해 여러 조치를 취한다. 대표적인 것이 환자들이 걸려 넘어지는 사고를 막기 위해 문턱이 없도록 설계되어 있다. 또한, 복도를 다닐 때도 손잡이를 잡고 다닐 수 있도록 안전 손잡이가 설치되어 있다. 물을 쓰는 화장실이나 욕실 등에는 반드시 미끄럼방지 타일을 쓰게 되어 있다. 하지만, 일반 가정에서는 이런 시설 등이 부족하므로 사고의 가능성이 더 클 수밖에 없다.

K할머니는 치매로 입원하신 분으로 역시 낙상의 위험이 있어 병동의 간호사들과 요양보호사들이 신경을 많이 쓰는 환자였다. 그 덕분으로 K할머니는 낙상 사고 없이 좋은 식사와 치료로 기력을 많이 회복하시게 되었다. 그 후 보호자인 아들이 집에서 며칠 모시고 싶다고 해서 외박을 가게 되었다. 그런데, 외박을 가기 위해 휠체어에 앉아서 가시는 중에 도로의 보도블록에 부딪히면서 할머니가 넘어지시게 된 것이었다. 이 사고로 할머니는 골절이 일어나게 되어 급성기 병원에서 수술하시게 되었지만 결국 다시 회복하지 못하고 세상을 떠나게 되었다. 보호자로서도 황당한 사고이지만, 우리 병원으로서도 아쉬움이 많이 남는 사고였다. 정말 조심하고 정성으로 치료해서 어느 정도 회복이 되었는데, 어처구니없는 사고로 이런 결과가 되었으니 너무 안타까웠다.

예전 건강하셨던 부모님의 상태만 막연히 생각하고 아무 사고 없이 외출을 다녀올 수 있다는 자신감은 위험한 발상일 수 있다. 외출을 해야 한다면 동선과 이동수단을 꼼꼼히 체크하여 환자의 건강에 무리가 없도록 설계하고 위험 변수를 최소한으로 줄인 후 외출을 실행하는 계획성이 필요하다.

③ 맛있는 음식일수록 더 조심스럽게 드려야 한다.

D할머니는 당뇨 조절이 잘 되지 않아 전신 쇠약이 온 환자였다. 드시는 것을 좋아하여 단 음식과 과자 등을 많이 드셔서 측정 불가 수치까지 혈당이 오르다가도 때때로 저혈당 증세를 보였다. 췌장의 기능 손상이 심해서 처음 입원 시에 남편인 보호자에게 식사조절과 혈당조절이 잘 되지 않으면 돌아가실 수도 있음을 말씀드렸다. 그런데, 할아버지는 평소 할머니가 좋아하시는 과자와 치킨을 잔뜩 사 오시며 '니가 언제 죽을지도 모른다는데 죽더라도 맛있는 것 실컷 먹고 죽어라잉~.' 하셔서 병동 관계자들이 깜짝 놀라서 음식들을 모두 병동에서 보관하고 할아버지 경계령(?)을 내린 적이 있다. 혈당 조절이 안 되는 환자에게 이런 고열량의 음식은 그나마 남아있는 인슐린 저항성을 높여 2차적인 대사 문제를 일으켜 문제를 만들 수도 있다. 이런 경우 무조건 못 드시게 하는 것보다는 일단 혈당조절을 안정적으로 만든 이후에 소량씩 드시게 하여 혈당 조절과 먹고 싶은 욕구를 균형 있게 해결하는 것이 좋다. 이후 할아버지에게 꾸준히 설명 드려 비슷한 일이 재발하지 않아 다행이었다.

또한, 치매가 진행되면서 저작과 연하 기능이 감퇴하는데 노인 환자에 대한 이해가 부족하다 보니 위험할 수 있는 음식을 주의 없이 드리는 경우가 많다. 대표적으로 위험한 음식이 떡, 사탕, 빵과 같이 목에 걸릴 위험이 있는 음식이다. 특히 떡은 질식사고로 이어질 수도 있는 제일 위험한 음식이기 때문에 꼭 드려야 할 때는 간호사나 간병인이 드리게 하거나 가능하면 드시지 않도록 하는 것이 좋다. 또, 방울토마토나 젤리 등의 먹거리도 자칫하면 기도를 폐쇄하여 돌이킬 수 없는 결과로 이어질 수 있으니 으깨서 드리거나 작게 잘라서 드려야 한다. 팥죽이나 호박범벅 속의 찰떡 경단도 쉽게 생각하고 지나칠 수 있지만, 노인성 질환자에게는 요주의 음식이다. 안전한 제형의 음식은 죽과 같은 형태의 음식이다. 그 때문에 병원에서 간식을 드릴 때 빵 등의 간식은 떠먹는 요구르트에 잘게 부수어 섞어서 죽과 같은 형태로 촉촉하게 만들어 드리기도 한다

그리고 식사 사이 출출할 때를 대비하여 두유를 많이 사 오는데 성분표를 꼼꼼히 확인하여 당분이 많지 않은 것으로 준비하시길 부탁드린다. 시판용 두유는 대개 맛을 위해 당분 함유량이 많아서 약해진 대장에 자극이 될 수 있다. 병원에서 경관영양 급식용으로 사용하는 환자용 대용식이 영양상으로 균형 잡히고 당분도 많지 않으므로 좋다.

④ 정서적인 지지를 표현함에도 밀당이 필요하다.
입원 중에도 환자들 간의 갈등이나 싸움이 당연히 있다. 하지만, 이런 인간관계로 인한 갈등에 대해 보호자가 자기 부모만을 일방적으로 지지하는 것은 문제가 될 수 있다. 치매라는 질병과 노인이라는 특성상 '어떠한 상황에서도 내 자식은 나의 편' 이라는 생각이 병세와 결합하다 보면, 직원이나 다른 환자에 대해 폭력을 행사하거나 혹은 진료나 케어에 대해 저항하는 것으로 나타날 수도 있기 때문이다. 유아기 아동을 어린이집에 보낼 때 처음 며칠이나 한 달은 엄마나 할머니가 어린이집에서 같이 생활하고 익숙해지면 혼자 떼놓고 오듯이 입

원 초기에 이런 적응이 필요한 환자가 대부분이고 병원에서 이런 방식을 권유하기도 한다.

입원 초기에는 식사 때마다 보호자가 와서 식사를 같이하고 병원 구석구석 익숙해질 때까지 산책을 같이하기도 한다. 이런 환자의 경우는 보호자의 지지를 마음껏 표현하여도 무방하다. 하지만 증상이 거짓말, 폭력, 케어에 대한 저항, 배회 및 탈출을 하려는 방식으로 병이 표현되는 환자들에게는 보호자가 냉정한 모습을 보이는 것도 필요하다.

물론 계속 냉정한 모습을 유지할 필요는 없고 효과적으로 밀당을 해주면 곧 다시 평온한 모습을 찾기도 한다. 보호자가 어떤 자세를 취해야 할지 모를 때에는 병동의 간호사와 상담을 하여 방향을 결정하는 것이 좋다. 가끔 치료에 필요하여 보호자에게 이렇게 객관적 자세를 유지해 달라고 부탁하면 혹시 부모님을 학대하거나 방치하는 것은 아닌지 걱정하는 분들이 있다. 하지만, 아이를 교육할 때도 여러 방법이 있는 것처럼, 치매 환자를 돌보는 것은 병원의 의료진과 긴밀한 협조를 통해서 하여야 하고 그러한 협조 내용에 정서적인 부분도 포함되어 있다는 것이 치매 진료의 특이점이라 하겠다.

치매 산정특례에 대해서

　문재인 정부가 출범하면서 중증 치매 환자의 진료비 부담을 줄여주기 위해서 '중증 치매 산정 특례 등록제도' 를 2017년 10월부터 시작하기로 하였다. 산정특례 등록제도란, 여러 질환 가운데 환자에게 진료비 부담이 큰 암이나 중증 질환, 희귀난치성 질환 등에 대해 본인부담금의 일부를 면제해주는 제도이다. 보통 입원 환자의 경우 진료비 가운데 본인 부담은 전체 진료비의 20~40% 정도지만, 산정특례 등록제도에 등록된 환자는 0~10% 정도의 본인 부담을 하게 되어 경제적 부담이 줄어들게 되는 혜택을 받게 된다.

이러한 경감 혜택은 산정특례의 대상이 되는 질병에 따라 차이가 있는데, 암, 뇌혈관질환, 심혈관 질환 및 중증 화상은 진료비의 5%만을 부담하고 희귀난치성 질환 및 결핵은 10%를 부담하게 된다. (2016년 7월 이후 등록된 결핵환자는 본인부담금이 면제) 그리고, 이런 산정특례 등록제도의 적용 기간은 암과 희귀난치성 질환은 5년, 중증 화상은 1년, 일반 결핵은 각각 산정특례 등록일로부터 시작해서 2년, 본인 부담면제 결핵은 치료 종료일까지 적용된다. 심장 질환이나 뇌혈관 질환을 앓는 환자는 예외적인 몇 가지를 제외하면, 따로 보호자가 따로 등록할 필요 없이 세부기준에 따라 입원 1회당 최대 30일까지 적용한다. 이런 산정특례 등록제도에 중증 치매가 새로 추가되어 실시된 것이다.

중증 치매 산정특례 등록제도는 크게 두 가지로 구분된다. 먼저 치매 가운데서도 희귀난치성 질환에 해당하며 의료적 필요도가 크고 중증도가 높은 치매 환자들을 대상으로 하는 그룹 1에 해당하는 치매이다. 이 그룹1에 해당하는 경우는 현재 시행되고 있는 희귀난치성 질환 산정특례와 동일한 혜택을 받는다. 즉, 해당 질환으로 확진 후 산정특례 등록을 신청해서 등록되면, 해당 등록된 질환으로 진료 시 5년간 본인부담률이 10%로 적용되며, 기준이 충족되면 재등록도 가능해진다.

그룹1에 해당하는 질환이 질환 자체로 중증으로 판단해서 산정 특례를 적용하는 반면, 그룹2에 해당하는 경우는 질환 자체로는 중증도를 판단하기 어려우나 환자의 상태에 따라서 중증의 의료적 필요가 발생할 경우에만 산정특례를 적용하게 된다. 즉, 그룹1에 해당하는 경우는 진단을 받은 그 자체만으로 산정특례 적용이 가능하지만, 그룹2에 해당하는 경우는 진단을 받은 뒤에 특정한 의료적 필요가 있을 때만 선별적으로 산정특례를 적용한다는 것이다. 이런 경우는 그룹2에 해당하는 진단을 받은 뒤, 아래와 같은 조건이 되면 의사의 진단에 따라 기한의 제한이 있는 산정특례를 적용받게 된다.

① 치매 및 치매와 직접 관련되어 중증의 의료적 필요가 발생하여 입원 및 외래진료가 필요한 경우
② 문제행동이 지속적으로 심하여 잦은 통원 혹은 입원치료가 필요한 경우
③ 급속한 치매 증상의 악화로 의료적 재접근이 필요한 경우
④ 급성 섬망 상태로 치료가 필요한 경우

그룹1의 질병들은 그 자체로 희귀난치성 질환에 가깝기 때문에 아주
중증의 환자들이 혜택을 받을 수 있을 것으로 생각되며, 대부분의 중
증 치매 환자들은 그룹2의 질병에 해당할 것이다. 그룹1의 질병으로
산정특례를 받기 위해서는 먼저 의료기관에서 질환을 확정하기 위한
'필수검사항목' 에 따라 검사를 받아야 하며, 이 검사결과가 검사기준
을 충족한 경우 해당 질환으로 확진 받게 된다. 이때 확진한 의사가

상병코드	상병명(한글)
F000	조발성 알츠하이머병에서의 치매
	알츠하이머형의 원발성 퇴행성 치매, 초로성 발병
	알츠하이머병 2형
	알츠하이머형의 초로성 치매
F020	피크병에서의 치매
G300	조기발병을 수반한 알츠하이머병 (발병은 보통 65세 이전)
G3100	전두측두엽 치매
	피크병
G3101	의미변이 원발진행 실어증
G3102	비유창 원발진행 실어증
G3103	로고페닉 원발진행 실어증
G3104	달리 분류되지 않은 원발진행 실어증
G3104	진행성 고립성 실어증
G3182	레비소체를 동반한 치매

(표1, 중증치매 산정특례 그룹1)

'건강보험 산정특례 등록 신청서'를 발급하며, 이를 건강보험공단으로 신청하면 등록이 가능하게 된다. 필수적인 검사항목들은 질환에 따라 차이가 있지만, 대체로 신경학적 검사, 뇌영상(뇌MRI나 뇌CT), 생물학적 지표, 혈액검사, 임상치매척도검사(CDR), MMSE(간이정신상태검사) 등이 해당한다.

그룹 1에 해당하는 경우는 5년간 산정특례를 적용받게 되나, 그룹 2에 해당하는 경우는 먼저 산정특례를 등록하고 그 질병과 관련되어서 진료를 받을 경우에 진료비 본인부담금 경감의 혜택을 받게 된다. 기본 연간 60일 기간에는 요양기관의 제한이 없이 모든 요양기관에서 산정특례가 적용되지만, 추가적인 산정특례를 더 받기 위해서는 병원급 이상의 의료기관(요양병원 제외)에서 신경과 혹은 정신과 전문의가 의료직으로 필요하다고 인정하는 경우에만 60일의 추가 산정특례가 가능해진다. 그룹2의 경우 역시 5년간 산정특례가 적용되지만, 매년 60일의 기본 기간과 추가 60일을 합해서 1년에 적용받을 수 있는 기간이 최대 120일이라는 제한이 있다.

산정특례를 받았을 때의 진료비 경감은 환자가 가지고 있는 중증도와 기타의 조건들 때문에 차이는 있으나, 대체로 20여만 원 정도가 될 것으로 보인다. 다만, 입원 시 지불하게 되는 식대와 비급여 진료로 인한 비용은 산정특례로 인한 진료비 경감에서 제외된다.

중증 치매에 대해 국가가 나서서 진료비 부담을 줄여주는 것은 치매로 고통받는 환자와 보호자들에게 아주 좋은 소식이다. 하지만, 이번 산정특례와 관련하여 몇 가지 아쉬운 점이 있는 것은 사실이다. 먼저 중증 치매 환자를 주로 담당하고 있는 요양병원의 역할이 낮게 설정되어 있다는 점이다. 그룹 2의 산정특례 연장을 결정할 수 있는 의료기관에서 요양병원이 제외되어 있다는 점이다. 많은 치매 환자들이 입원해있는 요양병원을 제외한 다른 병원급 의료기관으로 산정특례 연장 결정을 제한한 것은 아쉽기만 하다. 요양병원에 입원한 중증 치매 환자가 다른 병원급 기관에 가서 또 진단을 받아야만 한다는 것이 치매 환자의 여러 여건상 쉽지 않은 일이기 때문이다. 또한, 요양병원에 입원해 있는 환자들의 입장에서 진료비 부담을 줄여주기에는 산정특례에서 제외되는 부분이 크다는 점도 아쉬운 점이다. 요양병원에 입원한 일반 건강보험 환자들과 비교할 때 산정특례로 인한 경감 액수는 20여만 원에 그칠 것으로 생각된다. 산정특례로 인한 경감이 그리 크게 체감되지 않는 것은 대략 한 달 25여 만에 달하는 식대 본인부담금이 제외되기 때문이다. 또한, 요양병원에서 진료비와 더불어 가장 큰 경제적 부담이 되는 간병비 또한 산정특례 경감에서 제외되기 때문에 환자 보호자들이 느끼는 체감은 그리 크지 않을 가능성이 크다 하겠다.

이제 막 시작된 제도이기 때문에 중증 치매 환자 산정특례 제도가 여러 부분에서 미흡하고 미리 대처하지 못한 부분들이 있는 점은 분명하다. 하지만, 그럼에도 불구하고 국가가 나서서 치매 환자를 관리하고 그 부담을 줄여주는 것은 갈수록 고령화가 진행되는 상황에서 의미 있는 정책적 결정이라고 생각된다. 환자들과 보호자들의 여러 상황을 살펴서 추가적인 보완책들이 효과적으로 시행되길 기대해본다.

상병코드	상병명(한글)
F001	만발성 알츠하이머병에서의 치매
	알츠하이머형의 원발성 퇴행성 치매, 노년발병
	알츠하이머형의 노년 치매
	알츠하이머병 1형
F002	비정형 또는 혼합형의 알츠하이머병에서의 치매
	알츠하이머형의 비정형 치매
F010	급성 발병의 혈관성 치매
F011	현저한 피질성 치매
	다발경색 치매
F012	피질하 혈관성 치매
F013	피질 및 피질하의 혼합된 혈관성 치매
F03	상세불명의 치매
	상세불명의 일차성 퇴행성 치매
	상세불명의 초로성 정신병
	상세불명의 초로성 치매
	상세불명의 노년 정신병
	상세불명의 노년 치매
	노년 우울형 또는 편집형 치매
G301	만기발병을 수반한 알츠하이머병 (발병은 보통 65세 이후)

(표2, 중증치매 산정특례 그룹2)

치매 등 노인성 질환과
한의학 치료

1. 환자와 주고받는 모든 것이 치료가 된다.

따님이 병원 근처에서 가게를 하게 된 덕분에 우리 병원에 입원하신 K할머니는 아들딸이 모두 잘 장성했고, 돌아가신 할아버지도 가정적이어서 평생을 행복하게 살아오신 분이다. K할머니는 내과적인 질병도 있었지만, 할머니가 느끼는 가장 큰 불편은 여기저기 온몸의 관절들이 아픈 것이었다. 여한이 없이 살았다고 해도 늙고 병들어서 입원생활을 하는 것이 여간 고달프기는 해도 병원 생활이 주는 불편함을 직원들과의 소통으로 위안을 삼고 계신 분이었다. 한의사로서 한의원도 운영했지만, 요양병원에서 내가 진료하는 방식은 이전까지와는 사뭇 다르게 변하게 되었다.

"자~ 침 맞읍시다. K할머님 잘 지내셨어요? 몸은 좀 어떤가요?"
이렇게 내가 먼저 일상을 묻는 것으로 진료가 시작되면 그다음은 입원실의 환자들이 마치 오랜 기간 합을 맞춘 연극배우들처럼 합창하듯 다음 말을 동시에 내뱉는 것으로 이어진다.
(할머니와 나 동시에) "아파~ 목이 마이 아파~"
"아이고~ 목 관절이 굳어서 그래요."
(목 뒤의 혈 자리를 눌러 안마하며) "여기를 평소에 눌러주고 목운동도 하셔야해요."
"세게 누르지마 아파~ 여기 손목도 아파~"

"거동이 불편하니 팔심으로 막 짚고 다녀서 잘 안 낫네요. 누워보세요. 침놔드릴게요."
(무릎을 가리키며) "다리도 마이 아파~ 못 걷겠어~"
"네! 걱정 마세요. 제가 최선을 다해서 치료해 드릴게요."

이렇게 백이면 백 번 처음부터 다시 물어보고 호소를 들어드리면 비로소 당신 아픈 설움을 충분히 전했다는 만족감까지 더해지게 되니, 침 맞은 날은 안 아프고 잘 잤다고 하신다. 침 치료가 없는 날 복도에서 휠체어를 탄 할머니를 만나도 같은 운율의 대화는 시작된다.

"K님 잘 지내셨어요? 몸은 좀 어떤가요?"
(할머니와 나 동시에) "아파~ 목이 마이 아파~"
"아이고~ 목 관절이 굳어서 그래요."
(목 뒤의 혈 자리를 눌러 안마하며) "내일 침 놔드릴게요."
"세게 누르지마 아파~"

아무리 한의학이라 하더라도 치매와 만성 질환에 시달리는 환자들을 낫게 하는 특별한 치료라는 게 있을 리가 없다. 다만, 이런 무슨 연극을 하듯 '정해진 대화' 라는 방식의 치료를 통해서, 침구(針灸) 치료라는 전통적인 한의학적 진료가 해결해주지 못하는 환자들의 가슴에 맺혀있는 울기(心肝鬱)을 소통시키는 방법을 쓰기도 한다. 이런 방법들이 의외로 효과가 있어서 치료 스케줄이 없는 날에도 할머니가 조금이라도 통증을 덜 느끼고 평안히 지내는데 이런 방법들이 도움이 되었을 것이라 생각한다. 가끔 이북 억양의 구수한 '아파~' 소리가 병원 바깥에서도 귓가에 쟁쟁하게 들릴 때가 있어 혼자서 웃음을 짓고는 한다.

내가 병동에서 진료하는 모습을 본다면 동료 의사들은 피식 웃거나 나더러 뻔뻔하게도 진료한다고 할지도 모르겠다. 나는 일단 병실에 들어서면서 큰 소리로 인사하면서 다짜고짜 손뼉을 친다.
"여러분, 침놓으러 왔습니다. 제가 왔어요. 박수~ 짝짝짝."

병실 한가운데서 나부터 손뼉을 치고 있으면, 새벽에 일어난 탓에 늘어져 낮잠을 주무시던 환자들도 하나둘씩 일어나 웃으며 팔이 아파도 어깨가 아파도 일단 손뼉을 쳐주신다. 병실의 환자들이 모두 주목하면 한 분 한 분씩 돌아가며 치료를 해 드리고 병실을 나오면서는
"여러분, 침 맞느라고 수고들 하셨습니다. 자 그럼 내일 봐요. 빠이빠이~"

이러면 어르신들은 다시 미소를 띤 채 자유로운 손으로 인사를 해주신다. 간혹 침 맞는 중이라며 점잖을 떠는 어르신에게는 "아버님 빠이빠이 해주세요~"라고 손을 흔들어 줄 때까지 내가 너 격렬하게 흔들면서 방을 나가지 않고 있으면 못이긴 척 손을 흔들어 주시게 된다. 바로 이 순간이 되면 다른 어르신들도 같이 기뻐하면서 병실에 온기가 도는 것을 느낄 수 있다. 그러고 나면 병실을 나오면서 "이 병실은 다 같이 기뻐하며 손을 흔들어 주셨으니 1시간 동안은 분위기가 좋겠구나. 침 맞는 동안 분위기도 화목하고 이심전심으로 치료 효과는 더욱 좋겠구나." 라는 생각이 든다.

출근해서 내 진료 모습을 처음 구경한 병동 간호사들은 내가 손뼉을 치고 손을 흔드는 것을 보면 웃음을 들키지 않기 위해 슬쩍 도망을 가는 경우도 있다. 하지만 이렇게 만들어진 미소는 환자나 직원들의 얼

굴 모두에서 쉽게 사라지지 않고 다 함께 좋아진 분위기는 환자들과의 유쾌한 교감으로 이어진다. 어떤 진료를 받았는지도 쉽게 잊어버리는 환자들이지만, 이런 밝고 재미있는 분위기였다는 감정의 흐름은 그대로 환자들에게 남아 있게 된다. 결국, 이런 행복감과 안정감이 치료의 효과를 더욱 높여주는 것이라고 나는 생각한다.

빠르고 정확한 처방과 적절한 진료 스타일로 간호사나 타 의료진에 인정받는 진료과장님들은 환자들보다는 보호자들이나 병원 직원들에게 인기가 높다. 반면, 회진할 때마다 환자와의 스킨십을 빠뜨리지 않고, 환자들의 호소를 경청하는 것을 중시하는 스타일로 간호사들은 힘들어하지만 환자들의 존경과 사랑의 눈빛을 한몸에 받는 과장님들도 계신다. 본인 담당 환자 이외에도 병실의 모든 환자에게 먼저 악수를 청하고 용기를 북돋워 주시기 때문에 우리 병원의 환자들에게는 아이돌 스타나 다름없는 존재이다. 정확한 처방과 따뜻한 마음 모두 겸비한 분이면 더할 나위 없지만, 굳이 한 사람을 선택한다면, 나는 요양병원에서는 환자들과의 교감을 좋아하고 즐기는 의사가 더 만족감이 높고 환자와 직원의 긍정적인 에너지를 끌어내 행복한 병원을 만드는 데 많은 도움을 주시는 게 아닐까 생각한다.

2. 한의학 치료의 장점

한의학에는 망문문절(望聞問切)이라는 네 가지의 진찰법이 있다. 망진(望診)은 시진(視診)이라고 하여 눈으로 환자의 상태를 관찰하는 진찰법이며, 문지(聞診)은 소리를 듣거나 냄새를 맡아서 아는 방법, 문진(問診)은 환자나 보호자에게 질문하고 답을 들어서 파악하는 방법, 절진(切診)은 환자를 직접 만져보거나 맥을 짚어서 진찰하는 방법이다. 이 망문문절 4가지 진료방법 중 절진이야말로 한의 진료에서 나타나는 특장점이라고도 볼 수 있는데, 특히 요양병원에서 유용하게 쓰인다. 환자들이 자신의 상태를 표현 못 하시는 경우에도 맥을 매일 짚으면서 상태의 변화도 알게 되고 덕분에 자연스러운 스킨십도 자주 하게 된다. 흔히 드라마에서 보는 것처럼 진맥은 손목의 맥박만 보는 것이 아니다. 환자가 앉은 자세라면 등을 두드리거나 만져보고, 누운 자세라면 복부, 허벅지나 팔 근육의 긴장도를 체크하면서 눌러보거나 피부를 쓰다듬어서 전체적인 상태를 파악한 후에 악수하듯 두 손으로 환자의 손을 잡고 진맥에 들어가게 된다. 또한, 침을 놓을 때도 환자분의 체위를 움직이거나 기저귀를 풀고 등허리나 엉덩이, 배와 가슴 등의 피부를 만지고 눌러보고 직접 눈과 손으로 체크하게 된다. 그렇기 때문에 혈액순환이 되지 않아 생기는 욕창의 전조증상이나, 인지가 저하된 치매 환자의 경우 뒤처리가 완벽하지 않아 대변이 묻어있는 등의 위생상태 불량 또한 바로 알 수 있다. 요양보호사가 전적으로 대소변 관리를 맡아서 하는 와상 환자는 위생관리가 오히려 괜찮지만, 스스로 화장실을 다니지만, 치매가 있는 경우에는 뒤처리가 완벽하지 않을 때도 있다. 이런 경우에는 환자의 자존심 때문에도 보호사나 간호사가 직접 관여하기가 조심스러울 때가 있는데 한방 진료 중에 발견하면 자연스럽게 위생 케어로 이어질 수 있어서 한결 편하고 안전하다.

진료 스타일에 따라서 차이는 있겠지만, 침 치료에는 시간이 꽤 걸리는 편이다. 환자를 보고 진맥하고 안부를 묻고 듣고 하다 보면 한 병실에 계시는 너덧 명의 환자 진료에 십여 분이 걸리기도 하지만, 이 진료시간은 자연스럽게 진료 이외의 정보들도 주고받는 정보교환의 시간이 되기도 한다. 가끔은 3교대를 하는 담당 간호사보다도 빨리 환자와 관련한 따끈한 소식을 알 때도 있어서 내가 병동에 소식을 알려주기도 한다. 결국, 이런 시간을 통해 환자들과의 끈끈한 교감을 유지할 수 있기 때문에 시간이 오래 걸리고 힘들더라도 지금과 같은 방식으로 진료하기 위해 노력하고 있다.

한의사는 각종 진단 기기 사용에서 배제되어 있고 간단한 혈액검사 지시조차 할 수 없이 오직 한의사 스스로의 오감과 경험으로 진단하고 치료해야 하는 등 일선 의료분야에서 활동이 제한되어있어 아쉬운 점이 많다. 하지만, 이러한 제한 때문에 환자와의 교감을 더욱 중요시하다 보니 요양병원에서는 한의사가 더 중요한 의미를 가지게 되기도 한다. 현대 의학은 질병을 앓고 있는 사람보다는 그 환자가 앓는 질병에 더 초점을 맞추는 경향이 있다.

하지만, 사람은 차가운 기계의 모니터에서 수치화되어서 나타나는 것이 아니다. 따뜻한 손과 뜨거운 감정을 가지고 이 세상을 살아가기 위해 애쓰는 존재라고 생각한다면, 그저 어디가 불편한지, 어떤 질병이 있는지를 파악하는 게 중요한 게 아니라 환자의 손을 잡아주고 함께 교감을 나누는 이웃으로서의 의료인도 필요할 것이다. 그런 면에서 한의사라는 존재는 현대의학에서는 이제는 잊어버린 장점을 가진 의료인이 되기도 한다.

3. 제약이 있다 해서 치료가 안 되는 것은 아니다.
N할머니는 자그마한 체구에 말씀이 많고 활동적인 분이다. 병동에서는 똑순이 할머니로 불리는데 인지가 저하된 상태이지만 좋고 싫음

이 분명해서 싫다는 치료나 복지 프로그램에 억지로 참여시켰다가는 일주일을 따라다니면서 직원을 혼내신다. 그러다 보니 병동의 간호사들이나 직원들 모두가 할머니 앞에서는 조심스러울 수밖에 없다. 할머니는 병동을 다니면서 이리저리 떠들면서도 담당 주치의에게는 어지러움을 호소하여 관련 약을 처방받아 드시는 중이셨다. 평소 할머니를 보며 체구에 어울리지 않은 에너지 소모로 인한 허증(虛症)이 어지럼증의 원인이 아닐까 생각했다. 노화가 진행되면 사람들은 자연스레 기력의 보충이 줄어들게 되는데, 그럼에도 젊었을 시절처럼 행동하게 되면 아무리 강한 체력을 가졌다 할지라도 당연히 허증이 되기 마련이다. 이럴 때는 역시 체력을 보강해주는 보약이 효과가 있으니, 할머니에게도 쓰면 좋겠다고 막연히 생각만 하고 있었다. 그러던 차에 담당 한의사 선생님이 휴가를 가서 그동안 내가 진료를 보게 되었다.

보약을 쓰면 좋겠지만 비용 문제가 있어서 침으로리도 조절을 하자 싶이 자침을 하고 복부의 중요 혈 자리에 뜸과 마사지로 자극을 하였다. 그랬더니 다음날 할머니는 하트가 100개 발사되는 눈빛으로 나를 기다리고 계셨다. 효과가 좋았다고 하시며 이후에도 즐거운 마음으로 침 치료를 기다리고 계셨다. 물론 아쉽게도 이후에는 처음처럼 드라마틱한 효과를 느끼지는 못하셨지만 조금 차분해지시고 긍정적으로 바뀌셔서 할머니와 가족뿐 아니라 직원까지 모두가 만족해한다. 기혈(氣血)이 부족한 가운데 할머니가 예민하고 애를 많이 쓰셔서 기력이 떨어지고, 비위(脾胃)를 비롯한 소화기계가 약해지다 보니 나타난 증상이라 생각된다.

전공의 수련 기간에는 한약을 병행해서 치료하는 체계에 익숙했고, 이후 한의원에서도 한약 처방을 필요에 따라 마음껏 할 수 있었기에 요양병원에서 한약 복용을 병행하지 않는 한방 치료의 효과에 대해서 회의감을 가지고 있었다. 한약을 병행하지 않으면 노인병 질환의 가장 기본병리인 기혈부족(氣血不足)을 해결하지는 못하기 때문에 치료 속도도 늦어지고 조금 좋아졌다가도 원점으로 돌아오고는 하기 때문이었다. 하지만 이미 여러 양약을 복용 중인 입원 환자들의 몸 상태와 보호자들의 경제 여건을 고려하면 침뜸과 안마로 진료하는 것도 충분히 의미 있는 일이지 싶다. 이런 제한이 있기 때문에 환자들과의 교감이나 스킨십과 같은 부분에 많은 도움을 받게 된다. 어쩌면 이런 진료 외적인 부분이 환자에게 더 큰 영향을 주는 것은 아닐까 생각하게 되는 것도 사실이다. 물론 간과 신장에 무리를 주지 않는 좋은 한약(良藥韓藥)으로 기력을 보충해가면서 진료를 하는 것이 최선이라는 내 신념에는 변함이 없지만 말이다.

L할머니는 말이 없고 요구 사항이 많지 않으신 분이다. 가족들도 자주 찾아오는 편은 아니어서 약간은 의기소침하여 볼 때마다 마음이 많이 쓰인다. 고관절 골절로 60대부터 근 10년간 침대 생활을 하며 다리 근육이 많이 위축되어 병실에 불이 꺼지고 다른 환자들이 자는 시간이 되면, L할머니는 다리 통증으로 홀로 기나긴 밤을 보내시는 듯했다. 오랜 투병으로 진통제도 일정 시간 동안만 진통 효과가 있을 뿐이라는 것을 알고 계시니, 아파도 직원들을 따로 호출하여 진통제를 요구하지도 않으셨다. 침 치료를 해드리려고 해도 효과는 없고 침 찌를 때 아프기만 할 것 같다고 안 하신다더니, 어느 날은 갑자기 다리를 한 번 내어 주시는 것이 아닌가.

회진할 때마다 "할머니 침 한 번만 맞아보세요. 안 맞은 거 보다는 훨씬 나아요." 라며 가볍게 권유했었지만, 막상 마음을 주지 않던 분이 "원장 말대로 한 번만 맞아보자. 죽은 사람 소원도 들어준다는데……." 라며 말씀을 하신다. 대한민국의 한의사를 대표해서 치료한다는 나름의 사명감과 의무감으로 어떤 VIP를 진료할 때 보다 설렘과 긴장 속에서 치료를 시작하였다. 평소보다도 더욱 시간을 들여 정확하게 진단을 하고 혈 자리를 정확하게 찾아서 자침을 하였다. 다음 날 회진을 하다가 할머니를 만났는데, 치료가 잘 되었을 때 나타나는 하트 눈빛이 아니었다. 속으로 낙담을 하고 아무리 정성스럽게 자침하였다고 해도 한 번의 침 치료로 그리 호전될 수는 없었을 거라고 스스로 위안하면서 할머니에게 상태를 여쭈었더니 가까이 오라는 손짓을 하신다.
"어제는 안 아팠다. 몇 달 더 맞으면 걸을 수 있노?"

진지한 표정의 할머니 말씀은 농담이 아니라 진심이라는 것을 느낄 수 있었다. 10년 동안 걷는 것을 포기하고 살던 할머니에게 헛된 희망을 드린 것은 아닐까? 한편으론 걱정이 몰려왔다. 하지만 곧 나는 병동 간호사와 요양보호사에게 할머니가 달라졌음을 선포했다. 어제의 소극적인 L할머니가 아니니 다른 환자들과 마찬가지로 치료나 복지프로그램을 적극적으로 해드려야 한다고 이야기하였다. 병동에서도 새로운 마음으로 L할머니의 치료계획을 짜고 운동 프로그램과 복지 프로그램 참여를 신청했다. 할머니는 물리치료사의 손길을 더 이상 거부하지 않고 침 치료도 꾸준히 받은 결과, 걸을 수는 없었지만 밤마다 찾아오던 통증으로부터는 상당히 자유로울 수 있게 되었다.

가끔은 계산했던 것 보다 훨씬 더 큰 효과로 이어지는 침 치료 경험들이 생기면서 무엇이 효과를 좋게 하였는지 생각해 볼 때가 있다. 적절한 혈(選穴)의 선택, 정확한 혈(探穴)의 탐색, 시술자의 간절한 기운이 환자에게 전달될 것, 치료받는 사람이 잘 받아들일 것 그리고 치료 후 조리를 잘 할 것 등의 요인들이 치료 효과와 관련이 있다. 하지만, 솔직히 말하자면 케이스마다 어떤 요소들이 제일 중요하게 작용하였는지 모를 때도 있다. 다만 내가 확실히 느낀 것은 요양병원 한방진료에서 치료받는 사람이 허약한 노인이고, 병은 오래되었고, 한약을 쓸 수 없는 상태 등등과 같이 치료에서 여러 제약과 제한이 있다고 하더라도 중요한 것은 의사나 환자, 옆에서 지켜보는 가족과 직원들 모두 환자를 포기하면 안 된다는 것이다. 이 환자는 이제 와상 상태여서 해줄 것이 없다고 생각하거나 심각한 치매 상태이니 의사소통을 안될 것이라 생각하고 포기하면 안 된다는 것이다. 포기하지 않고 환자의 손을 잡고 함께 긍정의 마음으로 하루를 살아가는 것 이것이 바로 생명을 가진 존재의 숙명이 아닐까 싶다. 이미 말라버린 꽃줄기에서 무엇을 기대할까 싶어도, 간절한 염원과 포기하지 않는 노력이 있다면 마른 나무에서도 꽃이 피는 기적이 나타나는 법이다. 포기하지 않고 하루하루를 소중히 여기면서 살아가도록 도와주는 것, 그것이 바로 요양병원에서의 의료인의 역할이라 할 것이다. 또한, 별다른 의미가 없어 보이는 치료나 프로그램 등에서도 얼마든지 새로운 국면이 시작될 수 있다는 것이 요양병원의 진료에서 기대할 수 있는 기쁨이기도 하다.

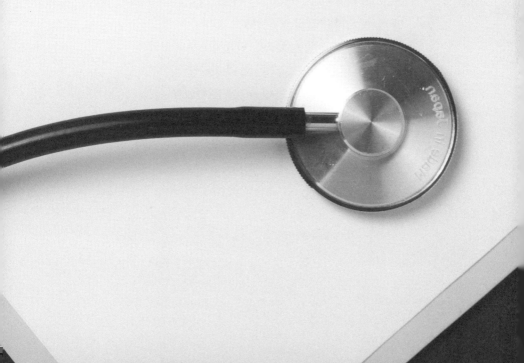

- Epilogue -

감사의 글

감사의 글

요양병원을 시작한 지가 3여 년이 넘어갑니다.
지금 생각해보면 참 무모한 시작이었습니다.
환자들을 도와준다는 마음으로 시작했지만
어찌 보면 오히려 더 많은 힘과 도움을 받았던 지난 시간이었습니다.
병원을 하면서 더 많이 공부하고 노력했습니다.
그런 공부와 노력의 결과로 부끄러움을 무릅쓰고 이 책을 냅니다.
그저 환자와 보호자들이 치매라는 질병에 대해
조금 더 알게 되었다면 그것으로 만족합니다.

어려운 길 함께 해준 이찬구 원장님, 감사합니다.
항상 도움을 받기만 했던 어머니, 아버지 감사합니다.
최미진 언니, 이인님, 심말한님 모두 감사드립니다.
그리고 보이지 않는 곳에서 항상 애쓰는
우리 간호사 등 직원분들 감사합니다.
그 외에도 힘들 때마다 따뜻한 손을 내밀어주신 분들께
진심으로 감사드립니다.
그 손의 온기 잊지 않고 우리 환자들에게 전하겠습니다.

2017년 11월
송수진

요양원병원에서 보내는 편지

지은이 이찬구, 송수진

1판 1쇄 발행 2017년 12월 26일

저작권자 이찬구

발행처 하움출판사
발행인 문현광
교정교열 조세현
디자인 주슬기
주소 광주광역시 남구 주월동 1257-4 3층 하움출판사
ISBN 979-11-88461-11-0

홈페이지 http://haum.kr/
이메일 haum1000@naver.com

종은 책을 만들겠습니다.
하움출판사는 독자 여러분의 의견에 항상 귀 기울이고 있습니다.